Eu não sou Jessica Chen

ANN LIANG

Eu não sou Jessica Chen

Tradução
Gabriela Araújo

Copyright © 2025 by Ann Liang
Copyright da tradução © 2025 by Editora Globo S.A

Os direitos de tradução foram negociados com Taryn Fargerness Agency
e Sandra Bruna Agencia Literaria SL.

Todos os direitos reservados. Nenhuma parte desta edição pode ser utilizada ou reproduzida — em
qualquer meio ou forma, seja mecânico ou eletrônico, fotocópia, gravação etc. — nem apropriada
ou estocada em sistema de banco de dados sem a expressa autorização da editora.

Título original: *I Am Not Jessica Chen*

Editora responsável **Paula Drummond**
Editora de produção **Agatha Machado**
Assistentes editoriais **Giselle Brito e Mariana Gonçalves**
Preparação **Yonghui Qio**
Revisão **Michelle Kwan**
Diagramação **Caíque Gomes**
Adaptação de capa **Carolinne de Oliveira**
Projeto gráfico original **Laboratório Secreto**
Design de capa original **Erin Craig e Catherine Lee**
Ilustração de capa original **© Kim Myatt**

**Texto fixado conforme as regras do Acordo Ortográfico
da Língua Portuguesa (Decreto Legislativo nº 54, de 1995)**

**CIP-BRASIL. CATALOGAÇÃO NA PUBLICAÇÃO
SINDICATO NACIONAL DOS EDITORES DE LIVROS, RJ**

L661e

    Liang, Ann
    Eu não sou Jessica Chen / Ann Liang ; tradução Gabriela Araujo.
- 1. ed. - Rio de Janeiro : Globo Alt, 2025.

    Tradução de: I am not Jessica Chen
    ISBN 978-65-5226-054-3

    1. Romance chinês. I. Araujo, Gabriela. II. Título.

                    CDD: 895.13
25-97039.0   CDU: 82-31(510)

Meri Gleice Rodrigues de Souza - Bibliotecária - CRB-7/6439

1ª edição, 2025

Direitos de edição em língua portuguesa para o Brasil
adquiridos por Editora Globo S.A.
R. Marquês de Pombal, 25
20.230-240 – Rio de Janeiro – RJ – Brasil
www.globolivros.com.br

Querida pessoa leitora,

A ideia de *Eu não sou Jessica Chen* já existe em minha cabeça há tanto tempo que, de muitas formas, parece que passei a vida toda tentando escrever este livro.

Ao longo do tempo, detalhes específicos mudaram (nomes, pequenos acontecimentos no enredo, partes de diálogos, personagens secundários), mas a essência da obra, sim, continuou a mesma: este livro é sobre querer. Querer ser mais bonita, mais inteligente, mais descolada, mais popular, mais confiante, mais talentosa. Querer tanto alguém que você teme e torce para que essa pessoa fique com você. Querer se livrar de todas as inseguranças e experimentar uma vida diferente, como se fosse um vestido novo. Querer ser adorada, aceita, admirada. Querer todas as coisas que não se pode ter, e querer tudo ainda mais por conta disso. Querer ser *aquela garota lá*, porque sempre há aquela garota lá que faz tudo parecer fácil e parece ter a vida toda bem resolvida.

Ao escrever *Eu não sou Jessica Chen*, não finjo saber qual é a cura para esse querer... Nem que estou completamente convencida de que querer seja algo ruim. Ainda assim, cara pessoa que lê, percebi que os livros pelos quais mais tenho carinho, os livros nos quais me pego pensando muito depois de terminar a leitura, não são necessariamente os que dizem "Esse é o jeito de parar de se sentir assim", e sim os que dizem "Não é só você que se sente assim". Independentemente de você se identificar mais com Jenna Chen ou com Jessica Chen, espero que este seja um desses livros para você.

Com amor,
Ann

Para todo mundo que já desejou ser outra pessoa

Capítulo um

Sempre tive a teoria de que se eu quisesse muito mesmo uma coisa, o universo faria questão de nunca a colocar no meu caminho, fosse por tédio ou por crueldade, como se a mão invisível de alguém me provocasse ao segurar as estrelas presas a uma corda, longe do meu alcance.

Às vezes o universo usa a criatividade nesses truquezinhos. Considere, por exemplo, que de manhã uma nevasca caiu do nada. Nunca nem neva na nossa parte da cidade, e o céu estava de um azul acrílico bem vívido, inclusive, com o sol farto e dourado nascendo por cima das copas das árvores frondosas. Só que eu tinha deixado as anotações na sala de aula do curso de chinês que frequentava aos sábados, e fiquei desesperada porque precisava do material para a prova mensal de idiomas de Havenwood, que aconteceria na segunda-feira. Ainda não conseguia me lembrar de metade das frases que tinham nos ensinado, quais significam "esta vida transitória" e quais significavam "a fluidez dos anos como a água" e "sonhar em virar uma borboleta". Se eu não pegasse as anotações, tiraria uma nota péssima.

Eu não sou Jessica Chen **11**

E se eu tirasse uma nota péssima, teria que contar a meus pais. Teria que vê-los tentando esconder a decepção.

Então, corri até o carro, com um aperto no peito e o coração acelerado por causa da urgência da situação, quando, como se invocadas por uma maldição, as nuvens se agruparam lá em cima feito pássaros selvagens e sombrios, e a temperatura despencou. A neve caiu depressa, em uma enxurrada absurda, logo se espalhando pela cidade, cobrindo os ulmeiros e bloqueando as estradas. Acabou que o curso de chinês ficou fechado o fim de semana todo (algo que eu nem sabia que era possível, já que eles nunca fechavam, fosse no Natal, no ano-novo ou quando um dos prédios tinha pegado fogo) e descobri que era melhor não esperar que o universo me ajudasse em nada.

Só que ainda não consigo evitar a esperança de que desta vez vai ser diferente. Talvez um milagre aconteça. Talvez o universo seja gentil, só para variar, e quando eu tentar alcançar o céu, as estrelas caiam direto em minhas mãos.

Talvez...

Encosto a cabeça na porta trancada do quarto e respiro fundo uma vez, abalada. Então outra. E outra. Não funciona; a sensação terrível de formigamento nos meus dedos só se espalha até os pés, virando um tremor violento. Meu notebook está aberto no chão, com a tela me encarando como se me convidasse a me aproximar, o horário piscando ali no cantinho.

16h59.

Um minuto até o e-mail de Harvard chegar. Até eu saber de uma vez por todas se fui aceita ou não. Se sou boa o bastante ou não. Um minuto até minha vida mudar para melhor ou pior, cada segundo que passa revirando meu estômago.

Quase consigo imaginar a cena se desenrolando como em um filme. O belo e revolucionário barulhinho da notificação; as palavras que ando sonhando em ler escritas de verdade, em preto e branco: "Parabéns, Jenna Chen, tenho o prazer de lhe informar que..."; meus pais com sorrisões na cara depois que eu descer correndo para contar a novidade, logo antes de irmos para a casa de meus tios, onde enfim vão ficar se gabando de mim. É isso que acontece nos vídeos em que as pessoas registram as reações ao serem aceitas em Harvard, e já assisti a todos, me mordendo de inveja, desejando aquilo com cada partícula de meu ser, a vontade pressionando tanto meu peito que achei que iria enfartar.

Só que aí imagino milhares de alunos de ensino médio ansiosos espalhados pelo mundo neste mesmo momento, todos desejando o mesmo destino, encarando os notebooks enquanto aguardam a chegada do mesmo e-mail. Pessoas como minha prima, Jessica Chen: pessoas mais inteligentes, descoladas e objetivamente *melhores* que eu. Pessoas que vêm se preparando para esta ocasião desde sempre, que não foram rejeitadas por todas as outras universidades de elite para as quais se candidataram até então. Só de pensar nisso já me sinto claustrofóbica, sinto a dúvida começando a corroer minhas entranhas.

Ding!

Eu me sobressalto ao ouvir a notificação. É mais alta do que imaginei, o som é mais brusco.

Você tem um novo e-mail.

Meu coração sobe até a garganta. É isso... Ai, meu Deus, o e-mail chegou, o momento é agora. Vou vomitar.

Eu me preparo, com os músculos tensionando como se estivesse prestes a entrar em um ringue de boxe. Meus dedos tremem tanto que preciso clicar quatro vezes no e-mail antes que a página preencha a tela. Tem alguma coisa naquele instante, em toda a expectativa que o antecede, que parece quase decepcionante. A atmosfera ao redor não muda. O piso não sai do lugar. É só uma ação rápida e simples, um piscar de olhos, e lá está: uns poucos pixels no notebook que determinarão toda a trajetória da minha vida.

De início, estou muito nervosa para sequer absorver alguma coisa, só consigo ficar encarando o bloco de texto, o emblema

Eu não sou Jessica Chen **13**

de Harvard estampado ali na parte de baixo da mensagem feito uma mancha de sangue vívida.

Então, meus olhos captam as palavras:

Lamento muito informar que não podemos oferecer uma vaga... Queria que uma decisão diferente pudesse ter sido tomada... receber nossa decisão agora será útil... enquanto considera seus planos em relação à faculdade...

Leio, leio de novo, e fico sem chão. O tempo parece me engolir, encurralando-me como um inseto preso em âmbar. Ao longe, ainda ouço os movimentos da mamãe e do papai lá embaixo, o ruído agudo das chaves do carro, o estalar dos sapatos, a briguinha de vozes abafadas sobre quantos wontons levar para a reunião de família na casa de minha tia. Porém, é como se estivessem a milhares de quilômetros de distância.

Continuo lendo o e-mail, como se pudesse haver alguma outra informação que deixei passar, um último fio de esperança. Mas vejo apenas mais confirmações do que, lá no fundo, eu sempre soube.

Nos últimos anos... diante da necessidade de tomar decisões cada vez mais difíceis... Além disso, a maior parte dos candidatos apresenta credenciais pessoais e extracurriculares bem sólidas...

Simplesmente não sou boa o bastante.

Nem no meio acadêmico. Nem nas atividades extracurriculares. Nem como aluna, nem como filha, nem como ser humano. Não importa quantas fórmulas e dados enfiei no cérebro, se me joguei de cabeça nas aulas, se pintei até formar bolhas que se estouraram nas minhas mãos. Aqui está a prova irrefutável. Não basto. Sou *insuficiente*.

— Jenna! Está pronta? — Sempre parece que a mamãe está gritando do outro lado de um mercado lotado.

Eu me sobressalto ao ouvir sua voz, então, com o estômago embrulhado, fecho o notebook. Esfrego os olhos com força. Ignoro a dor perigosa se formando no fundo da garganta.

— Já falei pros seus tios que saímos de casa — continua ela.

Lembro de um episódio recente: minha mãe com a cabeça em meu ombro enquanto me observava mandando as candidaturas às universidades, uma a uma, expirando em sintonia com cada *vupt* que soava quando um e-mail era enviado. Depois, ela passou horas na cozinha preparando arroz dos oito tesouros, adicionando tantas tâmaras vermelhas e nozes a mais que a parte de cima ficou quase toda coberta. *Pra comemorar todo o seu esforço*, disse ela, sorrindo. *Eu sinto que vai valer a pena. Vamos fazer uma comemoração maior quando você passar.*

— Jenna? Ouviu?

O revirar do estômago piora, ganhando intensidade.

— Eu… eu tô pronta — respondo, mesmo que esteja pegando o casaco o mais devagar possível, penteando o cabelo bagunçado para trás mecha por mecha, descendo a escada um degrau por vez, adiando o inevitável.

Como vou confessar a meus pais que tudo o que fizeram por mim — deixar as vidas antigas para trás, mudar-se para o outro lado do mundo, gastar o dinheiro que deveria ser para as férias em livros didáticos caríssimos, acordar com o galo para me levar para centros de aula particular, tudo para que eu tivesse uma educação melhor — foi a troco de nada?

Quando chegamos à entrada da garagem da casa de meu tio, ainda não descobri como contar a eles.

Talvez, penso comigo mesma, encostando a cabeça na janela do carro, *seja melhor eu cair no choro, contar tudo em meio a soluços histéricos.* Talvez assim ao menos tenham pena de mim e foquem em me consolar em vez de me repreender ou de ponderar o que fizeram de errado. Porém, os dois já vêm sendo muito compreensivos. Essa é a questão. Toda vez que chegava uma nova carta de rejeição de Yale, da Universidade da Pensilvânia ou da Brown em minha caixa de entrada, ou em nossa caixa de correio, eles eram os primeiros a apertar meu ombro e dizer: "Tudo bem, ainda estamos esperando a resposta das outras". Só que eu mesma vi a preocupação crescente no olhar deles, a coisa se espalhando feito uma sombra por suas feições envelhecidas. Aposto que os pais de Jessica nunca olharam para ela desse jeito.

Além do mais, o que meus pais diriam desta vez? Acabaram as boas universidades. As únicas que ainda não responderam são as opções que deixei de reserva, instituições às quais fiquei com vergonha de me candidatar. Óbvio que Jessica não se candidatou a nenhuma delas, porque não precisou. Já era um fato que ela entraria em uma universidade de elite, seu destino devia estar escrito nas estrelas desde que ainda estava no útero. Jessica é simplesmente *boa em tudo*. Perfeita de um jeito irracional e inexplicável.

E nunca serei ela.

É tão sufocante pensar que minha mente é o início e o fim de tudo que vou sentir, saber e conquistar.

— É tão linda — declara a mamãe ao sair do carro, absorvendo a vista completa da casa de meu tio.

Ela faz o mesmo comentário sempre que viemos aqui, e nunca deixa de ser a verdade. Saio do carro também e fico observando a entrada de carros ampla e exposta, ladeada por árvores de magnólias, de pétalas rosadas e lisas que nem cera, os galhos esguios se estendendo na direção do céu vasto de fim de tarde. E lá adiante, a casa de três andares se ergue como um castelo pintado de branco, com janelas imensas que pegam do chão ao teto, paredes cobertas de hera e sacadas de mármore com balaustrada. É o tipo de casa que tem *o próprio nome*, datado de antes da Primeira Guerra Mundial e marcado em ouro na porta da frente para todas as visitas verem: Chalé Magnólia.

Uma vez, quando nossa amiga em comum Leela Patel veio estudar com minha prima e eu, ela ergueu as sobrancelhas, e tanto o queixo quanto a bolsa dela foram parar no chão.

— É *essa* a sua casa, Jessica? — exclamou na época. Quando Jessica confirmou com a cabeça, abrindo o pequeno sorriso humilde característico, Leela assoviou. — Caramba. Sempre achei que fosse um monte de gente branca rica que morava aqui.

Caímos na gargalhada, não porque tinha sido engraçado, mas porque era bem aquilo mesmo. Meus tios podiam ter se mudado de Tianjin para os Estados Unidos três anos antes de meus pais, mas pareciam se encaixar ali bem mais do que um dia conseguiríamos. Todo dia, enquanto meu pai atravessa a cidade ao nascer do sol para instalar aparelhos de ar-condicionado e inspecionar quadros de luz, e a mamãe se equilibra em cima de saltos apertadíssimos atrás de um balcão de recepção, os pais de Jessica passam as listas de tarefas a assistentes e fecham negócios na casa dos sete dígitos de dentro dos escritórios particulares espaçosos. Durante o verão, quando nosso orçamento permite apenas fazer uma viagem de carro até a praia mais próxima, a família de Jessica viaja de avião na classe executiva para um resort luxuoso na Itália. Os pais dela têm tudo: a casa suntuosa, o jardim colossal e as roupas de grife. E eles têm Jessica.

Já os meus pais só têm a mim.

Reprimo o pensamento amargo que nem veneno e corro para ajudar a mamãe com os wontons. Ela trouxe cinco vasilhas cheias deles, bem embalados, crus e recheados com carne de porco e camarão.

— Por acaso… tem um festival rolando e eu não sei? — questiono ao ver toda a comida.

Eu não sou Jessica Chen **17**

Minha mãe me dá um peteleco na testa e começa a ajeitar o lenço falso da Chanel no pescoço. É o que ela sempre usa quando encontra a família do papai.

— Quietinha. Não acha que vamos vir à casa dos seus tios de *mãos vazias*, né? Os dois já são tão gentis com a gente, sempre fazendo esses encontros aqui na casa deles.

Nenhum de nós diz o óbvio: que o único motivo pelo qual meus tios sempre nos recebem é porque nossa casa é pequena demais para comportar todo mundo, considerando o um--banheiro-e-meio e a sala de estar/cozinha. Até a mesa de jantar que o papai comprou em um bazar uns anos atrás só comporta no máximo quatro pessoas.

— Falei pra você não trazer tantos — murmura ele enquanto segue atrás da gente pela entrada de carros, o cascalho fazendo barulho sob seus tênis velhos. — Ninguém vai comer tudo isso. E eles já prepararam o hot pot.

— Melhor sobrar do que faltar — retruca a mamãe.

— Então seria melhor ter trazido as maçãs lá do quintal. Quanto mais variedade, melh...

— *Maçãs?* Quer que eles achem que somos muquiranas? Além disso, tem gente que nem gosta.

O papai parece tão indignado que é como se ele próprio tivesse inventado a fruta.

— *Todo mundo* adora maçã...

Chegamos à porta da frente. Quando ela se abre, revelando meu tios sorridentes, meus pais param de bater boca e abrem sorrisos largos. A coisa toda acontece de forma tão rápida e sutil que parece um truque de mágica.

— É tão bom ver vocês! — cumprimenta a mamãe, entregando os wontons. — Fizemos uns a mais, então resolvemos trazer pra todo mundo comer.

— *Aiya*, vocês sempre fazendo muita cerimônia. — A titia faz um barulhinho de censura com a boca e balança a cabeça enquanto meu tio pega os chinelos. É a mesma coisa que ela diz à minha mãe sempre que viemos visitar; às vezes juro que os adultos estão seguindo algum tipo de manual secreto de etiqueta social. — Toda vez eu digo que não precisam trazer nada. Aqui só tem família.

— E é *exatamente* por sermos família que sempre trazemos pra dividir — insiste a mamãe, usando outra frase bem conhecida seguida pela também conhecida: — Aliás, você está tão magrinha. Anda comendo direito?

Aperto as vasilhas de wonton com mais força, temendo o momento em que as trocas de amenidades vão acabar e eles focarão em mim. Não sei por quanto tempo mais vou conseguir fingir que está tudo bem quando basta uma pergunta específica para eu me desfazer em lágrimas. E nem consigo imaginar algo mais constrangedor do que chorar por ter sido recusada por Harvard na casa de minha prima que está a caminho de Harvard.

— Jenna! — cumprimenta meu tio, acenando para que eu adentre o conforto da sala de estar. Ainda que muito diferente do papai, sempre gostei dele; ele sorri mais do que ri, parece saber de tudo um pouco e, ao contrário da maioria dos adultos, nunca me trata que nem uma criancinha. Mas hoje só quero ir para longe dele. De todos eles. — E como que foram as notas?

— Ah, nada mal — respondo, esperando que ele não perceba a tensão em minha voz.

— Não precisa ser humilde — retruca meu tio, acenando com a cabeça de forma sábia. — Com certeza tirou notões.

Não tirei, não. Pelo menos Harvard não acha isso.

Contudo, antes que ele continue o assunto, Jessica aparece ao lado do pai como uma santa de carne e osso. Uma santa muitíssimo bem-sucedida usando uma caxemira de um azul pálido e uma saia xadrez perfeita. De longe, somos tão parecidas que seria fácil confundir uma com a outra, e na escola geralmente confundem. Só que um dia ouvi por acaso uma garota de nossa turma de história comentar, daquele jeito neutro e direto que significava que estava sendo sincera, que pareço a versão pirata de Jessica Chen.

Desde então, não consigo parar de visualizar isso. De ficar obcecada com isso. Enquanto o cabelo de Jessica é preto e brilhoso, como aqueles de comerciais de xampu, o meu é de um castanho-escuro sem graça; enquanto o rosto dela é digno de um concurso de beleza chinês, o meu é apático, mesmo depois de camadas e camadas de base. Ela também é mais alta, como uma supermodelo, o pescoço comprido de uma bailarina e a postura de uma princesa.

— Ai, meu Deus, oi.

Ela abre um sorriso para mim, mostrando os dentes brancos e retos. Nunca nem precisou usar aparelho, nunca sofreu para conseguir o resultado ideal; os dentes de minha prima só são *assim mesmo*, o que basicamente a resume por inteiro. Tudo em Jessica Chen sempre foi natural. Ela nasceu sendo a melhor, enquanto eu passei a vida toda só tentando ser boa, e nem isso consegui.

Mordo a língua até ficar dormente e me forço a retribuir o sorriso na mesma intensidade.

— Oi.

— Adivinha quem tá aqui.

Tem algo no tom dela, como se estivesse quase saltitando de animação, que me causa uma onda de inquietação.

— Hã? Quem?

Estico o pescoço e analiso a sala, mas só vejo a mesma demonstração casual de riqueza de sempre: os lustres brilhando acima dos sofás elegantes; o piano Yamaha reluzente posicionado no canto para que todas as visitas ouçam minha prima tocando "River Flows in You"; as pinturas abstratas com molduras douradas adornando as paredes; os vasos de porcelana decorados e o vinho amarelo de uma década na estante, ao lado de fileiras e mais fileiras de troféus. Todos de Jessica, lógico, referentes a tudo, desde álgebra avançada, passando por badminton, até violoncelo.

Então, um garoto de nossa idade sai de trás da estante, com movimentos contidos e muito graciosos, e meu estômago se embrulha.

Quase não o reconheço de cara. O cabelo dele está mais comprido, e as mechas grossas e escuras formam lindos cachos ao redor da cabeça, como uma coroa; sua mandíbula está mais marcada e os ombros, mais largos do que há um ano. Só que a expressão confiante no rosto dele é bem como lembro, assim como o quase-sorriso nos lábios quando foca o olhar no meu. Não importa que eu o tenha bloqueado em todas as redes sociais quando ele foi fazer o curso chique de medicina para jovens em Paris com bolsa integral, nem que eu deixava entrar por um ouvido e sair pelo outro toda vez que meus pais comentavam do "filho talentoso do sr. Cai". É como se ele estivesse gravado em minha memória, entalhado na mente, em cada parte de meu ser. Lembro-me de tudo.

O choque de vê-lo aqui na sala de Jessica — lindo e real e inesperado — logo *hoje* parece um tapa na cara. Sinto a pele queimar, e preciso dar tudo de mim para não sair correndo para longe.

— Aaron Cai — revela Jessica, sem a menor necessidade, gesticulando entre nós dois como se estivéssemos nos encontrando pela primeira vez, sendo que eu o conheço a vida toda.

O pai dele é melhor amigo do meu, e minha família os chamou para morar mais perto de nós depois que a mãe de Aaron faleceu e o pai parou de limpar a casa, de cozinhar, de fazer quase tudo. Nem consigo imaginar um mundo no qual *não* o conheço, no qual não lhe entregava os almoços pré-prontos antes da aula, no qual nós três não passávamos os verões juntos na varanda da casa de Jessica, comendo torta de chocolate e olhando para as estrelas até a escuridão tomar conta de tudo.

Eu não sou Jessica Chen **21**

— Você não mudou nada — comenta Aaron, parando a uma curta distância.

Sinto o rubor tomando minha pele. Sei que ele provavelmente não teve a intenção de me ofender, mas depois de nossa última conversa constrangedora, tomei como missão de vida mudar a mim mesma. Virar uma pessoa linda, glamurosa e inigualável. Às vezes, na calada da noite, ficava imaginando como seria encontrá-lo depois disso. Como Aaron arregalaria os olhos ao me ver. Como eu o faria engolir as palavras e se arrepender de tudo.

Só que está começando a parecer que o dia de hoje quer me ensinar, de um jeito bem cruel, a diferença entre a fantasia e a realidade.

— Nem você — respondo, embora, quando se trata dele, isso seja um elogio.

Quando se é tão conhecido e amado, quando se vive nadando em um mar de flores, a única preocupação que se tem é com a constância, não com a mudança.

— O Aaron acabou o curso antes da hora — explica Jessica. — Ele vai terminar o último ano da escola aqui com a gente. Não é demais?

— Ah. — É tudo que consigo dizer.

Aaron hesita, então enfia a mão no bolso e saca uma caneta.

— Como eu prometi — diz ele, entregando o objeto a mim.

Fico imóvel. A caneta tem um estilo elaborado, folheado em ouro rosé, com um pingente delicado em forma de flor pendurado na ponta, as pétalas entalhadas com cristais. *Ele lembrou.* Sinto a garganta arder ao perceber isso, e cada momento do passado se funde ao presente. Tínhamos doze anos quando ele fez a promessa. Ele e Jessica tinham sido escolhidos para participar de um torneio de matemática em Nova York, e embora tenha fingido que não ligava que nem tenham pensado em mim na hora de selecionar os participantes, ele devia ter percebido minha decepção.

— Eu te trago um presente — garantiu Aaron na época, sorrindo e dando um puxãozinho em meu cabelo. — O que vai querer?

— Nada.

Ele me lançou um olhar todo sabido.

— Você sempre quer alguma coisa.

Eu queria ir com ele. Queria fazer parte da equipe dele. Queria ser inteligente como ele e Jessica.

— Que tal um conjunto de tintas novo? — sugeriu. — Você tem desenhado muito, né? Uma boa artista precisa de boas ferramentas.

Foi a primeira vez que alguém disse que eu era boa em alguma coisa, ainda mais assim de um jeito tão casual, como se fosse óbvio. Senti um quentinho no peito.

— Já tenho muitas tintas... quero só uma caneta — falei a Aaron na época. Foi uma mentirinha. Já estava quase sem tinta, mas uma caneta parecia uma opção bem mais simples e barata, algo que daria para encontrar sem esforço. — Aí eu uso a caneta pra desenhar.

Só que quando ele voltou, me deu uma caneta-tinteiro daquelas mais chiques, do tipo que uma rainha usaria para assinar cartas. Desde então, toda vez que Aaron tinha que ir para uma competição, oficina de debate ou excursão da escola, ele voltava com uma caneta novinha em folha para mim.

Enquanto aceito o presente agora, fico tentada a rir de mim mesma. Uma fortaleza inteira, construída minuciosamente ao longo do ano em que ele ficou fora, correndo o risco de desabar por causa de uma caneta. *Zhen mei chuxi.* A frase conhecida de desdém ecoa em minha cabeça. É o que minha mãe dizia sempre que eu era um tantinho patética, como quando implorava para ela comprar sorvete para mim no shopping, ou quando abria o berreiro por causa de um machucadinho na mão.

— Eu... Obrigada, Cai Anran — respondo, e o nome chinês do rapaz sai um pouco fácil demais de minha boca.

Eu não sou Jessica Chen **23**

— Você não precisava trazer tantos presentes pra nós todos — acrescenta Jessica.

É só aí que percebo as caixas de chocolate amargo e as garrafas de suplementos de óleo de peixe no sofá. Perco o chão. Ele tinha se lembrado da promessa, mas me esqueci de que Aaron Cai leva jeito para fazer todo mundo se sentir especial, o que é perigoso.

Sinto o olhar de Aaron focado em mim enquanto ele diz:

— Não foi nada de mais. Seus pais e os pais da Jenna sempre foram tão legais comigo… Tipo, até deixam eu me intrometer no jantar de família de vocês.

— Brincou, né? Quanto mais gente, melhor, principalmente quando o jantar é hot pot.

Jessica joga o cabelo escuro e brilhoso enquanto ri.

Faço um esforço para respirar apesar da tensão na barriga, e a sensação é a mesma que tive na manhã em que eles foram para o torneio de matemática: eu com os pés bem fincados no chão, observando as silhuetas altas e graciosas dos dois enquanto iam para o ônibus, e a distância entre nós crescia mais e mais. Eles sempre pareceram combinar muito bem um com o outro.

Então, Jessica se vira para mim, e sua saia rodopia em um círculo perfeito.

— Ah! A gente preparou aquele molho bem apimentado de que você gosta. Mas pedi pra mama e o baba colocarem em uma panela separada pra você, porque o Aaron não ia aguentar.

Outra característica de minha prima: a gentileza dela é tão natural quanto o talento. Às vezes — e sei que isso é horrível — quase fico desejando que ela fosse uma pessoa ruim. Alguém que não merecesse o sucesso que tem. Alguém que eu poderia odiar sem me sentir a vilã da história.

Guardo a caneta e sigo Jessica em silêncio até a sala de jantar, na qual os adultos já se reuniram também, a conversa transitando pelos temas batidos de preços de imóveis e nossas atividades extracurriculares. *Que bom*. Contanto que não abordem candidaturas a universidades, acho que consigo sobreviver a esta noite.

O hot pot já foi servido na mesa comprida de vidro, a água densa e bem temperada quase borbulhando, e os pedaços crus e fininhos de cordeiro, carne de boi e raiz de lótus dispostos em pratos ao redor. Aaron se senta ao lado de Jessica, à minha frente. Tento não ficar olhando para ele através do vapor suave que se eleva. Tento não identificar tudo o que há de novo e familiar nele. Novo: o jeito que ele apoia o queixo nas costas de uma das mãos. Familiar: o jeito que ele segura os palitinhos bem perto da ponta e, discretamente, remove todas as cebolinhas de dentro da tigela.

Então, Aaron foca o olhar no meu.

Segura a onda, digo a mim mesma, logo desviando o rosto, com as bochechas vermelhas. *Aaron vai pensar que você ainda gosta dele, e você não precisa dar outro motivo para ele te rejeitar de novo.* Especialmente quando ainda estou me recuperando da última vez que o vi, um ano atrás.

Depois que a carne foi colocada na panela e o molho de gergelim moído foi passado ao redor da mesa, minha tia endireita a postura na cadeira e pigarreia.

— Já que estão todos aqui — começa ela, lançando um olhar nada sutil ao meu tio, e então à Jessica, que só sorri para todo mundo. — Acho que é um ótimo momento pra contar uma novidade *super*incrível. A gente descobriu pouco antes de vocês chegarem, e, bem…

Mesmo antes de ela completar a frase, eu já sei. Minha pele começa a formigar, e minha respiração fica presa na garganta. Parece que até minhas entranhas se encolhem, prontas para a pancada que vem.

— A Jessica foi aceita em Harvard! — As palavras saem em uma onda de entusiasmo, e minha tia tão sensata e sempre serena solta até um gritinho no fim da frase, como uma adolescente vendo o ídolo no palco.

Eu não sou Jessica Chen **25**

Nunca a vi tão animada. Também nunca vi meu tio tão animado; o rosto dele está tão vermelho quanto o vinho, e ele olha para Jessica com um orgulho tão intenso e óbvio que parece que uma auréola cálida se forma ao redor dos três, envolvendo o lado deles da família. O lado bom.

Enquanto continuo sentada, com os dedos gelados e dormentes, todo o resto reage.

— Nossa, que... que incrível — exclama a mamãe, esticando a mão e dando uma bagunçadinha no cabelo de Jessica. — Lógico que nem é surpresa... Se tem uma pessoa que ia ser aceita em Harvard, essa pessoa é nossa Jessica.

O papai cumprimenta meu tio com um tapa forte nas costas.

— Parabéns, parabéns. O trabalho de vocês aqui está feito, então. Agora podem só esperar e colher todos os frutos de ter uma filha bem-sucedida.

Minha tia está sorrindo tanto que fico com medo de o rosto dela se partir em dois.

— Não podemos ficar com todo o crédito... A Jessica sempre foi tão independente, tão esforçada, tão *genial*. Nunca precisamos nos preocupar com o futuro dela.

Engulo em seco, e dói tanto que parece que estou engolindo vidro. Tudo o que meus pais fizeram foi se preocupar comigo.

— Também não precisa ficar contando vantagem — responde meu tio, mas o sorriso está do mesmo tamanho, sua felicidade igual ao sol, irradiando tanto que não dá para olhar sem que os olhos comecem a lacrimejar.

E ali está Jessica, confortável em meio a toda a atenção, como uma imperatriz acomodada no legítimo trono. Parece que estou assistindo ao filme particular da minha cabeça se desenrolando em tempo real, só que os papéis foram todos trocados. Em vez de meus pais me puxarem para um abraço de urso, se gabando por minha inteligência, por meu futuro promissor, enquanto os outros observam em meio à admiração, alegria e inveja, são meus tios ali. E em vez de ser *eu* recebendo todos os elogios, me deleitando com a euforia do momento, é Jessica.

Sempre é Jessica.

O momento se prolonga tanto que traz à tona outras lembranças, as que me esforcei muito para reprimir. Como quando fui correndo para casa, toda animada, e contei a meus pais que tinha tirado 8,5 na prova final, e então descobri que Jessica tinha gabaritado. Ou quando Jessica e eu tínhamos participado do concurso de redação da escola, e ela tirou o primeiro lugar, enquanto eu só o terceiro, apesar de ter passado *meses* me preparando. Ou quando o diretor queria alguém para fazer um discurso em nome da escola no evento de orientação acadêmica e só me escolheu depois que Jessica recusou, porque estaria ocupada em uma cerimônia de premiação renomada com Aaron.

Ainda assim, eu deveria ficar feliz pela minha prima. Ou *quero* ficar feliz por ela.

— Que notícia maravilhosa — digo à Jessica, forçando os músculos das bochechas a formarem um sorriso. — De verdade. Fico… fico muito feliz por você.

— Não é nenhuma novidade — afirma Aaron. — Nós três falamos disso desde que a gente era criança. Se você *não* fosse aceita em Harvard, isso, sim, seria surpresa.

Meu rosto todo está ardendo como se eu tivesse recebido um tapa. Faço o possível para ficar calada, sorridente, agindo como se estivesse *felicíssima* com tudo, mas sinto o olhar de Aaron focado em mim.

— Qual era nosso plano mirabolante mesmo? — questiona Jessica. — Jenna e eu indo pra Harvard juntas, e você pegando um jatinho particular em Yale pra nos ver dois fins de semana por mês? Isso pode ter sido um tantinho surreal, mas todo o resto pode mesmo acontecer…

Era exatamente isso que eu temia.

Eu não sou Jessica Chen **27**

Por favor, não faz isso, imploro mentalmente. *Por favor, não pergunta de Harvard.* Mas é lógico que não há ninguém para responder às minhas preces.

Bem quando estou considerando minha capacidade de fingir um desmaio ali mesmo, de maneira convincente e elegante, só para fugir da conversa, meu tio se vira para mim. Quase parece acontecer em câmera lenta, como o clímax de um filme de terror, a atmosfera ao redor estática feito a morte.

— Isso me lembra — diz ele, estalando os dedos. Em minha cabeça, os violinos da trilha sonora do filme de terror imaginário alcançam um crescendo. — Jenna, você também deve ter recebido o e-mail hoje.

Sinto, mais do que vejo, o efeito das palavras dele. A ficha caindo na mente de meus pais. A súbita pressão ao redor. O peso das expectativas deles em meus ombros. Lambo os lábios ressecados, olhando para os palitinhos, e sinto a mesma sensação esmagadora de inferioridade que sentiria ao ser enterrada sob uma pedra. Não consigo me mexer, nem respirar, nem falar.

— Jenna? — Minha mãe está me olhando, e a esperança no olhar dela deixa tudo pior. Ela ainda tem fé em mim. — Você checou o e-mail hoje?

— Deveria checar agora — sugere minha tia, confundindo meu silêncio com uma negativa. — Enquanto estamos aqui pra celebrar. Ah, meu Deus, imaginem só! Jenna *e* Jessica sendo aceitas em Harvard…

Sinto um aperto no peito. Não aguento isso. Nem a fé deles nem minha própria vergonha.

— Você ouviu sua tia. Dê uma olhada no e-mail agora — orienta meu pai, levantando-se da cadeira com tanto entusiasmo que bate a perna na borda da mesa.

Parece que ele está a um segundo de pegar meu celular e checar por conta própria. Vejo o futuro que ele quer para mim estampado de maneira vívida em seu rosto.

Torço os dedos uns nos outros sobre o colo, tão sufocada pela situação que não consigo pensar em uma saída. Estou encurralada.

—Ah, alguém devia filmar! — exclama minha tia, enquanto Jessica abre um sorriso encorajador. Estou até com medo de olhar na direção de Aaron, de tentar adivinhar no que ele está pensando. — Vou pegar a câmera. Esquecemos de filmar a reação da Jessica antes, mas podemos filmar a da Jenna... É uma lembrança tão especial!

— *Aiya*, não precisa se dar ao trabalho — interrompe meu tio. — Com certeza eles estão ansiosos pra saber logo. Jenna, vai lá. Leia o que Harvard disse.

— Vamos ver — pede minha mãe.

Só que não pego o celular. Minhas mãos estão paralisadas. O papai franze a testa.

— Por que você não...

— Eu... hã... já olhei o e-mail — respondo com dificuldade.

— E então? — incentiva minha tia, do jeito que as pessoas fazem quando estão prontos para comemorar uma boa notícia, mas querem dar a oportunidade de você anunciar a novidade primeiro.

As palavras não querem sair. Não consigo falar, expor em voz alta meu fracasso, então só balanço a cabeça.

Silêncio.

Todo mundo fica me olhando, sem dizer nada. Só há a água fervendo na panela entre nós, a espuma branca na superfície, os pedaços de gengibre e as cebolinhas borbulhando no caldo. Observo a fatia de cordeiro indo de um rosa cru delicado a um marrom. Logo vai ficar cozido demais, duro demais para se mastigar, mas ninguém tira a carne.

— Tem certeza? — indaga meu pai, parecendo mais desorientado do que qualquer outra coisa, como se estivesse convencido de que cometi um erro bobo.

Em um universo paralelo em que *fui* de fato aceita, ele seria a primeira pessoa para quem eu contaria. Meu pai, que não pôde terminar a graduação na China, que sempre sonhou em me mandar para uma universidade de prestígio. Que já falou a todos os amigos e colegas que eu me candidataria a Harvard. Que olhava para mim enquanto minha mãe pressionava uma compressa de ervas quente às costas doloridas dele, suspirava e dizia:

— Se estudar bastante, você vai conseguir um emprego tranquilo que não maltrata tanto seu corpo, entende?

Ele abaixa os palitinhos agora.

— Você não foi aceita? O e-mail foi de recusa?

Consigo confirmar com a cabeça.

Outro silêncio, ainda mais pesado desta vez. Espio Aaron do outro lado da mesa — um costume antigo, memória muscular — e logo me arrependo. O olhar dele está sério, sóbrio, tal qual uma facada no peito. Faz um ano que ele me olhou desse jeito.

— Bem. — Minha tia é a primeira a se recuperar. Ela até sorri para mim, embora talvez eu esteja lhe dando muito crédito. Talvez seja um sorriso sincero, só que de alívio: *Ainda bem que Jessica é minha filha, não Jenna.* — Tudo bem. É só uma faculdade.

— É, é — acrescenta meu tio depressa. — A carne já deve estar pronta. Vamos lá, hora de comer.

Assim que todos os pratos estão vazios, saio de fininho pela porta dos fundos.

Lá fora, no quintal de Jessica, uma brisa fria acerta minhas bochechas, as sombras de pétalas arqueadas encobrindo beiradas, desfocando o limite entre a grama aparada e a mata selvagem adiante. Quando éramos bem mais novos, ficávamos imaginando monstros morando ali.

— Eu mataria todos — dizia Aaron sem hesitar.

— Eu ajudaria — respondia Jessica.

Eu aprenderia com eles, pensei comigo mesma. Mesmo naquela época, tinha algo faltando em mim: garras, velocidade, instinto de caça. Agora inspiro fundo, sentindo a doçura contida da lavanda, e inclino a cabeça para olhar o céu escuro. Algumas nuvens errantes passam pela lua cheia, a luz se espalhando pela cidade. Hoje as estrelas estão visíveis, afiadas que nem pontas de agulha e tão encantadoras que fico com vontade de pintá-las, apesar de saber que nunca acertaria nas cores.

É muito cruel, na verdade, como o mundo tende a mostrar as partes mais lindas de si quando a pessoa está tão profundamente triste. Como um crush que chega perto de você sob o luar e sorri toda vez que você tenta esquecê-lo — só o suficiente para que fique ali se demorando no sentimento, pensando em como as coisas seriam boas. Se, se...

A porta range ao ser aberta de novo. Eu me viro quando Aaron e Jessica se aproximam de mim.

— Ei, você tá bem? — questiona minha prima, sentando-se na varanda dos fundos e jogando as pernas para o lado, com o cabelo sedoso se esvoaçando pelo rosto.

Depois de um momento, também me sento nas tábuas de madeira frias, ciente de Aaron se agachando à minha esquerda. Pela milésima vez, fico desejando que ele não estivesse aqui. Que nunca tivesse voltado. Só que isso em parte é mentira, porque também senti saudade dele. Às vezes senti tanta saudade que chegava a me dar vergonha.

— Tô bem — respondo, tentando rir, embora o som não se complete, dissolvendo-se no ar frio e azulado. — Tipo, só mandei a candidatura de brincadeira. Mas Harvard tem muita sorte por você ir pra lá. Aposto que você tá nas nuvens, né?

Ao ouvir isso, Jessica vira a cabeça, e as sombras de um carvalho grande demais cobrem seu rosto.

— É. Claro. Nas nuvens.

Eu não sou Jessica Chen **31**

Olho para a casa iluminada, a estrutura ampla no estilo vitoriano mais imponente que nunca em contraste com o céu noturno. Pelas portas de tela finas, vejo as silhuetas de meus pais em uma conversa séria. Titia está massageando as costas de minha mãe em círculos reconfortantes, enquanto meu pai está com as mãos no rosto, como se estivesse se afugentando de uma enxaqueca daquelas. Meu peito aperta outra vez. De alguma forma, sei que estão falando de mim. De meu futuro. Meus fracassos.

— É tão gostoso aqui fora — comenta Aaron, inclinando-se para trás com as mãos apoiadas no piso de madeira. — Senti saudade daqui.

É, *sim*, bem gostoso aqui fora, de certa maneira. Uma cigarra canta de uma árvore próxima, a grama úmida por causa do orvalho ondula com a brisa, e o ar tem aquela sensação de pós-chuva: calmo, fresco e quase doce com o cheiro da terra, transbordando de possibilidades. Se eu fosse outra pessoa, aproveitaria o momento, o absorveria, me assentaria nele. Só que, em vez disso, as cenas do universo paralelo continuam a se desenrolar em minha mente, um universo em que estou rindo com Jessica, nós duas eufóricas com a expectativa de ir para Harvard, um em que me sinto completa, enfim convicta de meu próprio valor.

Então Jessica me cutuca, sua voz interrompendo meus pensamentos.

— Ai, meu Deus… Olhem só!

Ela está apontando para alguma coisa lá no alto, e levanto a cabeça a tempo de ver: um rastro prateado impressionante, uma flecha vívida de luz perfurando a tela preta do céu, disparando por cima dos esqueletos das árvores na mata, por cima de nossas cabeças, por cima de tudo. Só vejo estrelas cadentes em filmes, nunca na vida real. É ainda mais lindo do que imaginei.

— Rápido, galera. — Jessica une as mãos. — Façam um pedido.

Aaron solta uma risadinha cética e revira os olhos, mas repete o gesto depois de um momento.

Também estou cética. O universo nunca foi de me ouvir. Por outro lado, não tenho nada a perder; tudo que poderia dar errado já deu. Então fecho bem os olhos, com a luz das estrelas tremeluzindo por trás de minhas pálpebras. Sinto arrepios pelos braços enquanto o instante se prolonga, assumindo uma característica estranha de tão surreal, e não consigo me livrar da sensação de que algo ou alguém está ouvindo mesmo, aproximando-se, encostando o ouvido na parede de meus pensamentos.

As vozes baixas e preocupadas de meus pais emanam pela fenda da porta atrás de mim, as cigarras param de cantar, e a brisa vira uma ventania, sacudindo as tábuas de madeira soltas feito uma assombração e açoitando minhas bochechas. A luz também fica mais intensa, emanando um prateado reluzente puro, o tipo de cor que vem de outro mundo.

Sinto um frio na barriga. De repente parece que estou na beira de um precipício bem alto, olhando para o abismo adiante. É como o momento antes da queda, antes de a gravidade me envolver, quando tudo é feito de potencial e o ar vibra ao redor.

Ao final, nem preciso decidir o que pedir antes que o pensamento se forme.

Eu queria ser Jessica Chen.

Capítulo dois

O caminho de volta para casa é absurdamente silencioso.

Pelo jeito que meus pais se entreolham quando entramos, param na cozinha minúscula e se comunicam quase que por mímicas, dá para ver que estão elaborando alguma espécie de roteiro para a situação. Como era de se esperar, minha mãe pigarreia e começa primeiro, com a voz cuidadosa e as palavras ensaiadas:

— Sei que pode ser uma notícia decepcionante para todo mundo, Jenna, mas é tarde demais agora. Não podemos mudar o passado; o importante é olhar para a frente e considerar suas opções. As outras faculdades ainda não responderam...

Vou concordando com a cabeça conforme ela fala, para demonstrar que estou ouvindo. Só para não acabar gritando. A discrepância de voltar para casa depois de estar na quase-mansão de Jessica é chocante. Aqui, as luzes são mais fracas; as cores, mais desbotadas; a mobília, escassa em vez de opulenta, e nada combina: uma cadeira no estilo chinês tradicional fica ao lado de uma mesa antiga vitoriana. O avental de trabalho do papai está pendurado nas costas da cadeira para secar, e a caixa de ferramentas está enfiada na base da estante, sob os calhamaços de planejamento financeiro e os livros de não ficção premiados que ele finge ler porque foi meu tio que recomendou. Uma pilha de pratos sujos nos aguarda no balcão da cozinha, largados ali na noite passada, com uma sacola de gojis fechada ao lado.

— Eu tinha falado pra você entrar na equipe de corrida — afirma o papai, e minha mãe lhe lança um olhar mordaz.

Ele não está seguindo o roteiro.

Eu me encosto no balcão da cozinha. Tento engolir o nó na garganta.

— Corrida?

— Não faz sentido falar disso agora — comenta minha mãe às pressas, enfiando-se entre nós dois. — Não vamos…

— Podia ter ajudado você a parecer mais versátil — insiste meu pai. — Talvez se fizesse mais exercícios…

Embora eu estivesse determinada a manter as emoções sob controle e aceitar o que quer que dissessem, isso faz tão pouco sentido que só fico olhando para ele. Parece que a característica marcante de meus pais é escolher uma coisa *muitíssimo* específica e tratar isso como a causa ou a solução de todos os meus problemas. Para meu pai, sempre foi o exercício físico. Está com febre? É falta de exercício. Está de mau humor? Vá fazer exercício. Uma espinha inflamada? Exercício de menos. Crise existencial? O exercício vai dar jeito. Foi sequestrada e ficou presa em uma ilha isolada? Isso teria sido evitado se corresse um pouco mais no seu tempo livre.

— Então tá bom, né — respondo com acidez, sabendo que não tem como argumentar com ele, como explicar que o problema não é a falta de participação nas equipes esportivas de Havenwood. A questão é que mesmo que eu entrasse, *sim*, na equipe de corrida e corresse seis horas por dia até perder a força nas pernas e o fôlego, Jessica, que se movimenta com a graciosidade de uma gazela, que corre maratonas *por prazer*,

Eu não sou Jessica Chen **35**

que quebra recordes sem esforço, ainda seria duas vezes mais rápida que eu. — Só... não quero falar disso...

— Não pode fugir do assunto — insiste meu pai, franzindo a testa. — Precisamos avaliar onde você errou pra que não se repita no futuro.

— Será que dá pra gente não fazer isso?

Ele franze ainda mais a testa.

— Que tipo de postura é essa? Olhe só sua prima Jessica. — Meu pai balança a cabeça com vigor. — Vocês duas vêm da mesma família, estudam na mesma escola, têm a mesma idade. Ela conseguiu ser aceita em Harvard... e em outras, quantas, cinco universidades de elite? Talvez você devesse aprender com ela...

— *Laogong* — interrompe minha mãe, lançando um olhar de alerta a ele. — Eu não acho que isso seja justo...

— Só criança fala de justiça — declara meu pai, gesticulando cada vez mais rapidamente, do jeito que faz quando está determinado a dar um sermão. — Acha que o mundo é justo? Se a pessoa for fraca, vai ser descartada. Olhe o que aconteceu com o Império Romano...

Se eu não estivesse com tanta vontade de chorar, provavelmente riria disso.

— Primeiro você me compara com a Jessica, e agora tá me comparando com *Roma*?

Então meu pai joga um termo em chinês na minha cara, uma daquelas expressões de quatro caracteres que não tenho conhecimento o bastante para entender, mas cujo sentido fica bem nítido.

Foco o olhar na janela atrás dele. Lá fora, o céu noturno é de um violeta sombrio, e a silhueta das Montanhas Ethermist se curva no horizonte. Vejo todas as casinhas enfileiradas uma a uma em nossa rua estreita, feitas dos mesmos materiais baratos, com os mesmos estilos desbotados de tijolo vermelho. Assim, de longe, parece a imagem de uma vida idílica de subúrbio, mas em vez de cercas brancas e gramados bonitos, temos só capim e ciprestes escuros, garagens minúsculas ocupadas por carros usados. *Classe média, aos trancos e barrancos*, como sempre descrevo na minha cabeça.

Não é incrível. Nem terrível. Apenas tão comum que chega a ser sufocante.

Poderíamos morar em um lugar melhor. Em um lugar com espaço suficiente para podermos correr no verão, com paredes de vidro modernas e quartos imensos com luz natural. Só que meus pais insistiram em ficar aqui, onde se paga mais para ter menos, porque achavam que minhas chances de sucesso aumentariam se ficássemos perto da minha escola. Eles apostaram tudo em mim — o tempo, a energia e as economias — e é isso que lhes dou em troca. Um custo que não terá retorno. Um investimento ruim.

— Pai, por favor… — Respiro fundo. — Escuta…

— Não, primeiro *você* me escuta. Estou sempre dizendo que se seguisse o exemplo da Jessica…

— Eu tentei. — Mal consigo formular as palavras. Aperto o balcão, cravando as unhas na pedra. Parece que estou na cena de um crime, com todos os meus piores medos e inseguranças espalhados no chão, sangrando pelos azulejos à minha frente. — Eu tentei, juro que tentei. Mas eu… — Minha voz falha. — Só não sou tão boa quanto ela.

Meu pai não concorda, mas também não nega. Em seu olhar há uma emoção pesada e exausta. Provavelmente decepção.

Sinto dor no fundo da garganta. *Não chora, não ouse chorar. Aqui, não.* Então vou embora sem dizer mais nada. Nenhum dos dois vem atrás de mim enquanto subo a escada, entro no quarto e tranco a porta. Minha visão está turva. Pisco, pisco com mais força, e seguro o coração antes que ele saia do peito. Então, no escuro e no mais absoluto silêncio, olho ao redor.

Minha última pintura está no meio do quarto, bem onde deixei. É um autorretrato que estive fazendo hoje de manhã,

Eu não sou Jessica Chen **37**

enquanto tentava me distrair dos resultados das candidaturas às universidades e evitar que a esperança me consumisse. Lembro de sentir orgulho da obra, de admirar a mistura harmoniosa de verde-musgo, branco cor de creme e rosa esfumaçado ao fundo, os ângulos marcados e as sombras delineando meu nariz e lábios contraídos, as grossas pinceladas pretas formando camadas pelo cabelo. Na pintura, meus olhos estão focados em algum ponto distante para além da tela, com magnólias florescendo à margem da imagem, suas pétalas roçando minhas bochechas. Estou com uma das mãos levantadas, como se aguardasse algo. Como se tentasse alcançar algo.

Só que agora, olhando para o retrato, sinto uma pontada cruel de nojo de mim mesma.

Pego a lata de tinta acrílica mais próxima e a atiro na tela, observando o pigmento escorrer até cobrir meus olhos e o retrato parecer representar qualquer outra pessoa, qualquer garota desconhecida triste que anseia pelo mundo. Então, com a tinta violeta ainda molhada nos dedos, e o cheiro forte e ácido queimando minhas narinas, enfio-me debaixo das cobertas e espero que o sono me consuma.

Acordo na manhã seguinte com o sol acertando meus olhos.

Que estranho, penso, sonolenta, piscando diante do brilho laranja intenso da janela. Meu quarto está sempre escuro, com as cortinas grossas e a vista monótona da casa de tijolos ao lado. Então ergo os braços para me espreguiçar, e a sensação de esquisitice se alastra por mim. As cobertas que tampam minha barriga são muito macias, muito leves, e os travesseiros estão mais altos do que de costume. Até o ar tem um cheiro diferente: é estranho de tão doce, feito morango, algum aroma que conheço, mas não consigo identificar.

Esfrego o rosto para me livrar da confusão. Mas, quando estreito os olhos, focando na minha mão, a pele parece... mais lisa.

Não há rastro da tinta que derramei ontem, embora seja muito difícil remover acrílico. Então percebo algo que me faz perder o chão e minha mente se embaralhar toda. Há uma marca de nascença entre meus dedos, do tamanhinho de uma moeda e em formato de flor.

Isso não estava ali antes.

Mas que droga é essa?

Com a cabeça girando, eu me sento devagar, e a estranheza só se intensifica. A estampa da roupa de cama é floral em tom pastel. Com certeza não foi com ela que me cobri ontem. Então o quarto entra em foco, e vou registrando os detalhes pouco a pouco. Uma cristaleira quase caindo por causa do peso de medalhas, certificados e livros didáticos. Uma mochila posicionada em uma escrivaninha com vista para o jardim lá embaixo, um MacBook reluzente já guardado lá dentro. O uniforme de Havenwood pendurado na porta do armário, a saia xadrez azul-marinho mais comprida que a minha, o bolso da frente do blazer adornado com tantas insígnias escolares que tem mais dourado e prateado do que tecido de fato. Já as vi antes, já observei elas durante assembleias longas e monótonas, encantada com o brilho que refletiam sob o holofote.

A ficha logo cai, porém, em seguida, fico ainda mais perplexa. Estou no quarto de Jessica Chen. Mas... como?

Tento recordar os acontecimentos de ontem, em busca de respostas, de uma explicação. Não, tenho certeza de que peguei no sono em meu próprio quarto. Será que tive um episódio de sonambulismo? Só que nunca fui sonâmbula. E a casa de Jessica fica a uns quinze minutos de carro da minha, um trajeto longo demais para percorrer a pé na calada da noite. Então... então o que aconteceu? Talvez alguém tenha me trazido para cá? Mas isso também não faz sentido. Lembro-me muito bem de trancar a porta do quarto. Só dá para destrancar pelo lado de dentro.

O ranger de um armário se fechando no andar de baixo faz meus pensamentos trombarem uns nos outros. Meus tios sa-

Eu não sou Jessica Chen **39**

bem que dormi no quarto de Jessica? Como vou explicar isso a eles? Sinto o rosto esquentar de pânico e meu estômago se revirar de constrangimento. Será que ontem fiquei tão triste que comecei a beber em algum momento? É por isso que não me lembro de nada?

Como de costume, estico a mão para pegar o celular na mesa de cabeceira. Só que o papel de parede na tela é uma foto de Jessica no baile do ano passado, com Leela e Celine, a outra melhor amiga dela, uma de cada lado. As três estão lindas — foram as únicas que usaram trajes completos, e as únicas que seriam admiradas em vez de ridicularizadas por causa disso —, mas Jessica é o centro das atenções, óbvio. Está sorrindo para a câmera, enquanto as outras sorriem para ela.

Mordo a parte interna da bochecha, e um terceiro sentimento horrível começa a revirar minhas entranhas. Não fui ao baile porque todos os vestidos dentro de meu orçamento ficaram horrorosos, e os que ficaram bons eram todos caríssimos. E porque não fazia sentido ir se Aaron não estava lá.

— Se concentra. Primeiro, acha o celular — sussurro em voz alta.

Então fico imóvel.

As palavras não são minhas. Estou ciente de que minha boca está se mexendo e formulando aquelas palavras, e sinto as vibrações na garganta, mas a voz não é minha. É mais aguda, mais gentil, e, estranhamente, terrivelmente familiar. Ouvi-a ontem mesmo.

Um pensamento bizarro e repentino me ocorre.

Impossível. Não tem como isto estar acontecendo. Não de acordo com as leis da física, da biologia, de qualquer coisa. Só que largo o celular de Jessica na cama — *o celular dela*, indica uma voz dentro de minha cabeça com um tom significativo, *na cama dela* — e corro para o banheiro adjacente, escancarando as portas. Paro subitamente na frente do espelho, com o coração martelando tanto que daqui a pouco vai saltar para fora do peito, e arregalo os olhos.

Não os meus, mas os de *Jessica*. A pessoa refletida no espelho é Jessica Chen. O cabelo preto brilhante. Os cílios compridos, o pescoço esguio e o corpo nas proporções perfeitas. E, no entanto, a expressão no rosto dela é uma que nunca a vi demonstrar: pura perplexidade. Completa descrença.

Não estou só no quarto de Jessica.

Eu *sou* ela.

— Jessica! — A voz de minha tia soa, e levo um momento para levantar o queixo que foi parar no chão antes de perceber que tecnicamente é comigo que ela está falando.

Ou com o corpo que agora habito.

É um sonho.

Essa é a primeira coisa que me ocorre. Deve ser um tipo hiper-realista de sonho. Então, em vez de gritar, fico encarando a única escova de dentes na bancada do banheiro e, depois de hesitar, procuro uma reserva, sem uso, agindo como eu agiria se tivesse dormido na casa de alguém. Ajuda o fato de eu já ter ficado na casa de Jessica várias vezes, quando meus pais ficavam trabalhando até tarde e não conseguiam me buscar, ou quando nossos pais insistiam que seria bom estudarmos juntas. Depois visto o uniforme que já está ali e percebo que não há nenhum amassado na roupa, que tem o mesmo cheiro suave de morango das cobertas. É por *isso* que era familiar. É o perfume característico de Jessica.

— Isto não pode ser verdade — murmuro, observando o rosto no espelho se mexer também.

Agitada, passo a mão pelo cabelo dela, mas todas as mechas voltam para o lugar. Franzindo a testa, repito o gesto com mais força, e acabo só criando um visual despojado, como se uma brisa da praia tivesse bagunçado um pouco o cabelo de minha prima.

Eu não sou Jessica Chen **41**

Não sei como, mas é esse detalhe ridículo e injusto que alivia meu choque inicial, abrindo espaço para outras possibilidades. Talvez eu tenha inalado muito do cheiro da tinta ontem. Talvez eu esteja em coma, e meu cérebro tenha decidido inventar esta fantasia, mesclando as cenas uma na outra com base nas informações prévias que eu tinha sobre Jessica e sua família. Tínhamos estudado algo do tipo na aula de psicologia. Lógico que esqueci dos detalhes assim que completei a prova no fim do semestre, mas a ideia geral ainda vale.

Já estou um pouco mais calma quando desço a escada para tomar café da manhã, o celular de minha prima no bolso e a mochila dela nos ombros.

O que quer que isto seja — sonho, alucinação ou simulação —, preciso deixar rolar até o fim. Esperar que passe, que eu acorde. Só porque o mundo está tão vívido que chega a parecer de verdade não significa que é mesmo.

Minha tia me lança um olhar estranho quando apareço, e meu coração acelera, certa de que ela vai perceber que algo está errado, de que essa vai ser a primeira falha em minha nova realidade falsa. Fico esperando que me pergunte o que estou fazendo na casa dela, mas titia apenas me faz cafuné.

— Não dormiu bem? Você nunca se atrasa de manhã.

— Ah... hã. — Pigarreio; ouvir a voz de Jessica ainda é chocante para mim. — Acho que eu só estava cansada...

— Bom, então se apresse — repreende minha tia, já se afastando para checar o próprio reflexo no armário de vinhos. Ela está vestindo um blazer e uma saia lápis, o cabelo arrumado com gel e um batom escuro na boca. — Tem bolo na geladeira... Eu não sabia qual estava mais gostoso, e todos pareciam bons, então acabei comprando um de cada.

Eu a encaro. Comer *bolo* no café da manhã me parece uma ideia inconcebível. Minha mãe jamais consideraria a possibilidade. Se exercício é a mania de meu pai, então uma dieta saudável e balanceada é a de minha mãe. Isso significa que ela reveza constantemente ovos cozidos, milho a vapor, leite de soja e mantou integral caseiro. Uma vez a cada três meses mais ou menos, temos a permissão de comprar um pão branco como um mimo (ou punição, na opinião de minha mãe, por causa dos males que o açúcar adicionado causa em nossos corpos).

Incrédula, vou até a geladeira — a geladeira de *Jessica*, na cozinha dela —, sem conseguir afugentar a sensação inquietante de que estou roubando a casa de outra pessoa. Arregalo os olhos quando abro a porta. Lá dentro há bolinhos de todos os tipos e cores imagináveis, cobertos com fatias de morangos reluzentes, farofa de castanhas, bolinhas de tapioca com açúcar mascavo, manga fresca ou grandes porções de creme batido. A decoração é tão elaborada, tão agradável aos olhos, que quase sinto culpa ao cortar o bolo de manga, decorado com florezinhas brancas e flocos dourados por cima.

Sentada à mesa imensa de jantar de minha prima, posicionada perto das janelas abertas e iluminadas pelo sol, termino de comer devagar, saboreando a cobertura que derrete na língua.

— Ah, Jessica, antes de você sair… — diz minha tia, com as pulseiras tilintando quando enfia a mão na bolsa Chanel. Chanel de verdade, com certeza. Lembro a mamãe uma vez apontar para aquele mesmo modelo em um catálogo online, o tipo de bolsa que ela adoraria ter, mas não pode bancar. Eu tinha tomado para mim o objetivo de juntar dinheiro suficiente para comprar de presente para ela e lhe fazer uma surpresa. — Aqui o dinheiro do almoço.

Minha tia me entrega um maço grosso de notas.

Eu me engasgo com o último pedaço de bolo.

— Aqui tem… — Em meio a tossidas, pego o dinheiro com bastante cautela, certa de que ela errou na contagem. — Aqui tem, tipo, setecentos dólares.

— Ah, desculpe. — Titia vasculha a bolsa e saca mais quatrocentos dólares, colocando a quantia em minhas mãos antes que eu possa reagir. — Aqui. Acho que isso dá. Agora, se

Eu não sou Jessica Chen **43**

apresse, suas amigas estão esperando você... E deixe o prato aí — acrescenta quando faço menção de arrumar tudo. — Vão chegar pra limpar daqui a uma hora.

Amigas.

Saio atordoada, o sol trazendo um conforto cálido para minhas bochechas, e o ar frio da manhã fazendo meus dedos e joelhos expostos arderem. Há uma Mercedes prateada parada na entrada de carros, com todas as janelas abaixadas, e a pintura está tão polida que o veículo parece novo em folha. Não sei o que mais me surpreende: o carro ali, ou as duas garotas lá dentro.

— Entra, amiga — grita Leela, enfiando a cabeça para fora, o rabo de cavalo caindo pela lateral do carro como uma cascata de água escura.

Isso, em si, não é muito diferente do que estou acostumada. Leela e eu somos amigas desde que estabeleceram que sentaríamos juntas na aula de arte. Éramos pintoras, as duas irritantemente fascinadas pelo período romântico, e ambas ansiosas para sermos amadas por todos. A questão é que Leela é *mesmo* amada por todo mundo. Se por um lado sempre a considerei minha melhor amiga, duvido de que eu seja uma das dela. Talvez nem chegue a entrar no Top Três. Essas vagas estão reservadas para pessoas especiais como Jessica Chen e Celine Tan, que no momento acena para mim do banco carona, com metade de um croissant entre os dentes.

Paro de andar.

Se isto é mesmo um sonho, é um bem bizarro.

Celine sempre me assustou. Ela é a que estuda em Havenwood há mais tempo e sustenta reputação de poeta, com um monte de indicações a diversos prêmios renomados na conta dela. Porém, embora consiga redigir páginas e páginas sobre a beleza da lua no meio do inverno até não restar uma mísera pessoa com os olhos secos no recinto, também já a vi trucidar outras com suas palavras. As feições dela seguem o mesmo modelo: suave, doce quando está sorrindo, mas dura que nem pedra quando não está, o delineador azul acentuando os ângulos intimidadores no rosto.

— Se a gente se atrasar pra aula de inglês e literatura, o Velho Keller vai me matar — resmunga Celine entre uma mordida e outra enquanto entro pela porta de trás. Então ela sacode outro croissant em minha frente. — Quer um? Ainda tá quente.

— Ah, tô de boa, valeu — consigo responder, tentando esconder o choque. Celine Tan nunca se dignaria a oferecer café da manhã *a mim*, o que significa que nenhuma delas notou algo de errado. As duas acham que sou Jessica. — Já comi.

— E a gente não vai se atrasar — garante Leela em tom alegre, engatando a ré. — Mas talvez os professores fossem mais flexíveis se você parasse de xingar tanto na aula…

— Não, nem fodendo. — Celine limpa as migalhas de croissant dos joelhos bronzeados e dobra uma das pernas em cima do assento. — Meus pais não tão pagando quarenta mil no ano pra eu ficar poupando palavra na aula, não. E é aquilo, xingar não é terapia, mas é *terapêutico*. — Ela olha para mim e balança as sobrancelhas bem feitas para cima e para baixo. — Você deveria experimentar, Jessica.

— Para de tentar levar nossa Jessiquinha, toda doce e meiga, pro mau caminho — responde Leela, com uma das mãos no volante e a outra dando um empurrãozinho no ombro de Celine. O carro dá uma leve guinada, e meu estômago vai junto, mas parece que as duas não percebem. — E, tipo, sem querer ficar implicando com os detalhes, porque você sabe que tô sempre do seu lado, amiga… mas você só paga vinte mil no ano.

Só uma aluna de Havenwood usaria a palavra "só" perto de "vinte mil".

— Isso é por causa da bolsa.

— E tem diferença?

— Bom, estou aqui representando todo o corpo discente.

Eu não sou Jessica Chen **45**

— Ah, faz favor. — Leela solta um som de deboche. O carro dá outra guinada quando ela vira na estrada principal, e aperto o cinto de segurança com força. — Como se a maioria de nós não tivesse bolsa.

— No caso, a maioria que é inteligente — corrige Celine, então para e pensa. — Mas justo. Os outros não contam.

Mordo a língua. Sou parte desses "outros" de quem estão falando; fiz a prova para a bolsa no mesmo ano de Jessica, e não consegui passar por dois pontos e meio. Uma questão idiota de álgebra, em que confundi o número seis com zero e que deixei passar uma variável — e minha vida foi arruinada para sempre por causa disso, meus pais tiveram que acumular mais turnos e trabalhar mais durante anos e anos sem reclamar.

Só que aí Leela foca o olhar no meu pelo retrovisor e solta um suspiro dramático.

— Óbvio que a Jessica é a que menos pode reclamar, considerando a bolsa integral.

— Eu nem sabia que eles davam bolsa integral antes da Jessica — comenta Celine, em um tom que é metade admiração e metade inveja, o sorriso afiado que nem caco de vidro. Ninguém nunca falou comigo assim. Ninguém nunca nem me viu como ameaça. A sensação é melhor do que deveria ser. Então ela acrescenta: — Acho que abrem exceção pros melhores.

Prendo a respiração ao ouvir essa palavra, repetindo-a na mente feito um mantra, sentindo um quentinho no peito que se espalha até as pontas dos dedos. É assim que as coisas são para Jessica o tempo todo?

— Você tá tão bonita hoje — afirma Leela, e por cinco segundos aterrorizantes, ela vira todo o corpo no banco do motorista para me observar. — Bom, você sempre tá bonita, mas seu cabelo fica *lindo* assim. Você deveria usar mais ele solto. Quer dizer, se quiser — acrescenta ela, como se estivesse com medo de dizer algo errado. — Qualquer estilo fica bonito em você, na real.

Ergo a mão e toco meu cabelo, de repente lembrando que Jessica costuma usá-lo preso em um rabo de cavalo alto.

— Sério? — questiono.

As duas confirmam com a cabeça, com um entusiasmo impressionante.

— Ah, é, com certeza — concorda Celine, rasgando com os dentes branquíssimos a beirada do croissant que me ofereceu. — Seu cabelo é literalmente o mais brilhoso que já vi. Que xampu você usa mesmo?

Provavelmente uma marca cara que eu não conseguiria pronunciar nem se tentasse.

— Um feito das lágrimas dos meus admiradores — respondo. — Superorgânico.

Há um momento de silêncio.

Fico tensa, esperando que as duas percebam que não sou quem elas pensam que sou, que gritem "Impostora!", que exijam que eu traga a verdadeira Jessica Chen de volta. Talvez assim este sonho lindo e inacreditável acabe.

Só que elas caem na gargalhada, e o som é tão alto que parece meio exagerado.

— Ai, meu Deus. — Leela está arfando e apertando a barriga. — Isso foi hilário, Jessica.

Enquanto o carro avança pela estrada sinuosa ao menos uns dez quilômetros por hora acima do limite de velocidade permitido, com alguma música triste altíssima tocando no celular de Celine e Leela cantando junto, me sinto cada vez mais desorientada. As conhecidas árvores cinzentas e sombrias começam a aparecer dos dois lados da estrada, de tons aquarela suaves de marrom e verde, a vegetação densa se estendendo na direção do horizonte nebuloso; o cinza mais quente do concreto passando sob os pneus; a luz do sol fraca banhando o para-brisa; as montanhas cobertas pela névoa se erguendo e caindo em conjunto. Lá está a Confeitaria da Frankie, famosa entre os residentes pelos lattes quentinhos e os rolinhos de canela com glacê; a es-

Eu não sou Jessica Chen **47**

tátua de mármore caindo aos pedaços de algum santo falecido, isolada no canto da avenida Evermore; o lago preto melancólico no qual Tracey Davis jogou o celular do ex-namorado, e no qual um dos garotos da nossa turma ficou tanto tempo submerso que os amigos chamaram uma ambulância.

Esta é a cidade em que morei a vida toda, conheço as ruas e vales tão bem quanto a palma de minha mão, mas agora está tudo diferente. Porque estou aqui como Jessica Chen, com suas melhores amigas, e, pela primeira vez, sinto que sou uma delas. Uma pessoa bonita, inteligente, talentosa e cheia de potencial; alguém em função de quem o mundo se adapta, e não alguém que se adapta em função do mundo.

É um sonho, lembro a mim mesma, abaixando a janela e deixando o vento afastar o cabelo do rosto, o ar fresco na minha pele se contrapondo ao que fico repetindo, de novo e de novo. *É um sonho.*

É só um sonho estranho e vívido.

Só que não sei mais se acredito nisso.

Capítulo três

— **Sai da frente** se não a gente passa por cima! — ameaça Celine.

A caloura fica sem reação, paralisada de medo, de olhos arregalados e rosto pálido, então reconhece quem está gritando. De uma só vez, ela se afasta da última vaga desocupada no estacionamento, segurando a mochila com força contra o peito, os cadernos quase caindo lá de dentro em meio à pressa.

— Valeu, Lydia — berra Celine à caloura enquanto Leela pisa no acelerador e manobra o carro com brusquidão para estacionar no lugar, por pouco não arrancando o retrovisor lateral da BMW ao lado. — *Amei* seu batom, aliás. É da Dior?

Lydia fica corada e abre um sorriso tímido e sincero.

— É… é, sim. — Ela hesita. — Você… quer um? Eu tenho outro porque minha irmã mais velha trabalha lá…

Eu me encolho diante da tentativa óbvia de elevar o próprio status social, mas não consigo culpá-la. Tem algo nesta escola, nestas pessoas, que desperta um desespero quase animalesco na gente, uma sede de validação.

— Puts, você conseguiria um pra mim mesmo?

Eu não sou Jessica Chen **49**

Celine pisca os cílios postiços compridos... um truque que parece funcionar com todo mundo.

— Claro, lógico! Eu... eu trago amanhã.

Observo a interação, incrédula. Só Celine Tan ameaçaria matar uma pessoa em um segundo e no outro a elogiaria, conseguindo terminar o diálogo sendo mais admirada do que antes... e ainda levando um batom de brinde.

Leela balança a cabeça e desliga o motor.

— Amiga, na moral, você precisa parar de assustar os coitados dos calouros. Mais um pouco e a Lydia enfartava.

— É pra manter a ordem — argumenta Celine sem um pingo de remorso, saindo toda graciosa do carro, com os saltos plataforma tocando o gramado sem fazer barulho. — Se a gente não gera uma quantidade aceitável de medo no coração dos mais novos, a escola vira pura anarquia. E não é isso que a gente quer, né?

Leela faz um som de deboche.

— Falou como uma líder de verdade.

— Eu seria uma líder ótima. Tenho todas as características: carisma, bom gosto, influência... — Celine se vira para mim, e o cabelo comprido quase me acerta na cara. — Me dá uma moral aqui, Jessica.

Resisto à vontade de olhar ao redor em busca de alguém que possa me ajudar a saber o que fazer. *Agora sou Jessica*. Celine está esperando que *eu* fale alguma coisa. O que minha prima genial e perspicaz diria?

— Hum.

Definitivamente não isso.

Mas Leela me salva.

— Para de obrigar a Jessica a te defender, ai, meu Deus.

— Só tô falando a verdade. Não há como negar os fatos.

— Guarda as táticas de persuasão pra redação de política, beleza?

Celine solta um grunhido.

— Nem me fala disso. Ainda tenho duas mil palavras pra escrever antes de meia-noite.

Enquanto seguimos pelos caminhos estreitos de cascalho até a entrada principal, minha atenção se dispersa da conversa, sempre impactada pela vista. O Instituto Havenwood parece bem o que se esperaria de uma escola com tal nome: poder antigo e riqueza geracional. O tipo de lugar para onde anjos vão para descansar e artistas, para morrer. Os edifícios imponentes de tijolo vermelho se erguem para além de uma extensão de abetos e um vasto mar de grama bem verde, com uma murta vermelha se esgueirando por cima dos portões de pedra feito sangue derramado. Nem meu pai, que não sabe e nem quer saber nada de arquitetura, conseguiu evitar comentar sobre os jardins majestosos, os gramados aparados cuidadosamente e as estátuas branquíssimas da primeira vez que veio aqui; além disso, o lema da escola está gravado acima de todas as portas, em dourado, para não o esquecermos: *Ad Altiora Tendo.* Eu me empenho rumo a um destino grandioso.

Uma sensação estranha de formigamento desce por meus braços quando pegamos o atalho ao redor da capela. Essa foi a última área anexada ao campus ("Então é pra *isso* que usam as mensalidades", comentou Leela comigo uma vez quando passamos por ali), embora o costume seja usar o local para estudar em vez de rezar, a menos que seja por notas boas.

Sussurros baixinhos e apressados de alunos soam depois que passamos, e logo percebo qual é a sensação diferenciada: estou sendo observada.

— Meu Deus, ela é *tão* linda.

— Quem?

— Jessica Chen. — Ouço um suspiro, tomado pelo maravilhamento. — Eu queria ser bonita assim.

— Impressão minha, ou ela ficou ainda mais bonita?

— *Não é?* A pele dela basicamente reluz.

— Se eu tivesse essa genética, juro que ninguém ia poder comigo.

Eu não sou Jessica Chen **51**

É surreal. Todo mundo em minha visão periférica está com o olhar focado em mim. Sinto a coisa se espalhando no ar, os olhos atentos às minhas costas, brilhantes, invejosos, afobados, o jeito que as pessoas mudam de postura para se adaptar à minha, como flores se virando em direção ao sol, algo tão sutil que me pergunto se eles sequer percebem o que estão fazendo.

— Ouvi dizer que começaram um fã-clube esses dias, sabia? — revela Celine quando chegamos ao edifício de ciências humanas.

Ainda estou tentando não me assustar com Celine Tan falando comigo. Quando eu era eu mesma, ela só se direcionava a mim se quisesse pegar algo emprestado na aula, ou quando eu estava em seu caminho no corredor.

— Um fã-clube? Pra quem?

— Pra *você*, óbvio — retruca Leela com um sorriso.

Isso é muito diferente do tratamento ao qual estou acostumada. Sou amiga dela há anos, mas Leela nunca me olhou com tamanha admiração sincera, como se eu estivesse um patamar acima dela.

E é então que resolvo, de maneira firme e categórica, que não tem como eu estar sonhando. Porque nem em meus sonhos mais ousados minha imaginação conseguiria conceber algo tão realista, criar um sentimento que nunca vivenciei em dezessete anos: o tipo de alegria que surge ao ser admirada pelos outros. O quentinho agradável no rosto, a firmeza dos passos. Como se eu tivesse passado esse tempo todo debaixo d'água, e agora estivesse enfim subindo à superfície, respirando, banhada pelo sol.

Mas se isto é a vida real... como foi que isso aconteceu? Que teoria explica essa situação? E o mais importante: se estou no corpo de Jessica Chen, vivendo a vida dela...

Quem está vivendo a minha?

* * *

Mesmo nos dias sem acontecimentos sobrenaturais bizarros, a primeira aula de inglês e literatura do dia costuma me dar dor de cabeça.

Todas as janelas estão fechadas, assim como a única porta, o ar na sala está abafado como o interior de um suéter de gola alta e emana um cheiro inexplicável de cloro (dizem as más línguas que uma vez morreu um aluno aqui, e a escola mesmo se livrou do corpo para evitar que a notícia se espalhasse). O Velho Keller já está escrevendo os objetivos do aprendizado do dia no quadro quando entramos, e a caneta pilot vermelha está tão fraca que mal dá para ler as palavras. Ali diz algo sobre solidão, egoísmo e metáforas.

Sendo sincera, o Velho Keller nem é tão velho assim. Com certeza é mais novo que meu pai. Só que o homem tem os trejeitos e o estilo de alguém que saiu do século XIX e veio parar aqui, e é conhecido por falar com tanto carinho de Shakespeare que parece que saíam para beber com frequência.

— Por favor, anotem os objetivos — orienta ele.

O professor nem precisa se dar ao trabalho; é o que ele diz em todo início de aula. Logo a sala está preenchida pelo barulho de cadernos se abrindo, canetas escrevendo em papel, cadeiras sendo puxadas, pessoas ocupando os assentos designados.

Embora ninguém nunca diga isso em voz alta, existe um padrão bem nítido na disposição das carteiras. Uma linha invisível que divide a turma. De um lado, há os herdeiros, os garotos de ombros largos e as garotas bronzeadas, os filhos ricos e as filhas de donos de firmas de advocacia, professores de universidade e magnatas da construção civil. Do outro lado, há a galera asiática.

Lógico que em toda regra há exceção. Como Charlotte Heathers, que é uma nerd do teatro e da música, tem zero redes sociais e só anda com os pianistas prodígio.

Estou seguindo para minha mesa de sempre, no centro, quando Leela segura meu braço. Então me puxa, com uma expressão estranha, como se não soubesse se estou brincando.

Eu não sou Jessica Chen **53**

— Aonde você vai?

— Hã?

Algumas pessoas viram a cabeça em nossa direção, com expressões tão confusas quanto as de Leela.

— Não vai se sentar comigo? — questiona ela, acenando para a cadeira ao lado.

A cadeira de Jessica.

Hesito. E me recomponho.

— Ah... é. Desculpa, eu... eu me distraí...

— Senhoritas, senhoritas, parem com o falatório e tomem seus lugares logo. — O Velho Keller nos lança um olhar só meio feio. Como com a maioria dos professores, a atitude severa dele não parece se aplicar a Jessica Chen. — A aula começou um minuto atrás.

Logo me sento, mas não consigo parar de olhar para a carteira vazia em que eu deveria estar. Meu coração acelera cada vez mais, o que não me permite ouvir o início da explicação do Velho Keller. Será que uma outra versão minha vai aparecer na aula hoje? Alguém com meu rosto e corpo, mas não minha personalidade? Ou existe uma espécie de multiverso em ação, no qual duas versões de mim existem ao mesmo tempo, e minha consciência está dividida entre ambas? Esse pensamento me causa um arrepio até os ossos.

Só que a carteira continua vazia, e nenhum de meus colegas de turma menciona minha falta. O mais estranho é que o Velho Keller não comenta sobre minha ausência também, e ele é o tipo de professor que só aceita falta em caso de morte. Mesmo se a pessoa estivesse *quase* morta, ele ainda esperaria que o aluno usasse o último sopro de vida para ir se arrastando para a aula fazer anotações sobre o simbolismo de *Romeu e Julieta*.

—... antes de passarmos para o próximo bloco, queria devolver as redações de vocês. É, *até que enfim*, eu sei, obrigado pela paciência. Fiquei impressionado sobretudo com o trabalho de Jessica — declara o Velho Keller, com um raro sorriso, as rugas finas em volta da boca ficando mais marcadas ao se virar para mim. — Sua tese foi, ouso dizer, inovadora. Interpretar os personagens de Edith e Clara como sendo propositalmente intragáveis, a personificação dos próprios medos do autor... De fato, interpretar a personificação delas como uma zombaria de si mesmo... É uma perspectiva tão nova e incisiva, e indica como compreendeu bem o texto e os temas. Não estava só pensando *no* livro, mas para *além* dele. — O professor faz uma pausa dramática, pigarreando. — Você sabe que não tenho o costume de dar a nota máxima para redações, considerando que a escrita não tem como ser perfeita nunca, mas fui levado a abrir uma exceção neste caso. Muito bom. Muito bom mesmo.

Todas as perguntas que passam pela minha cabeça resolvem ir dar uma voltinha quando um rubor feliz toma minhas bochechas, e meus lábios se curvam para cima no automático. Se este sentimento radiante e explosivo fosse álcool, eu estaria trêbada. E não consigo evitar; quero mais. Quero tudo o que nunca tive.

— Muito obrigada, sr. Keller — respondo com a voz doce e angelical de Jessica. Coloco uma mecha de cabelo perfeita atrás da orelha perfeita e continuo, perfeitamente charmosa: — De verdade, não sei como teria entrado em Harvard sem sua orientação durante todos esses anos...

Funciona melhor do que eu esperava.

Há um momento de silêncio antes que a turma toda reaja. Uma explosão de barulho, cor, aplausos, parabéns e elogios vindos de todos os lados.

— Ai, meu Deus — exclama Leela com um gritinho, pulando da cadeira com tamanho entusiasmo que quase me assusta. Parece mesmo que ela vai chorar de alegria. — Ai, meu Deus... Você foi aceita em Harvard? Isso é incrível, Jessica. Não acredito que não me contou *na mesma hora*. Você tá no céu, não tá? Eu tô no céu por você. Seus pais sabem? Qual foi a reação

Eu não sou Jessica Chen **55**

deles? Vou ligar pra minha mãe, ela vai ficar tão animada. Ela sempre disse que você ia longe!

— Tipo, todo mundo já imaginava — comenta Celine à minha esquerda, e é difícil discernir a emoção em seus olhos delineados de azul. Ela não se mexeu nem um centímetro, mas está olhando bem para mim, como se ainda estivesse tentando decidir qual deveria ser a própria reação. Até que, por fim, curva o cantinho da boca. Tanto uma afirmação quanto um desafio. — Parabéns, ô piranha.

— Você é literalmente a única pessoa que eu conheço que foi aceita — comenta Leela, toda animada.

— Espera aí, a Cathy Liu não tentou? — indaga alguém. — Ela deve ter sido aceita também, né?

Algumas pessoas se viram para procurá-la. Olho para trás na direção de Cathy, que permanece imóvel diante da súbita atenção, os olhos grandes de corça focando em mim. Ela pulou dois anos quando ainda estava no ensino fundamental; isso, junto ao fato de ter feições naturalmente joviais, com as bochechas rechonchudas e as sobrancelhas delicadas, e o costume de usar joias em formato de coração e laços coloridos no cabelo, passa a impressão de uma pré-adolescente que entrou na sala dos formandos sem querer. Só que as notas dela são prova de que não houve erro algum. Cathy vem colecionando prêmios acadêmicos por quase tanto tempo quanto Jessica, e uma vez saiu um breve artigo sobre ela no jornal local, com uma foto da garota sorrindo e mostrando todos os certificados de premiações, ainda com janelinhas entre os dentes.

Não fico surpresa quando Cathy assente uma vez.

— Ah, então temos *duas* garotas de Harvard entre nós — comenta outra pessoa.

— Silêncio, pessoal… Os outros professores vão achar que estou comandando um circo aqui dentro — repreende o Velho Keller, mas ele não parece nada incomodado enquanto balança a cabeça e se recosta no quadro branco; parece só orgulhoso.

— Parabéns, Cathy — digo a ela, surpresa com a naturalidade com que as palavras saem de minha boca, com o quanto meu sorriso parece genuíno.

É tão fácil ser generosa quando se tem tudo. Tão fácil ser gentil quando não se está sofrendo. Não importa se as pessoas estão celebrando outra pessoa, porque já estão me celebrando também.

Cathy retribui o sorriso.

— Parabéns também. Você é icônica.

Mesmo depois que o Velho Keller começa a entregar nossas redações, alguém me dá um tapinha de parabéns nas costas, e outra pessoa brinca dizendo que quer ser igual a mim quando crescer, mesmo que seja três meses mais velha que eu.

É como se eu recebesse outra chance de refazer a noite de ontem. Como se o universo tivesse se realinhado com meus mais profundos desejos e sonhos. Toda vez que eu me beliscava para acordar quando começava a ficar zonza de tanto estudar, quando estava prestes a vomitar antes de uma prova importante, quando ficava acordada até a lua dar lugar a um céu em chamas, destacando trechos com marca-texto, escrevendo e repetindo fatos obscuros baixinho, quando preenchia as telas pincelada a pincelada, *esta* é a cena que eu idealizava. Bem assim, deste jeito.

Os corpos reluzentes e acolhedores ao redor, a pulsação elétrica em forma de inveja, o anseio tomando os rostos alheios. Por anos, fiquei lá do fundo da sala observando Jessica Chen, o jeito que minha prima se sentava com o queixo erguido e a postura ereta; o jeito que o rabo de cavalo balançava quando ela ria; o jeito que os professores tinham elogios e sorrisos especiais só para ela. Observei e me perguntei como seria ser *tão* talentosa, *tão* genial…

E agora sei.

Sou incrível. Invencível.

Parece que eu conseguiria arrancar o Sol do céu e devorá-lo.

* * *

A primeira e única vez que ganhei algo foi em uma competição artística.

Eu tinha feito uma pintura enorme da minha família, com meus pais no meio, os olhos tristes mas sorridentes, e eu ali no canto, de feições escurecidas e turvas à sombra deles. O objetivo era que o cenário fosse de difícil distinção; não havia nada além de um campo aberto e amplo, e gavinhas de névoa roxa-clara se erguiam ao redor de nós feito fumaça, insinuando um lugar em vez de o representando em si. O júri tinha dito algo sobre a solidão inexplicável que fez o trabalho se destacar. Uma das componentes até tinha lacrimejado enquanto observava a pintura.

Quando fui ao palco para receber a recompensa por minha solidão, com o olhar focado na medalha de ouro e no prêmio de cem dólares em dinheiro, o garoto que tinha ficado em segundo lugar (autor de uma obra abstrata, supostamente no estilo do pintor Pollock; para ser sincera, só achei a pintura uma grande bagunça mesmo) havia me parabenizado. E então, com o ar de quem fazia uma acusação descarada, acrescentou:

— Você só participou porque quer prestígio, né?

— Ué, foi — respondi, com a medalha já rente ao peito. Adorava o peso do objeto, as bordas polidas, o jeito que cintilava sob as luzes. — Óbvio.

Ele me encarou, ficando claro que não tinha imaginado que eu concordaria.

Fiquei surpresa com a surpresa dele. Por qual *outra* razão teria me inscrito para participar e me dedicado tanto se não me importasse com o prestígio? Parece uma motivação comum para homens, e nunca ninguém os questiona a respeito. Os campos da história e da literatura estão cheios de reis que perderam a sanidade em nome do prestígio, de cavaleiros que mataram em busca disso, escritores que dedicaram a vida a obtê-lo. É o norte de minha bússola, para onde direciono toda a minha vida.

É fonte de energia para meu corpo: comida, água, oxigênio e o desejo incessante e propulsor de ser excelência.

Agora, andando pelo campus como Jessica Chen, junto de Leela e Celine, sinto o gosto. Do *prestígio*. Radiante que nem a luz branca do sol banhando o gramado recém-aparado. Doce que nem os morangos cobertos de chocolate que Leela dividiu com nós duas. A notícia do "sim" de Harvard se espalhou pela escola, e as parabenizações não param de chegar.

Eu poderia viver assim para sempre, penso, sorrindo, enquanto me sento na grama, bem ao sol, com a saia se espalhando ao redor das coxas, o chocolate delicioso derretendo na língua. Faz menos de um dia, e já não consigo suportar a ideia de voltar ao meu antigo eu, pequeno e imperfeito, às minhas decepções e inseguranças banais.

— Ficaram sabendo da última? — indaga Leela, deitando-se perto de mim e levantando a mão para proteger os olhos do sol.

Celine também se deita, mas de lado, em uma pose impactante de supermodelo, apoiando-se no cotovelo. De alguma forma, ela consegue enfiar dois morangos inteiros na boca e mastigar.

— Qual é a última?

— *Aaron Cai*. — Leela me lança um olhar carregado de intenção ao dizer o nome dele. Por um momento, esqueço quem sou, e meu coração começa a bater forte. — Ao que parece, ele voltou do curso de Paris antes da hora.

— Sério? — Celine ergue as sobrancelhas. — Quem larga um curso chique de prodígios pra voltar pra cá?

Ela acena com a mão para os outros alunos zanzando pelo gramado ensolarado; metade deles está fingindo estudar. O vento sopra as nuvens até se dispersarem lá em cima.

— Havenwood não é assim tão ruim — argumenta Leela, rindo.

— Depende de pra quem pergunta.

Eu não sou Jessica Chen **59**

— Bom, ele tem os motivos dele. — Leela se vira para mim, os lábios cobertos por gloss abrindo um sorriso cheio de significado. — Tô aqui imaginando se ele ficou ainda mais bonito. A estrutura óssea dele sempre foi impecável.

Mal consigo conter o som de deboche, embora eu saiba que *sim*, óbvio que Aaron ficou mais bonito.

— Pra ser sincera, não acho que ele precise ficar mais bonito. Viraria um perigo real pra sociedade. Não teve alguém que deu com a cara em um muro dois anos atrás porque tava olhando pra ele?

Leela gira o corpo, gargalhando ainda mais.

— Não dá pra culpar a pessoa.

— Bem, espero que ele tenha ficado mais bonito — opina Celine, erguendo as sobrancelhas até quase chegarem ao couro cabeludo. — A proporção de garotas bonitas pra caras bonitos por aqui é vergonhosa.

—Achei que você tinha dito que o Blake Chen tava ficando gato — comenta Leela.

— É, mas aí ele cortou o cabelo, lembra?

— O Blake Chen ainda é melhor que o Aaron — murmuro sem pensar.

As duas ficam caladas de um jeito estranho, e meu estômago se embrulha. Lógico que Jessica Chen nunca faria um comentário desses, sendo brincadeira ou não. Talvez agora seja a hora... As duas vão perceber que não sou ela. E depois, o que acontece? Vou acabar voltando ao meu próprio corpo?

Então uma voz familiar emana de detrás de mim, a última voz que quero ouvir.

— Com o intuito de não defender meu próprio lado, concordo.

Sinto o pescoço ficar quente quando viro a cabeça e dou de cara com Aaron. Ou com a cintura dele, no caso. Ele está de pé enquanto estou sentada, sua sombra me cobrindo, e a luz do sol circunda sua cabeça feito uma auréola.

— A-Aaron… — sussurro com dificuldade.

Ao que parece, aquela coisa de ele sempre aparecer na hora errada ainda está funcionando, mesmo que eu não seja mais eu mesma.

— Não foi isso… O que eu quis dizer foi…

Ele cruza os braços.

— Hum?

Não consigo pensar em nada a dizer que não me faça afundar mais no buraco que eu mesma cavei. Não ajuda o fato de que vejo, com muita nitidez, Celine formando com a boca as palavras "ele com certeza ficou mais bonito" sem fazer barulho. Então só pigarreio e como outro morango.

— Quer se sentar aqui com a gente? — sugere Leela, com a voz alegre, dando um tapinha no espaço ao meu lado. — Não acredito que você voltou. Faz, tipo, uma eternidade que não te vejo.

Aaron foca no rosto dela, depois na grama, então em mim de novo. Aí hesita.

— A gente precisa colocar o papo em dia — prossegue Leela. — Por que voltou mais cedo de Paris?

É como observar uma janela sendo fechada; algo na expressão dele fica tenso, depois desaparece. Ele endireita a postura e ajeita a mochila no ombro.

— Hoje não vai dar. Foi mal.

— Ah — solta Leela, decepcionada. — Tudo bem.

— Fica pra próxima — promete ele.

E logo quando acho que Aaron foi embora, e sinto uma mistura de alívio e decepção se acomodando dentro de mim como o sedimento de um rio, ele chama Jessica.

Jessica.

Um instante demorado se passa. Eu me viro, e a expressão de Aaron muda de novo. Parece surpreso por um momento. Quase assustado.

Eu não sou Jessica Chen **61**

— Oi? — respondo, com o coração acelerando.

— Não — diz ele, embora ainda me olhe como se tivesse visto um fantasma. Depois balança a cabeça. — Não é nada.

Capítulo quatro

O resto do dia na escola passa como um filme perfeito.

Na aula de história: a professora faz uma pergunta sobre a Guerra Fria, e todo mundo se volta para mim no automático, aguardando. Antes eu podia responder certo e ninguém nem me dava bola. Agora nem preciso levantar a mão para falar. Quando faço uma piada, a turma toda ri. No final, fazemos um quiz, e todos na sala ficam tentando encontrar meu olhar, em uma súplica silenciosa para que eu entre no grupo deles.

No corredor: um grupo de calouras para, me olha duas vezes e diminui o passo, acotovelando-se e sussurrando. Consigo discernir algumas palavras, que são repetidas de novo e de novo: "É ela. Jessica Chen. Harvard. Tão talentosa. Eu queria…". Levanto ainda mais o queixo e sorrio para as meninas, que ficam toda vermelhas, como se tivessem sido cumprimentadas por uma celebridade. Uma delas começa a gaguejar, elogiando minha saia, embora estejamos todas com o mesmo uniforme. Quando me afasto, elas estão rindo.

— Não acredito que você falou isso pra Jessica Chen. Tipo, eu ia cair morta de vergonha.

No gramado durante o almoço, depois que gasto quarenta das centenas de dólares que tenho para comprar um bagel de salmão caríssimo e um frappuccino de abóbora com especiarias, Cathy Liu vem saltitando em minha direção. Os brincos prateados brilham ao sol, e ela está com uma câmera pendurada no pulso.

— Parabéns de novo, Jessica — diz ela, primeiro acenando para mim, depois para Celine e Leela, que já estão deitadas na grama, quase na mesma posição que estavam no intervalo de manhã.

Leela acena de volta. Celine só tira uma mecha de cabelo do rosto.

Não é a primeira vez que vejo Cathy se aproximando do grupo de amigas de Jessica. Ela está sempre pela mesa delas depois da aula, perguntando à Jessica das notas, seguindo as três como um cachorrinho, animando-se ao receber migalhas de atenção. Elas nunca a ofenderam, lógico, nem a excluíram completamente. Só que dava para perceber no ar a sensação confusa que me fazia ficar longe toda vez que Jessica estava com as melhores amigas, quando ela se transformava de minha prima na garota que todos desejavam. *Vocês bem que queriam ser a gente*, cantarolava a energia ao redor delas. *Mas não conseguem.*

Mas então o impossível aconteceu: eu *sou* ela. Dou um gole no frappuccino, sentindo a doçura cremosa descer pela garganta, e espero Cathy falar.

— Na verdade, vim aqui em nome do comitê do anuário — explica ela, remexendo na alça da câmera. — Tão fazendo um vídeo sobre os melhores alunos da escola, e, bom, óbvio que querem entrevistar você. Você tem, tipo, uns dois minutinhos?

Abro um sorriso deslumbrante.

— Claro, por que não?

— Ai, meu Deus, que tudo, obrigada.

Cathy levanta a câmera, e, enquanto a lente se alonga com um som mecânico baixo, focando em mim, endireito a postura, com os ombros relaxados e o queixo erguido. Pela primeira vez, não sinto a necessidade de checar minha aparência. *Sei* que estou bonita. Até o jeito que minha sombra se projeta no gramado é impressionante, minha silhueta perfeita como a de uma boneca.

— Então, Jessica — começa Cathy —, com certeza você ouve muito isso, mas a gente morre de vontade de saber: como faz para equilibrar todos os pratinhos na vida? Você consegue *dormir* em algum momento?

Dou uma risada leve, como uma imortal sendo questionada a respeito do segredo para a longevidade.

— Nunca penso nisso como equilíbrio. É que me interesso por tantas coisas, que pra mim seria mais difícil escolher uma só e dedicar o tempo todo a isso. As pessoas sempre dizem que não dá pra fazer tudo, mas, ué, será que não? — As respostas falsas disputam corrida uma com a outra enquanto saem de minha boca. *Estão vendo como sou acessível? Dedicada? Humilde?* — E quando se trata de sono, podem ficar *tranquilos* porque durmo, sim. É por isso que acordo revigorada de manhã. Aliás, adoro dormir.

Cathy concorda veementemente com a cabeça.

— Nossa, tudo isso que você falou… Que resposta eloquente e inspiradora.

Sem nenhum contexto, ninguém acreditaria que alguém respondeu mesmo à frase "adoro dormir" desse jeito.

— Que bom que acha isso — afirmo, dando outro gole na bebida enquanto uma brisa suave esvoaça meu cabelo; até a natureza coopera comigo.

É tão divertido interpretar este papel, como quando eu fingia ser uma cantora famosa dando um show no chuveiro, ou quando eu fazia um discurso imaginário após receber um Oscar dentro do quarto.

— Agora — continua Cathy —, que conselho daria pros calouros que talvez estejam ansiosos com os estudos?

Eu não sou Jessica Chen **65**

Dou uma piscadela para a câmera. Acho que é a primeira vez que dou uma piscadela na vida; da única vez que tentei, alguém achou que eu estava tendo um espasmo muscular. Só que agora a coisa acontece de forma natural, como todo o resto.

— Se eu fosse dar um conselho, diria... Control C + Control V são seus melhores amigos.

Cathy ri ainda mais alto do que imaginei, um som estridente e oscilante, e a câmera treme junto aos seus ombros.

— É brincadeira, óbvio. — Também rio. Jessica tem o tipo de risada contagiante, que emana da boca e preenche o ar. — Mas, sério, meu conselho é aproveitar a jornada.

Na minha mente, surge a lembrança de mim mesma exausta, chorando de soluçar às três da manhã porque não consegui terminar o projeto da aula de inglês e literatura que era para o dia seguinte.

— Estudar é importante, mas não dá pra só se enfurnar em casa com os livros...

Outra lembrança: eu deitada de bruços, com o jantar esfriando na escrivaninha, e um monte de simulados ao lado.

— E, sabe, não leve as coisas tão a sério...

Eu, inclinada para a frente e digitando na barra de pesquisa: "Não entendo logaritmo. Estou ferrada, né?". Então, eu arremessando a caneta pelo quarto quando não conseguia resolver a equação.

— É só isso. — Abro um sorrisão, com o sol me banhando. — Acredite em você mesma, e tudo vai dar certo.

Quando o último sinal toca, pego o primeiro ônibus que está saindo da escola imersa em um transe, minha cabeça girando. Parece que já se passou uma eternidade desde que abri os olhos de manhã.

Quanto tempo isto vai durar? Quanto tempo até o encanto ser desfeito? Um dia? Uma semana? Preciso de respostas.

Preciso ir para casa — não a de Jessica, a minha. Tem que haver alguma pista, alguma evidência do que está acontecendo comigo. E, mesmo em meio à euforia confusa, há outra pergunta crucial que venho matutando na cabeça:

Cadê a verdadeira Jessica Chen?

Tenho que encontrar minha prima — mas como vou fazer isso se estou trajando seu rosto?

O céu já começou a escurecer quando paro diante da porta da frente, e nuvens escuras se aglomeram lá em cima em uma ameaça de chuva. Fixo os pés no azulejo e, com a mão trêmula, toco a campainha. Então me detenho. Sinto uma vibração correr pelas veias, a mesma de antes de entrar na sala para fazer uma prova. Será que uma versão antiga minha vai abrir a porta? Vou me deparar comigo mesma? Será que corro? Ataco? Chamo a polícia?

Não, lógico que não. Ninguém acreditaria em mim.

Pensar nisso me dá uma pontada de apreensão. Estremeço e aperto mais o blazer ao redor do corpo. Não importa o que aconteça, estou sozinha nesta situação.

— Não vai dar pra trás agora. Acaba logo com isso — ordeno a mim mesma, sibilando, e ouvir a voz de Jessica me faz entrar em ação.

A campainha toca uma vez antes que a porta se abra.

Não sou eu quem aparece à soleira, mas um rosto tão familiar quanto o meu.

— Mã… — Paro de falar. Pigarreio. — T-tia. — A palavra soa horrível de tão rígida e nada natural saindo de minha boca.

Soa *errada*. Como chamar nosso sofá azul-petróleo de verde, ou apontar para uma tartaruga e chamá-la de rato.

A leve surpresa deixa minha mãe sem reação por um momento, mas ela logo substitui a expressão por um sorriso. É um sorriso que logo reconheço, a expressão acolhedora e educada que ela sempre usa quando está recebendo visita. Já a vi colocar essa expressão no rosto em inúmeras ocasiões, bem no meio de um sermão, quando um vizinho aparecia com uns biscoitos fresquinhos ou um parente na China fazia uma chamada de vídeo com ela. Uma hora minha mãe estava me repreendendo por espalhar muita água em torno da pia do banheiro e na outra era só gentilezas e voz doce, como se estivesse na presença da realeza.

Só que esse sorriso nunca foi direcionado a mim. Parece errado também, mais até do que chamá-la de "tia". É gentileza demais, uma grande forçação de barra. É algo pelo qual nunca achei que fosse passar: minha mãe me olhando como se eu fosse alguém de fora.

— Jessica — cumprimenta ela. — Não imaginei que viesse visitar hoje. Está precisando de alguma coisa?

Tento espiar lá dentro da casa, mas não vejo ninguém.

— Hã… eu só… queria terminar um projeto que Jenna e eu estamos fazendo em grupo. Ela deixou o material no quarto. Tudo bem eu dar um pulo lá?

Fico observando a reação dela com atenção, em busca de indícios de… Nem sei o quê. Talvez incompreensão. Desconfiança. Talvez esperando que ela leve a mão à boca e exclame: "Por falar de Jenna, eu não a vi hoje". Ou ainda melhor: "Lógico, Jenna está lá em cima".

Porém, minha mãe não diz nenhuma dessas coisas. Sua expressão é tranquila, e o sorriso educado segue intacto. Em vez de ser reconfortante, só intensifica meu incômodo.

— Ah, lógico. Vem, entra.

Entro na sala sem pensar, do jeito que já fiz milhares de vezes: tirando o blazer e o jogando no sofá; largando a mochila no chão com um baque; calçando o chinelo de plástico rosa ao lado do armário de casacos.

Só depois de completar essa sequência de gestos rotineiros é que percebo minha mãe me observando.

— Hã — murmuro, em pânico, tentando pensar em uma saída. Consigo dar uma risada breve. — Desculpa, tia. Eu estava... acho que fico confortável demais aqui, sabe, além da conta. É mais familiar pra mim que minha própria casa.

A expressão dela se suaviza.

— Ah, e é assim que tem que ser. Somos todos família. Pode ficar o mais confortável possível.

— O-obrigada — respondo, distraída. Ainda não há sinal de mais ninguém na casa. Passo o olho pela cozinha vazia, a mobília desbotada e os retratos de família até meu quarto lá em cima. Deste ângulo, só vejo a porta fechada. — Vou só... vou lá começar, então.

— Lógico — concorda minha mãe, mais uma vez mostrando um sorriso, desta vez mais brilhante do que nunca, mas ainda estranho. Ainda incomum. A coisa toda me incomoda, a postura distante e as gentilezas. Ela deveria estar me enchendo o saco para fazer o dever de casa ou lavar o cabelo a tempo do jantar, não falando toda fofa como se eu fosse filha de outra pessoa. — Leve o tempo que quiser.

Subo a escada às pressas, dois degraus por vez, com o coração acelerado feito uma criatura selvagem e assustada. Então entro com tudo no quarto sem bater à porta, esperando... qualquer coisa. Uma cópia de mim, um fantasma, uma força sobrenatural. Um banner e uma equipe de filmagem informando que caí em uma pegadinha.

Mas apenas me deparo com o silêncio.

Só ouço minha respiração ofegante, como se tivesse vindo correndo da escola. Não tem ninguém aqui. Na verdade, não tem nenhum indício de que alguém entrou aqui desde que fui dormir ontem. As cobertas estão amarrotadas; a cama, desfeita; o cobertor caindo do colchão.

Vou espiando ao redor, e, de um jeito estranho, parece que estou invadindo meu próprio quarto. O uniforme está ali onde o joguei da última vez, amassado no fundo do armário; a saia sarapintada com manchas de tinta seca que resistiram aos lava-roupas mais potentes disponíveis no mercado. Até o dever de

Eu não sou Jessica Chen **69**

casa está no mesmo lugar, o livro de matemática aberto na página das perguntas extras; o notebook meio aberto e carregando; meus marca-textos escapando do estojo.

Nadinha mudou, e, ainda assim...

Não consigo deixar de sentir que tem algo errado. Algo importante.

Com a boca seca, vou andando devagar pelo quarto, tratando-o como a cena de um crime, sendo cada caneta, post-it amarelo e rímel meio seco uma prova do que isto é. Mas o *que* é? O que sou agora? Fico com as mãos fechadas ao lado do corpo e deixo o olhar vagar pelo cômodo.

E aí percebo.

O autorretrato que eu estava pintando. Está no lugar de sempre, na vertical, com respingos de tinta pela tela graças ao meu acesso de raiva. O violeta escorrendo, os borrões de preto. Sinto o nó na garganta de indignação outra vez, mas logo vira medo quando observo com mais cuidado. A diferença é pequena, sim. Tão sutil que era provável que passasse despercebida. Sendo confundida com uma ilusão de ótica, uma falha da memória. Só que está ali.

De algum modo, a tinta que arremessei ontem à noite... se espalhou. Antes, só meus olhos estavam cobertos, o resto das feições nítido e vívido como se eu tivesse um espelho diante de mim. Agora, a parte superior do rosto toda está escondida, sumindo atrás de camadas de violeta. Não é só que a tinta escorreu... isso faria sentido, pelo menos. Parece que alguém entrou aqui e passou um pincel molhado pela pintura, uma série de pinceladas ágeis e desordenadas que embaçaram meu nariz e testa.

Sinto um arrepio pela coluna.

— O *que é isso?* — questiono em voz alta, em meio ao silêncio vazio. — O que tá acontecendo?

Meus dedos se estendem à frente, parando a poucos centímetros da tela. Bem, *meus* dedos, não. Não os dedos que pintaram o autorretrato, e sim os de Jessica. Mais compridos e delicados, a marca de nascença brotando na pele feito um borrão de tinta.

Pressiono as têmporas e tento pensar como minha prima. Se tivéssemos trocado de corpo e ela tivesse acordado de manhã como eu, o que teria feito?

Beleza, vamos recriar o cenário.

Vou até a cama e, sem jeito, sento-me ali, com as molas rangendo por causa do peso. Então, uma vez deitada, fecho os olhos, depois os abro e simulo um bocejo exagerado.

Tranquilo. Acordo. Sou a Jessica Chen de verdade, ou a alma de Jessica, em meu próprio corpo — no caso, no corpo de Jenna. Meu Deus, que confuso. A questão é: sou Jessica. Sou superinteligente, prática, responsável, e todo mundo é apaixonado por mim. Nunca erro. Nunca acordo com o cabelo feio. Nem sei o que é uma espinha. Tenho a vida perfeita. Minha vida é tão incrível que é provável que eu dê risada até dormindo, e isso seria fofo, não bizarro. Agora, acordei no quarto de minha prima por algum motivo inexplicável, então a primeira coisa que faço é…

A primeira coisa que fiz de manhã: procurar o celular.

Eu me sento e abro a gaveta ao lado da cama. O aparelho está bem onde deixei, intocado.

Certo. Sinto palpitações enquanto continuo seguindo minha linha de raciocínio.

Como sou Jessica, e meu cérebro magicamente funciona dez vezes mais rápido que o de um ser humano comum, logo chego à conclusão de que não estou no meu próprio corpo. Isso me deixa *extremamente* chateada, porque amo meu corpo, meu rosto e minha família, minhas notas e minha coleção cara de vestidos de verão. Fico desesperada para localizar meu corpo e fazer tudo voltar ao normal, então ligo para mim mesma.

Sinto o peso do celular na mão, e paro para pensar. Lógico que não sei a senha, mas tudo bem, porque posso usar a digital…

Eu não sou Jessica Chen   **71**

Finjo fazer o gesto enquanto falo, então rolo para cima. *Hora de fazer aquela ligação, e o registro deve estar aqui...* Entro no histórico de chamadas e franzo a testa. Nada. Nenhuma ligação nova desde ontem.

Tudo bem. Então talvez eu não tenha ligado para mim mesma. Talvez tenha mandado uma mensagem.

Meu coração acelera em expectativa enquanto visualizo as mensagens. Só que de novo... nada.

Talvez... A incerteza toma conta de minha mente. Talvez eu não tenha mandado mensagem para *mim mesma*. Talvez tenha mandado para outra pessoa, pedindo ajuda. Alguém de quem gosto, alguém que tenho certeza de que gosta de mim. Alguém como...

Não consigo dizer o nome dele, mas abro a janela da conversa com Aaron. Não há mensagens novas ali também... a última foi de um ano atrás. Mesmo sem ler, eu lembro. Ele mandou logo antes do voo, uma semana depois daquele dia na chuva, com um tom tão formal, nem um pouco a cara dele, que eu teria tirado sarro se não fossem as circunstâncias:

Jenna. Desculpa por ser tão do nada, mas, depois de pensar um pouco, resolvi aceitar o convite pro curso de medicina pra jovens e vou pra Paris amanhã. Deixei as anotações de matemática que pediu no seu armário, caso ainda precise.
Por favor, não me espera.

Não o esperar. Como se fosse fácil. Como se eu pudesse apagar tudo da memória, esquecê-lo assim que o avião decolasse. Como se eu pudesse só superar o fato de que não era boa o bastante para Aaron, que faltava em mim alguma qualidade que o faria ficar e gostar de mim de volta. Alguma qualidade que Jessica teria.

Ranjo os dentes ao terminar de rolar pelas mensagens e desço da cama.

— Deixa pra lá. Não teria entrado em contato com ninguém, porque resolvi que é mais fácil eu mesma ir atrás de mim. Ainda tô de pijama, então tenho que trocar de roupa...

Só que já vejo lacunas nessa suposição. Mesmo se Jessica tivesse resolvido não usar meu uniforme da escola, ela teria que ter tirado *alguma coisa* do guarda-roupa... Mas depois de uma análise minuciosa, confirmo que está tudo no lugar. Quanto mais penso no assunto, menos provável parece ter sido uma simples troca de corpos. Só que se a alma de minha prima não está em meu corpo... onde ela está?

— Jessica? — sussurro. Ninguém responde. Pigarreio e tento de novo, do jeito cauteloso de quem tenta invocar um espírito. — Jessica? Oi? Se sua alma tiver... hum... por aí, pode me avisar, viu.

Nadinha. Nem um pio.

De que outras maneiras se localiza uma alma? Velas? Ainda tenho umas aromáticas pelo quarto, presentes de Natal de pessoas das quais não sou próxima. Ou é melhor eu desenhar um diagrama e escrever o nome dela? Será que eu deveria me hipnotizar? Ou *me drogar*?

Não sei o que funcionaria. Só sei que preciso encontrar minha prima.

Então tento de tudo, com exceção das drogas. Passo duas horas executando todos os truques espirituais dos quais já ouvi falar, mas o perfume de lavanda sufocante das velas só me faz tossir, e o relógio que balanço diante dos próprios olhos só me deixa tonta, e a coisa toda só serve para fazer eu me sentir ridícula.

Derrotada, desabo no chão e fico olhando para o retrato desfigurado de novo, com uma desconfiança estranha se assentando dentro de mim. Saco o celular de Jessica e o desbloqueio com a digital, então ergo a câmera. O flash dispara, iluminando a pintura com uma luz branca fantasmagórica por um momento.

Eu não sou Jessica Chen **73**

Depois, enfio o telefone de minha prima no bolso do blazer e desço a escada.

— Conseguiu terminar tudo? — pergunta minha mãe, dando tapinhas no assento do sofá. — Vem aqui comer uma frutinha antes de ir. Comprei no mercado hoje de manhã. É importada de Sanya, sabe... Bem difícil de encontrar aqui.

A polpa da pitaia foi cortada em cubos, e a casca grossa arroxeada está servindo de tigela.

— Não precisa... — começo a responder, mas a mamãe já está me estendendo um garfo prateado com um revestimento de porcelana delicado.

É o garfo das visitas. O garfo bonito que ela guarda para quando tem uma companhia especial. Sinto um vazio se formar em meu interior, a mesma sensação que tive na terceira noite de acampamento da escola, quando os sacos de dormir estavam muito abafados e meus colegas de turma, muito barulhentos, o que me fazia querer voltar para casa; ou quando minha mãe me deixava em uma festinha da qual eu não queria participar de verdade; ou quando eu tinha um pesadelo e entrava na ponta dos pés no quarto de meus pais, esperando que acordassem e me tranquilizassem.

Tento ao máximo ignorar esse sentimento enquanto aceito o garfo e me sento devagar ao lado dela. Já que estou aqui, é melhor eu testar a teoria logo. Se Jenna tiver aparecido ou desaparecido nas últimas vinte e quatro horas com meu corpo, com certeza minha mãe a viu.

— Faz tempo que não como pitaia — comento, levando a fruta à boca.

É mais doce do que eu esperava, com um quê azedo e um tanto tropical.

—Ah, sim, não compramos toda hora — diz mamãe, sorrindo. — Mas é uma das favoritas da Jenna.

Fico sem reação, tentando me recuperar do choque de ouvir minha própria mãe falando meu nome como se eu não estivesse bem aqui.

— A Jenna — repito, mastigando a fruta o mais rápido possível e engolindo com dificuldade. As sementes pretas arranham minha garganta como se fossem pedrinhas. — Eu ia perguntar... ela tá por aqui?

Por um brevíssimo segundo, a expressão da mamãe fica vazia. Como se alguém limpasse uma tela ou desfizesse um desenho na areia. Ela continua me encarando, mas seus olhos ficam desfocados, como se observasse através de uma névoa densa. Então balança a cabeça, e tudo nela — a postura ereta, a energia hospitaleira — volta a ficar completamente normal. Tão normal que não sei se imaginei esse lapso esquisito.

— Não — responde.

— Não? — Meu coração dispara. — Então cadê ela?

— Ora, achei que você soubesse — afirma minha mãe, e a voz ainda é a dela, mas parece distante. Passa a impressão de estar à deriva, uma doçura sem essência. — Ela foi fazer aquela viagem.

Tem alguma coisa errada.

— Que viagem? — insisto, vasculhando minhas lembranças. Nunca falei nada de viajar, muito menos de viajar ontem à noite. — Pra onde ela foi?

— Pra longe.

Apesar de tentar muito manter a compostura, não consigo evitar franzir a testa.

— Pra longe? Por quanto tempo? Quando ela foi? Hoje de manhã?

Minha mãe hesita, com a mesma expressão confusa que vejo meus colegas de turma fazerem quando tentam resolver uma equação matemática impossível, depois dá uma risadinha.

— Eu devo estar ficando velha. Desculpe, Jessica, os detalhes não me vêm à mente.

Meu coração acelera ainda mais. Essa é a mesma mulher que memorizou meu cronograma de aulas todo semestre, que sabia o exato minuto em que meu intervalo de almoço começava e terminava para levar para mim uma comida quentinha na hora certa, que guardava na mente um registro de todas as minhas provas. Não teria como os detalhes *não* virem à mente dela se eu fosse viajar.

— Está tudo bem? — pergunta mamãe de repente, observando meu rosto com nítida preocupação. — Você está bem pálida.

Coloco o garfo na mesa.

— Tô bem — respondo, mas minha cabeça está fervilhando. — Eu só... lembrei que tenho um compromisso urgente hoje.

— Ah. — Ela se levanta, enxugando as mãos na saia comprida. — Bom, então não vou te atrasar. Sei que você, nossa estrela de Harvard, é muito ocupada.

Eu me forço a sorrir, agradeço pela fruta e pego minhas coisas, já revivendo na mente essa interação totalmente surreal. Quando abro a porta, o ar frio acerta meu rosto. O céu está mais escuro que nunca, as nuvens se sobrepõem umas às outras, e o ar parece cinza. Estou tão absorta em pensamentos, com a lembrança recente do rosto de minha mãe, aquela expressão confusa e esquisita tomando suas feições, que não percebo Aaron até virar a esquina e dar de cabeça no peito dele.

— D-desculpa — murmuro, chegando para trás em meio ao transe e esfregando a testa.

Então o rosto dele toma forma nítida: ele e sua beleza fria, o cabelo bagunçado pelo vento, as linhas bem definidas do nariz e da mandíbula. Está me olhando com uma expressão um tanto perplexa, e apesar do barulho intenso dentro da minha cabeça, ouço as batidas de meu coração.

Era exatamente isso que eu queria, depois que ele foi embora. Morar na mesma cidadezinha, no mesmo estado, poder esbarrar com ele sem querer, poder vê-lo só de levantar a cabeça. Só que agora Aaron está aqui, e minha vontade já virou ressentimento faz tempo.

Por favor, não me espera.

Abaixo a mão e endireito a postura, fingindo ter alguma dignidade.

— Tá fazendo o que aqui?

— Eu ia te perguntar a mesma coisa — rebate ele.

— Como assim? Esta é minha… — *Esta é minha casa*, quase digo, mas aí me toco. — É a casa da minha tia. Eu tenho todo o direito de vir aqui.

— Bom, seguindo a mesma lógica, essa é a casa do melhor amigo do meu pai.

— Não consegue perceber a diferença, não?

Aaron parece ficar ainda mais perplexo.

— Você tá um pouco… irritadiça hoje. Aconteceu alguma coisa?

— Não — respondo, brusca demais.

— Então fiz alguma coisa que te ofendeu?

Sua mera existência me ofende. Reprimo as palavras e nego com a cabeça.

— Óbvio que não. Como você seria capaz disso?

— Entendi — diz ele, mas continua me observando com muita atenção, e sinto a pele esquentar. Quando estou prestes a vacilar diante de seu olhar intenso, Aaron olha na direção da casa. — A Jenna tá aí?

Fico tensa, sentindo o choque me atravessar. Não só porque ele está aqui no quintal da frente, me procurando, perguntando de mim, mas porque Aaron também não sabe que, pelo visto, estou viajando.

— Ela… saiu.

— Saiu? — Ele franze a testa. — E foi pra onde?

— Foi viajar, segundo minha tia. Acabei de ficar sabendo. — Analiso o rosto de Aaron enquanto falo, esperando ver

Eu não sou Jessica Chen **77**

a mesma expressão confusa, mas as feições dele continuam neutras e alertas.

Ou até preocupadas, eu diria, se não soubesse como as coisas são.

— Que viagem é essa? A gente encontrou com a Jenna ontem mesmo, e ela não mencionou nada disso. Nem os pais dela.

— Tem certeza? — insisto. — Você não viu nenhum sinal dela saindo?

— Não — responde ele com firmeza. — Eu tava tentando achar a Jenna na escola hoje, mas ela não foi. Fiquei com medo de... — Aaron comprime os lábios. — Achei que talvez ela estivesse doente.

— Interessante — murmuro, guardando essa informação na mente.

— Quê?

— Só achei surpreendente ela não estar aqui. — Faço uma pausa. Seria melhor eu encerrar o assunto, antes que eu faça ou diga algo que o deixe desconfiado e estrague toda a ilusão, mas preciso confirmar uma última coisa. — Lembra da última vez que viu a Jenna?

O rosto de Aaron é tomado rapidamente por uma certa emoção, que some mais rápido do que consigo captá-la.

— Aham, lógico. Tava tarde, e ela tava entrando no banco de trás do carro, e aí a Jenna... — O cantinho de sua boca se eleva por um segundo, uma mudança involuntária, e até sua voz soa mais suave que antes. — A Jenna ajudou a mãe a guardar as bolsas primeiro, e aí ela se virou pra dar tchau e bateu com a cabeça na porta.

Faço uma careta. Eu tinha torcido para que a escuridão da noite escondesse meus movimentos desajeitados; não pensei que Aaron fosse notar. Mas, pensando bem, é bastante apropriado que essa seja a impressão mais recente, e talvez a última, que ele tenha de mim.

— Não a vi também — conto, o que não é tão mentira assim. — Talvez... talvez ela tenha ido viajar mesmo, pra um lugar bem longe.

Assim espero, penso comigo mesma, sentindo todo o nojo de mim mesma pulsando em meu interior por estar perto dele de novo. *Espero que minha versão constrangedora e desagradável nunca volte. Espero que continue esquecida em algum lugar. Espero que tenha sumido de vez.*

Aaron concorda com a cabeça, mas ainda há um toque de incredulidade em seu olhar, como se soubesse que tem algo que não estou dizendo.

— Beleza — diz ele depois de um momento de hesitação, enfiando as mãos nos bolsos de trás. — Bom, se descobrir aonde a Jenna foi, você me avisa? Na mesma hora. Eu quero falar com ela sobre... — Aaron abaixa a cabeça, focando na grama desgrenhada e irregular. Olha para cima de novo. — Só quero falar com ela.

— Claro. Aviso, sim — minto.

Volto para a mansão de Jessica.

A pessoa que foi limpar já deve ter ido embora, porque está tudo tão polido que quase chega a brilhar. Não há roupas sujas pela mobília nem restos de comida na cozinha. O lustre imenso reluz no saguão, lançando feixes de luz fragmentados pelas superfícies de obsidiana e mármore. Sempre me perguntei como era voltar para uma casa que era basicamente um lobby de hotel cinco estrelas, com vasos antigos de laca nos armários e uma variedade de sofás felpudos nos quais descansar, e tudo o mais. Não me surpreenderia se Jessica tivesse um sofá especial só para leitura, outro para assistir a filmes, e um último específico para se deitar e contemplar o significado da existência humana.

Atravesso a sala de estar, e a lã grossa das minhas meias faz um barulho abafado e baixo pelas tábuas de madeira encerada.

Eu não sou Jessica Chen **79**

Só faz um dia, mas já parece que passaram anos desde que Aaron apareceu aqui sem aviso, o protagonista de meus sonhos mais doces e pesadelos mais sombrios. E agora ele quer falar comigo... sobre o quê? Sobre como seus sentimentos em relação a mim não mudaram? Sobre como quer que sejamos amigos, e nada mais? Ou talvez nem isso...

Afasto da mente o rosto de Aaron enquanto entro no quarto de minha prima, remoendo a pouca informação que tenho.

Meu corpo está desaparecido, assim como a alma de Jessica. Pelo visto, ninguém notou nada de errado, com exceção de Aaron. E minha própria mãe acha que fui viajar.

Até que eu consiga descobrir onde Jessica está e o que exatamente aconteceu com ela, a melhor coisa a se fazer é fingir o melhor possível que sou minha prima. Evitar suspeitas. Representar o papel dela de maneira convincente. Familiarizar-me com a rotina dela. Não quero roubar sua vida glamurosa... só vou viver em seu lugar até que volte, seria como se eu pegasse um carro esportivo emprestado e, com o objetivo de mantê-lo em bom estado, desse uma volta com o veículo pelo quarteirão. Então, quando ela voltar ao próprio corpo, tudo vai continuar como sempre foi.

Ainda assim, uma pontada de culpa me atinge no peito quando abro as gavetas de Jessica e dou uma olhada no que tem ali dentro. Parece uma invasão de privacidade descarada, embora eu não tenha nenhuma opção melhor. Folheio cadernos antigos, pilhas de materiais de estudo impressos, fichas de revisão de matéria presas com uma xuxinha azul-marinho, provas antigas marcadas com um dez reluzente e elogios dos professores nas margens. Leio tudo com calma, alternando entre sentir admiração, irritação e incredulidade. A maior parte dos comentários parece aquelas avaliações destacadas em trailers de filmes independentes:

Simplesmente impressionante.

Maravilhoso.

Espetacular.

Fascinante.

Profundo de um jeito que eu não esperava.

Isto me fez chorar.

Não apenas uma experiência capaz de mudar vidas, mas uma inovação, e uma revolução.

— Cara, isso já é forçar muito a barra — murmuro em voz alta.

Eu teria sorte se recebesse um "Muito bem!" em uma prova. Mas, conforme vou lendo, vejo um tipo diferente de comentário com a caligrafia curvilínea característica de Jessica. Ela circulou uma data: a única resposta errada na prova toda, que valia só meio ponto. Ao lado, com a caneta vermelha tão cravada na página que quase rasgou o papel, minha prima escreveu: *Por acaso teve morte cerebral enquanto escrevia isto? Como pôde cometer um erro* DESSES*? Conserta agora. Lembra da data certa. Lembra, lembra,* LEMBRA*. Não ouse errar de novo.*

Fico de queixo caído.

Não sei o que é mais chocante: o tom cruel e impiedoso do comentário, ou o fato de que foi Jessica que escreveu… para si mesma. É o jeito que se falaria com um inimigo, com alguém que você odeia. Não consigo imaginar essas palavras sendo ditas pela sua voz doce, com aquele ar de leveza que ela carrega.

Sinto um formigamento na nuca, a sensação gélida de que algo está errado, fora do lugar. Fecho a pasta de provas e a enfio na gaveta de novo. Então, meus dedos roçam em um couro macio. Um livro que passou despercebido da primeira vez.

De testa franzida, eu o pego.

Não, não é um livro. É um daqueles diários vintage tradicionais que eu não sabia que as pessoas ainda possuíam, de cor castanho-alaranjada e preso por uma cordinha e uma chave enferrujada. As páginas têm aparência desgastada, estão soltas, irregulares e amareladas, como se tivessem sido muito folheadas ao longo do tempo.

Eu não sou Jessica Chen **81**

Eu nunca teria imaginado que alguém como Jessica teria um diário. Parece algo sentimental demais, pouco prático, que toma muito tempo. Inspiro, meio incerta, com a curiosidade relutando contra o bom senso. Passo os dedos pelo fecho, paro ao tocar a chave. Posso até justificar para mim mesma olhar as provas antigas dela, mas ler o diário é diferente.

— Não — repreendo-me, colocando-o onde o encontrei, entre duas pastas cheias de certificados. — Você não pode fazer isso.

Mas não consigo evitar e encaro o objeto por alguns instantes antes de fechar a gaveta. Fico me perguntando se as palavras ali contidas reconstituiriam a prima que conheço: a filha exemplar, a queridinha e favorita de todo mundo, o sucesso em pessoa. Ou se se assemelhariam ao comentário na prova: rancorosas, brutais e cruéis.

Capítulo cinco

Naquela noite, vou dormir no corpo de outra pessoa, na cama de outra pessoa. Quando abro os olhos, nada mudou. O sol se infiltra, denso, pelas cortinas. Estico-me toda, alongo-me e minhas mãos roçam os lençóis de seda de Jessica, as roupas dela, o abajur na sua mesa de cabeceira.

— Ai, meu Deus — sussurro.

Com certeza não foi um sonho, então.

Fico de pé em um salto e, em vez de pavor, sinto apenas um alívio inebriante — depois uma pontada de culpa pela intensidade de meu alívio, pelo tamanho da alegria por ainda ser minha prima. *É temporário*, lembro a mim mesma com severidade. *É só até você encontrar ela de novo.*

Só que nem isso consegue estragar meu humor.

Agora tudo é mais familiar. Subo o zíper da saia xadrez, aliso o blazer, puxo as meias brancas até o tornozelo, e desta vez até me lembro de prender o cabelo no rabo de cavalo alto característico de Jessica. Encontro o tônico facial caro que ela guarda na prateleira do banheiro e passo seu lip tint rosa. Então, me olho no espelho, lembrando todos aqueles breves momentos em que eu era eu mesma e tinha um vislumbre de meu reflexo

Eu não sou Jessica Chen **83**

na vitrine escura de uma loja ou em um ônibus passando ao meu lado, e pensava: *Eu poderia ser bonita, poderia ser tudo o que sempre quis. Eu poderia ser como Jessica Chen.* Chegava até a imaginar meu rosto se transformando nas feições delicadas de minha prima, os cílios crescendo, a pele ficando mais macia, os lábios se curvando para cima. Só que aí o momento passava, e a luz mudava, e a mim só restava nada outra vez.

Mas agora a miragem não desaparece.

Quando sorrio, o reflexo de Jessica sorri também, exibindo dentes perfeitos. *Vai ser um bom dia*, prometo a mim mesma, e pela primeira vez estou convicta disso. Vai ser uma boa vida.

— Eita, tem alguém felizinha hoje — comenta Leela, sentada no banco do motorista, vinte minutos depois.

Entro no carro, fecho a porta e aceito o rolinho de canela ainda quente que Celine comprou, embora eu ainda esteja cheia do café da manhã e minha tia tenha insistido em me dar mais quinhentos dólares "para comprar um lanchinho" na escola.

As notas se agitam nos bolsos de minha saia enquanto coloco o cinto de segurança, recostando-me no assento de couro frio. Deve ter chovido ontem à noite. O ar está com aquele cheiro fresco e terroso, e ainda há gotas de água na vidraça, reluzindo feito lascas de vidro. Todas as cores nas estradas e árvores parecem mais intensas: cinza fossilizado e verde-zimbro. Dariam uma bela pintura.

Celine começa a partir o próprio rolinho de canela, então o interior do veículo é tomado pelo aroma de maçã cozida e manteiga.

— Imagino que *você*, ao contrário da gente, esteja bem-preparada pra prova de hoje. Típico. E irritante, mas nada surpreendente.

— Hã? — O sorriso some de meu rosto. — Que prova?

Leela se vira no assento e me olha, dando risada.

— Acha que engana quem? Aposto que faz semanas que você tá estudando. Não vem com essa.

Lembro-me vagamente de uma prova sobre Guerra Fria. Só que era para ser daqui a muito tempo. Foi marcada para...

Hoje. O pensamento me faz paralisar. Lógico. Considerando todos os acontecimentos bizarros e decepções esmagadoras que aconteceram nos últimos dois dias, perdi total noção do tempo.

— É, imaginei — murmura Celine, entendendo errado minha expressão. — Bom, Leela e eu estamos ferradas.

— Ah, não, eu não tô só ferrada... Tô ferrada ao cubo — corrige Leela, engatando a marcha ré. O cascalho molhado range à beça sob os pneus. — Fiquei tão desesperada que gastei, tipo, cinquenta dólares em umas anotações de um curso intensivo, e não entendi *nem isso.* Do jeito que a coisa tá, vou me formar falida *e* com as notas mais baixas da turma.

Tento não demonstrar ceticismo. Como muitas pessoas na escola, Leela tem o costume de reclamar das provas antes e depois de fazê-las. Age como se fosse tirar uma nota baixíssima, que faria a escola expulsá-la diante de tamanha incompetência, e aí quando recebe um 9,5, ela abre um sorriso sem graça.

A mesma coisa com a história de ficar falida. Na semana passada mesmo, vi um grupo de amigos lamentando-se em voz alta por estarem sem grana enquanto bebiam lattes de doze dólares e ajeitavam as mochilas de marca nos ombros. É tudo um teatrinho para gerar um senso de familiaridade com os outros sem que de fato tenham que vivenciar as dificuldades reais da verdadeira classe trabalhadora.

— Você tem que ajudar a gente, Jessica — afirma Leela, lançando-me pelo retrovisor seu olhar característico de cachorrinho abandonado. — A gente tem aqueles horários livres nos primeiros dois períodos antes da aula de política, né? Vamos pra biblioteca.

Eu não sou Jessica Chen **85**

— Aham, beleza — respondo, talvez exagerando um pouco o falso entusiasmo na voz na tentativa de soar como Jessica: generosa, alegre, sem dúvida não intimidada por uma prova de política. — Eu ia *amar*. Não tem nada melhor.

Celine faz um som de deboche.

— Já ingeriu muita cafeína hoje?

— Não é a cafeína — argumento, colocando a mão no coração. — É meu amor pelo aprendizado. A gente pode estudar juntas e... gabaritar a prova. Vamos arrasar.

Ao menos é o que espero.

Não importam as diferentes opiniões sobre Havenwood: ninguém pode negar que a biblioteca é linda.

Parece uma construção de séculos atrás, feita durante a era dos mitos e castelos. Sério, é o sonho de todo acadêmico: três andares de painéis de madeira escura e escadas caracol requintadas, mesas estendendo-se do centro no formato perfeito de um diamante, o sol derramando luz dourada pelos vidros e colunas de mármore branco. Estantes altas cheias de livros grossos e encadernados, os títulos mais obscuros, textos originais datando do século XVIII, edições com pintura trilateral e capa dura com títulos impressos em acabamento metalizado. O cheiro de papel velho, tinta e mogno. O ar gelado e sombrio estendendo-se ao teto de cúpula, as janelas altas com vista para o gramado verde-esmeralda.

Celine abre as próximas portas duplas com o cotovelo enquanto carrega um monte de livros nos braços, com passos firmes e cheios de propósito. Nunca fica completamente silencioso ali dentro, mas os murmúrios são abafados; é o tipo de tranquilidade respeitosa que se veria em uma capela ou em qualquer outro local de culto. Embora esteja cedo, mais de metade dos assentos já está ocupada, grupos de amigos monopolizando as melhores mesas, com notebooks e cadernos dispostos entre si. Passamos por uma placa familiar presa à parede, a dedicatória da biblioteca escrita em letras douradas em relevo:

Em memória de Katie-Louise Williams, 3 de outubro de 1902 – 13 de fevereiro de 1971.

Toda vez que vejo essa placa, sou tomada pelo absurdo da coisa. Uma das meninas de nossa turma é bisneta de Katie. Nem consigo imaginar a sensação de ter a história tão próxima de si, de ter toda aquela riqueza e poder sendo passados de geração em geração, acumulados pelos ancestrais de modo que os herdeiros apenas desfrutam das recompensas do que eles semearam. No início do século XX, meus bisavós trabalhavam como comerciantes na dinastia Qing. E a cada década desde então, tivemos que recomeçar, esforçar-nos mais, reinventar--nos de novo e de novo e de novo.

— Vamos ficar aqui — sussurra Celine, jogando as coisas em uma mesa próxima à janela.

Tem uma garota estudando sozinha ali perto, metade do cabelo se soltando de sua trança bagunçada, os óculos escorregando pelo nariz. Enquanto me acomodo no assento e olho ao redor, ela rabisca uma fórmula nas anotações. Consulta algo no livro. Então cai no choro.

Leela segue meu olhar e faz um som baixinho e empático com a boca.

— Coitada. Aposto que é cálculo.

— É sempre a galera de cálculo — comenta Celine com um tom casual. — Mas não fica só sentindo pena *dela*... sinta pena da gente também. Política mundial não é muito diferente.

Leela faz uma careta para as próprias anotações. Ela trouxe uma pilha inteira de fichas de estudo, cada uma repleta de sua linda caligrafia arredondada e com destaques em azul e rosa pastel e amarelo-girassol. Ao lado do título Tensões Nucleares

Eu não sou Jessica Chen **87**

Globais, Leela desenhou um coraçãozinho e o que parece o planeta Terra explodindo.

— Verdade — concorda ela, suspirando. — Essas datas não entram na minha cabeça de jeito nenhum.

— Será que a gente devia ajudar? — questiono, olhando para a menina enquanto ela bate a cabeça no livro com tanta força que produz um baque abafado e distinto.

Ninguém na biblioteca lhe dá atenção.

Celine a observa por um momento, então dá de ombros.

— Não, ela vai ficar de boa. Olha lá, já passou.

Conforme ela fala, a garota lança um olhar rápido e em pânico para o grande relógio de pêndulo no canto, se sobressalta e, como em um passe de mágica, para de chorar de repente. Parece que as lágrimas congelam enquanto escorrem pelas bochechas. Ela funga uma vez mais, enxuga os olhos inchados com a manga do blazer e volta a estudar com uma tranquilidade extraordinária. É como se nada tivesse acontecido.

— Esperta — elogia Leela, espalhando as anotações como um leque, já tendo se esquecido do dilema anterior. — Sempre separo uns dez minutos no dia pra chorar, aí não atrapalha minha produtividade.

— Puts, só dez? — Celine ergue as sobrancelhas. — Quando minha irmã tava no último ano, ela chorava pelo menos meia hora por dia.

— Ajuda se eu começar gritando bem alto. Aí já gasto mais energia.

— Ah. — Celine concorda com a cabeça, como se aquilo fizesse todo o sentido. — É uma boa.

— Eu super recomendo.

Enquanto Leela se recosta na cadeira, repassando as datas nas fichas uma a uma com uma expressão de concentração dolorosa, noto o livro de ficção debaixo do estojo dela. O título na lombada em letras maiúsculas é familiar: *O punhal azul crescente*.

— Por que você tá lendo isso? — pergunto, puxando o livro para mim com dois dedos.

A capa é uma ilustração abstrata e vívida de borrões azuis que, se você fizer esforço e estreitar os olhos, tem o formato de uma rosquinha, embora eu saiba que não seja um livro sobre rosquinhas.

— Como assim? O livro é bom — argumenta Leela, olhando para mim. — Tipo, ainda não acabei, mas é bem instigante. Traz umas ideias bem profundas sobre... a sociedade. Diria que é uma obra-prima.

Eu a encaro, sem acreditar. Na semana passada mesmo, Leela me ligou para reclamar sobre "o livro mais chato do universo" que já tinha lido. Era um de nossos passatempos favoritos: ler avaliações fulminantes, ou nós mesmas as inventarmos.

"Era de se pensar que em um livro chamado O *punhal azul crescente* ao menos apareceriam punhais, né? Mas não. A coisa mais próxima de um punhal que vi até agora foi uma faca de manteiga, que é descrita minuciosamente ao longo de sete páginas. Sete páginas sobre uma faca de manteiga, Jenna", criticou ela, enquanto eu segurava a barriga de tanto rir.

— É uma obra-prima? — repito suas palavras agora, levantando as sobrancelhas. — Tá dizendo que gostou mesmo do livro?

Ela logo concorda com a cabeça.

— Aham. E acho que você também gostaria.

Se eu não estivesse fingindo ser Jessica, cairia na gargalhada diante da mentira na cara dura. Leela sempre teve o costume de se moldar às pessoas com quem está; se não encontra um ponto em comum com alguém, ela inventa. Já a vi passar de alguém que *odeia* cheesecake para alguém que jura que aquela é sua sobremesa favorita, e logo depois criticar qualquer coisa que tenha queijo em solidariedade a quem é intolerante a lactose, tudo na mesma semana. É por isso que eu ficava honrada toda

Eu não sou Jessica Chen **89**

vez que ela era sincera comigo, não importando o quanto as opiniões reais dela fossem impopulares ou bizarras.

Pensei que Leela seria sincera com minha prima também. Por outro lado, qualquer um ficaria inseguro sobre o próprio gosto literário perto de Jessica Chen, que lê *A arte da guerra* por prazer.

— Você tem que me emprestar qualquer dia desses, então — respondo com a voz alegre, entrando no jogo, antes de voltar a atenção ao caderno de Jessica.

São as anotações mais organizadas que já vi, tudo ordenado por tema, e então por ordem cronológica, e dividido em três categorias de relevância e principais discussões acadêmicas. Palavras-chave foram destacadas e separadas por cor de acordo com um sistema rígido: verde para datas, azul para pessoas, vermelho para estatísticas, laranja para citações. Leela tinha razão, até certo ponto. A *Jessica* sem dúvida estava preparada para a prova de hoje. Ela estava preparada para tudo.

Só que vem caindo a ficha de que *eu* não estou, nem mesmo no corpo dela. De que posso não ter a memória, a inteligência nem as ideias dela. E se eu fizer a prova e tirar nota baixa? A porcentagem de sucesso de minha prima é insuportável de tão alta, e a de fracasso, terrivelmente baixa; bastaria uma resposta errada para arruinar seu histórico perfeito. Esta é minha única chance de viver a vida perfeita de minha prima, de fazer tudo certo. Eu *preciso* me sair bem... tão bem quanto ela, se estivesse neste corpo.

Passo o resto do tempo livre tentando absorver as anotações e acalmar os nervos, enquanto Leela fica murmurando com fervor para si mesma e Celine se esparrama de lado pela mesa, segurando o livro no alto com uma das mãos. Elas se levantam só para se alongar, para usar o banheiro, ou para expor em voz alta as preocupações sobre o nível de dificuldade da prova.

Mais alunos entram e saem da biblioteca, as portas indo e vindo, sapatos de couro guinchando pelo piso de madeira.

Em algum momento começa a garoar de novo, e o barulho da chuva contra o vidro é estranhamente reconfortante, quieto e melodioso. O céu do lado de fora está de um cinza sombrio e sofrido. E sempre como pano de fundo há o farfalhar seco do folhear de páginas, o clique-clique ágil de um teclado, o tinido de uma garrafa térmica, alguém irritado repreendendo os amigos que sussurram entre si, a breve pausa antes que a conversa recomece.

— É isso, desisto — declara Leela, abaixando os livros e massageando o pescoço. — Só vou aceitar meu destino. Vou tirar nota baixa. Que seja.

Celine dá de ombros.

— Não faz muita diferença. A prova não vale muita coisa.

— *Exatamente* — concorda Leela, agora esfregando os ombros. — Por que a gente fica nervosa com isso, afinal? Literalmente não importa. Nadinha. As notas nem são um indicativo real de inteligência. Tipo, vários estudos provam isso.

— E todo mundo sabe que as notas em si não ajudam a gente a conseguir um emprego melhor — comento antes que consiga me segurar, erguendo a cabeça.

As duas param de falar, com expressões idênticas e congeladas de incredulidade. Parece que Leela não tem certeza se acabou entrando ou não em um universo paralelo. Celine só fica me encarando, como se uma das estátuas da biblioteca, representando um lorde britânico de outros tempos, tivesse ganhado vida e agora sapateasse por nossa mesa.

— Que foi? — pergunto.

Leela balança a cabeça.

— Eu só… nunca pensei que ia ouvir a aluna exemplar da escola dizer que as notas não são tudo.

— Bem, é verdade. Mesmo se conseguir notas perfeitas, isso não garante um bom futuro. Não quando se tem gente como Lachlan Robertson já encaminhada pra assumir um cargo executivo no escritório de advocacia do pai assim que se formar.

Eu não sou Jessica Chen **91**

— O sistema é uma merda — conclui Celine, recuperando-
-se do choque. — Meritocracia é um mito, a academia é cor-
rupta e notas são irrelevantes.

— Concordo. — Leela assente com entusiasmo, o rabo de
cavalo sacudindo. — A prova não significa nada.

— Nadinha mesmo — reforça Celine.

Um momento se passa.

Então abaixamos a cabeça e continuamos estudando.

Dez minutos antes da prova, Leela se levanta da cadeira e se
estica toda, arqueando as costas feito um gato.

— Beleza — murmura ela, checando o relógio. — Beleza,
ai, Deus. Acho que é hora de ir.

Celine franze a testa para o próprio livro.

— Sério? Eu ainda tenho que ler mais três páginas pra memorizar...

— Mas a gente não pode se atrasar — argumenta Leela,
parecendo enjoada só de pensar. — Eles vão trancar a gente pra
fora da sala. E você pode ler no caminho pra lá.

— Tá, tá — resmunga Celine, começando a juntar os materiais.

No caso, *o* material. No singular. Ela só separou uma caneta
esferográfica que parece que vai atingir o limite da vida útil na
metade da prova. Leela, por outro lado, separou um conjunto
impressionante de quatro lápis diferentes, todos com a ponta
afiadíssima feito uma arma letal, sete marca-textos néon, duas
borrachas, um apontador e uma garrafa de água de um litro
cheia até a boca.

Olho para meu próprio arsenal: as canetas organizadas com
cuidado em uma bolsinha translúcida de plástico, a carteirinha
de Jessica e um relógio rosa pastel. Enquanto observo, o ponteiro tiquetaqueia.

Faltam nove minutos.

Engulo em seco, tentando me acalmar, só que estou ainda mais nervosa do que ficava antes de uma prova. De certo modo, estou na iminência de duas provas: a que testa meus conhecimentos sobre as aulas de política mundial, e a que testa minha capacidade de atingir às expectativas de todos a respeito de minha prima, de fazê-los acreditar que sou mesmo ela. Sinto os tremores se agitando sob a pele, o sistema nervoso cada vez mais em frangalhos. É como se houvesse uma criatura selvagem se alvoroçando dentro de mim, tentando escapar, sacudindo meus ossos e acelerando meu coração ao máximo. Lembro-me de ouvir dizer que o corpo não consegue distinguir a diferença entre o medo e a expectativa. Só sabe que algo importante vai acontecer em breve, então se prepara, fica alerta e presta atenção.

Saímos da biblioteca, seguimos pelos corredores amplos, as janelas de estilo palladiano lançando grandes feixes de luz pelos azulejos quadriculados em preto e branco, e nos juntamos à fileira de alunos ansiosos esperando do lado de fora da sala.

— Caramba, hein — murmura Celine com a voz seca. — Alegria contagiante a da galera.

Metade deles está inquieta ou murmurando para si mesmos, desesperados, checando pela última vez os cadernos e fazendo um teste rápido mentalmente ou com os amigos. A outra metade já parece ter desistido. Um garoto está fazendo um avião de papel com as anotações.

— Eu, tipo, já larguei de mão — comenta uma menina com a amiga, sua voz um pouco alta demais para soar natural. — Só comecei a estudar três horas atrás. Nem é exagero. A situação tá *caótica*.

Celine bufa e vira a cabeça para sussurrar:

— Não caiam nessa. Eu vi ela fazendo resumos pra prova no mês passado.

Eu não sou Jessica Chen **93**

Só que até os que estão fingindo não ligar logo ficam tensos quando a porta da sala se abre e a sra. Lewis sai. É provável que ela seja a professora mais antiga de Havenwood — alguém encontrou uma foto em tom sépia do corpo docente nos arquivos da escola, da época em que ela ainda tinha brilho nos olhos — e ela sempre me remeteu a um lápis, com o cabelo comprido pintado de preto, os membros do corpo angulares e as saias até o tornozelo.

— Fila em ordem alfabética de sobrenome, por favor — orienta a professora, consultando a lista na mão. — Primeira: Hannah Anderson... — Um a um, ela vai recitando os nomes. — Audrey Brown. Aaron Cai...

Sinto palpitações quando Aaron passa por mim e se posiciona no começo da fila. Ele está sem o blazer, veste apenas a camisa branca de gola, com a gravata frouxa e torta e as mangas dobradas de forma casual até os cotovelos. Sua expressão é entediada e as mãos estão vazias. Talvez seja a única pessoa de fato tranquila quanto à prova, mas isso é porque Aaron é o tipo de pessoa genial que todo mundo em Havenwood quer ou finge ser. O tipo de pessoa genial que tira tudo de letra, que nem precisa estudar para alcançar a nota perfeita.

A sra. Lewis prossegue pela lista e pausa quando chega a meu nome.

— Jenna Chen. — Não é uma pergunta.

Sem nem olhar ao redor, ela anota alguma coisa.

Meu coração dispara.

— Com licença, sra. Lewis? — arrisco-me.

Ela levanta a cabeça.

— Sim?

— Desculpe, eu só... A Jenna Chen não está aqui?

Lógico que não. Mas não sei o que isso significa em termos de presença nas aulas.

— Ela se ausentou — revela a professora.

— Se ausentou? A senhora sabe pra onde a Jenna foi?

Assim como aconteceu ontem com minha mãe, o olhar dela fica turvo. Desfocado. Como se alguém tivesse coberto seus pensamentos com tinta branca.

— Ela vai ficar afastada até segunda ordem — responde a professora com uma voz distraída e distante.

Então, foca no próximo nome — o de Jessica — e é como se nada tivesse acontecido. Tudo segue como de costume: os estudantes avançando a passos duros, o frio que persiste no ar depois da chuva, uma garota em pânico por ter esquecido de trazer o marca-texto.

Só que minha nuca está toda arrepiada.

— Eu acho que ela não vem mais pra escola — murmura Aaron quando paro atrás dele.

— Pois é. Acho que não.

Ele franze a testa de leve. Aí olha para minhas mãos; sem querer, comecei a sacudir a caneta entre os dedos. Um costume que *eu* tenho quando fico nervosa, não Jessica. Eu me obrigo a parar o movimento, mas Aaron já viu.

— Estresse? — indaga ele.

— Só um pouco — minto.

Em voz neutra, ele acrescenta:

— A Jenna sempre fazia isso quando estava estressada.

— Q-quê?

— Esse lance com a caneta.

— Ah, sério? — Dou uma tossida. — Devo ter pegado isso dela, então.

Mentira. Lembro-me de me sentar na cadeira atrás de Aaron vários anos atrás, observando-o girar a caneta com as pontas dos dedos enquanto um professor seguia escrevendo na lousa branca.

"Você deve achar que fica muito maneiro fazendo isso, Cai Anran", debochei na época. Ele sorriu em resposta.

"Então tenta você", rebateu ele em desafio.

Eu não sou Jessica Chen **95**

E até tentei, mas para minha grande humilhação e divertimento dele, só consegui fazer um giro patético. Ele riu tanto que o professor parou em meio à explicação para nos lançar um olhar feio. Fui para casa naquela noite e fiquei horas praticando, mas no fim nunca consegui fazer direito.

— Por favor, sentem-se — instrui a sra. Lewis agora, me fazendo voltar ao presente. À prova. À vida de Jessica. — Em silêncio, e não peguem as canetas até eu mandar.

Enquanto entramos calados, a professora abre um sorrisinho especial para mim, e as rugas ao redor de seus olhos ficam mais pronunciadas.

— Boa sorte, Jessica — sussurra ela. — Eu sei que vai tirar dez, como sempre.

Deveria ser um elogio, mas, de alguma forma, parece mais o golpe pesado de um martelo contra meu peito, roubando o ar dos pulmões. Ela tem fé em Jessica, não em mim. Aceno levemente com a cabeça e enxugo as mãos suadas na saia.

A organização da sala já foi alterada, com as provas de cabeça para baixo em cada carteira, um jarro de água posicionado na frente ao lado de uma caixa de lenços. Os horários de leitura e escrita foram anotados na lousa, começando neste momento e divididos em períodos de dez minutos.

Eu me sento. O ar está frio e denso, e tomo consciência de todos ao redor. Celine, cruzando uma perna sobre a outra e estreitando os olhos para a prova como se tentasse ver através da folha, o cabelo escuro caindo nas bochechas. Leela, jogando o rabo de cavalo grosso por cima de um ombro, depois por cima do outro. Aaron, recostado na cadeira, o olhar à frente, a boca formando uma expressão despreocupada, entediada, linda.

Concentre-se.

Removo o blazer de material rígido, com as insígnias reluzentes, e me inclino um pouco à frente, como alguém prestes a iniciar uma corrida. Todos os nomes, personagens importantes e datas giram em um frenesi em minha cabeça.

Eu sou Jessica Chen, lembro a mim mesma, inspirando, ainda que a dúvida me corroa por dentro. *Sou tão inteligente que isso assusta as pessoas. Sou tudo o que meus pais torceram para que eu fosse, tudo que eu antes invejava. Eu sou, sou, sou.*

Só que não me *sinto* como Jessica. Não me sinto inteligente, capaz e nem minimamente confiante. Parece mais que estou usando um belo vestido de baile alugado que está apertado demais. Por baixo das pérolas e da seda, é a mesma coisa. Sou só eu.

Não consigo parar de ranger os dentes.

Uma cadeira faz barulho lá atrás. Alguém espirra, e Leela deseja saúde de imediato, embora não devêssemos estar falando. A sra. Lewis a lança um olhar feio, mas não diz nada. Do lado de fora, dá para ouvir os alunos rindo, arrastando-se para a aula seguinte, o som se propagando que nem água, distante e indistinto.

— Podem começar — declara a sra. Lewis.

Capítulo seis

Uma hora depois, saímos para os corredores, e todo mundo está gesticulando e falando ao mesmo tempo.

— Ai, meu *Deus* — murmura Leela, arrancando a xuxinha de veludo do rabo de cavalo, que se desfaz, então amarrando de novo. A testa dela está suada, como se tivesse feito um esforço físico em vez de mental. — Foi terrível. Tipo, eu já tava preparada pro pior, mas foi desumano. Em vários momentos, pensei em abrir um buraco na janela e fugir.

Celine se escora na parede, com um tornozelo por cima do outro.

— Sem caô. A sexta questão tava uma bosta.

— O que você botou nessa? — questiona Leela. — Sobre as consequências duradouras d...

— Não, *não*. Não vamos entrar nessa de novo — interrompe Celine com a voz firme, erguendo a mão. — Nada de comparar resposta, lembra?

Leela suspira e se vira para mim.

— E você, o que achou, Jessica?

Tento me lembrar das questões, do que escrevi, mas a prova já parece um borrão na minha mente. Eu me lembro mais é da *sensação*: a noção do tempo acabando, a dor nos dedos por segurar a caneta com muita força, a pressão no crânio enquanto eu forçava mais a mente do que nunca. Mas, antes que eu possa responder, Cathy Liu se aproxima de nós, seus brincos prateados em forma de coração balançando.

— Aposto que pra Jessica foi fácil — opina Cathy, abrindo um sorrisão. — Ela vai tirar a maior nota da turma. Como sempre.

— Lógico que vai — concorda Leela.

— Não necessariamente — argumento, com um aperto no peito. — A gente não sabe. Literalmente não tem como saber.

Celine e Leela se entreolham de modo exasperado: é um olhar familiar, uma rotina consolidada, repetida tantas vezes que já virou uma piada interna.

— É, mas é *você* — afirma Leela.

Só que não é. No fim das contas, fiz a prova sozinha. Mesmo tendo enganado a todos e os convencido de que sou mesmo minha prima, o máximo que posso fazer é manter a ilusão. Existe a ideia que as pessoas têm de quem é Jessica Chen, e aí existe eu.

— Jessica Perfeita — comenta Cathy com um suspiro reverente, os olhos arregalados e focados em mim. Deve ser assim que eu olhava para minha prima quando era mais nova. — Às vezes eu queria ser você.

— Nós todas, né — acrescenta Leela.

Solto um suspiro de alívio quando o sinal toca, fazendo todo mundo se espalhar pelo corredor.

Temos uma aula seguida da outra pelo resto do dia, e lógico que Jessica escolheu as matérias mais pesadas e complexas possíveis em termos de conteúdo. Então, em vez de ir para a aula de arte e me perder no cheiro familiar de tinta, carvão e flores secas, me concentrando em retratar o formato da água e a cor da luz, sou arremessada de cabeça em uma aula de física avançada que nunca fiz. É como estar em um país do qual não se sabe o idioma, mas esperam que você se vire muito bem sozinha.

Já preenchi três páginas do caderno de Jessica quando observo as anotações sobre torque e aceleração angular, então olho para a lousa, e chego à conclusão terrível e inevitável de que não faço ideia do que a professora está dizendo. Ao redor, meus colegas de turma também estão tomando notas, comparando fórmulas e sussurrando. Nenhum deles parece estar tendo dificuldade.

É para eu ser a pessoa mais inteligente no recinto, mas todo mundo aqui é bem mais inteligente que eu, penso, histérica.

—... a resposta, Jessica Chen? — chama a professora.

Eu me sobressalto na carteira.

— Perdão?

— A resposta da questão nove — explica ela.

Acho que o nome dela é srta. Gonzalez. Nunca tive aula com ela, mas sei que é tão jovem quanto aparenta ser, tendo se graduado da faculdade há poucos anos, e que fez uma viagem de pesquisa para a Antártida, algo que ela menciona sempre que tem a oportunidade.

— Ah, eu... Deixa eu checar...

Começo a vasculhar as anotações, como se a resposta fosse aparecer por um passe de mágica. Todas as equações, números e gráficos minúsculos oscilam diante de mim, sem fazer o menor sentido, densos, impossíveis de compreender. Sinto as pessoas começarem a me encarar, o silêncio natural virando tensão conforme o tempo passa. Minha garganta se fecha. *Todo mundo vai descobrir.* A qualquer momento, vão perceber que não é para eu estar aqui, que na verdade não sou Jessica Chen, que não sou como eles.

— É uma questão bem direta — comenta a srta. Gonzalez, franzindo um pouco a testa. — Sério, é o tipo de questão que faríamos só por diversão quando estávamos na Antártida...

Ela começa a divagar sobre a viagem, e a turma ouve com um interesse educado, mas cada vez mais forçado, enquanto espio o caderno do garoto à minha frente, desesperada.

Ele recebeu um prêmio renomado de física no ano passado e está bem encaminhado para cursar física no Instituto de Tecnologia de Massachusetts; se existe uma fonte confiável aqui, é ele.

—... ah, bons tempos, bons tempos — finaliza a srta. Gonzalez dez minutos depois, secando os olhos. Então endireita a postura. — Mas vamos voltar a... O que era mesmo? A questão nove? Jessica?

— Deu 34,4 — respondo, projetando o máximo de confiança possível na voz.

— Ótimo. Obrigada, Jessica — retruca a srta. Gonzalez, mas mal soltei um suspiro de alívio quando ela faz uma pausa. Franze as sobrancelhas. Como se duvidasse de si mesma, ela continua, devagar: — Espere, perdão. Não, parece que a resposta correta é... 37,6. Todo mundo chegou a isso?

Vejo algumas pessoas confirmando com a cabeça pela sala. Mais olhos se voltam para mim.

Fico com o rosto vermelho. A sensação de insegurança da prova voltou, mas muito pior. É o fracasso público; a vergonha de cometer um erro visível. A pena decretada pelo julgamento alheio.

Olho para o caderno do garoto de novo, convicta de que vi errado, mas o número é o mesmo. Trinta e quatro vírgula quatro. Ele respondeu errado.

— Tudo bem — logo afirma a srta. Gonzalez, não conseguindo esconder bem a surpresa. — Foi só um deslize. Acontece com os melhores.

Escondo as bochechas pegando fogo com a manga do blazer e assinto, embora seja um gesto pequeno da mesma forma que, de início, uma fissura óssea é pequena, ou uma rachadura em um vaso: se aplicar a pressão certa, a coisa toda desmorona.

* * *

O único respiro que tenho das aulas vem na forma do Dia da Mulher atrasado e o evento literário. É uma combinação um tanto desconexa dos dois tópicos com os quais a escola menos se importa, mas ao menos finge que sim, pelo bem da própria imagem: a arte e as mulheres. Até a comemoração do Dia Mundial do Chocolate teve mais de uma hora de duração.

Nós nos reunimos no auditório principal, com o interior castanho acolhedor, as cortinas carmesim do palco e o teto alto como o de uma catedral. Celine se senta à minha esquerda, e Leela cruza as pernas à minha direita.

O colégio fez um investimento ruim no ano passado e instalou assentos dobráveis, que se curvam ao redor do palco elevado em longas fileiras. Toda vez que alguém se senta e depois se levanta, ou meramente ergue o próprio peso, o assento sobe rápido num estalo, fazendo um barulhão horrível. Quando pedem para que fiquemos de pé para o hino da escola, o silêncio pesado no auditório é rompido pelo baque e eco de trezentos assentos fechando de uma só vez.

O órgão se demora na primeira nota musical, uma melodia melancólica e sinistra que me faz lembrar de um funeral, do arranjo claustrofóbico de nuvens antes da chuva. O chefe do departamento de música sobe no palco e conduz a apresentação agitando uma caneta esferográfica em movimentos duros e bruscos. Vou balbuciando a letra: algo sobre coragem, luz e perseverança durante tempos difíceis.

Aí uma aluna do nosso ano é convidada a ler um poema. O rabo de cavalo dela balança em movimentos amplos enquanto ela segue pela coxia. A garota vai no tempo dela, alisando um pedaço de papel dobrado que parece ter sido arrancado do caderno e abaixando o microfone até casar com sua altura.

— Este poema é sobre minha mãe — anuncia, com a boca tão perto do microfone que emana sons crepitantes toda vez que respira. Ela pigarreia. — Minha mãe... — Ela faz uma pausa deliberada. Olha para a plateia como se tivesse acabado de ressaltar algo significativo. — Uma vez me disse... que a vida... é um navio... e que precisamos... ter coragem... e sucumbir... às ondas...

Isso se prolonga por um tempo. A cada duas ou três palavras, ela para, fazendo um intenso contato visual com alguém no auditório. Fica ainda mais complicado porque o microfone falha em algumas repetições da palavra "terna", o que acaba fazendo parecer que a menina está falando um palavrão — um fato que todos os professores parecem ter notado, mas se esforçam bastante para ignorar.

— É impressão minha — murmuro para Leela — ou o poema meio que incentiva a pessoa a se afogar?

Ela solta uma risada espantada, logo abafando o som com a manga do blazer.

Celine olha para nós.

— O que você falou? — sussurra ela.

— Ah, hã, nada — respondo, desconfortável. Ainda não sei ao certo como me comportar perto de Celine. Ou como *Jessica* se comportaria. — Não foi nada de mais.

Ela franze um pouco a testa, mas se recosta no assento.

— Muito obrigada pela obra tão tocante — diz o Velho Keller quando a menina volta ao lugar na plateia. — Agora, vamos nos atentar aos alunos indicados ao Prêmio Haven. Lembrem, se tem alguém que queiram indicar... e pode ser por *qualquer coisa*, desde salvar um gato, se qualificar para as Olimpíadas, até ajudar um amigo com o dever de casa... basta enviar um e-mail para mim ou para a sra. Lewis até sexta à tarde. Esta semana, nosso primeiro prêmio vai para... — Ele lê o cartão na mão. — Jessica Chen. Por ser uma aluna impecável, um belo exemplo aos outros, e pela integridade inabalável. Indicado por... — O professor ergue as sobrancelhas enquanto aproxima o cartão do rosto. — Uma pessoa admiradora secreta.

Sinto o pescoço formigar. *Pela integridade inabalável.* Talvez eu esteja sendo desconfiada demais, mas não parece tanto uma homenagem sincera, e sim uma provocação. Mesmo enquanto os aplausos retumbantes se espalham pelo auditório, mesmo quando Leela me dá um empurrãozinho amigável e abraça os joelhos contra o peito para abrir espaço para eu passar, mesmo quando estou chegando ao brilho forte dos holofotes, não consigo evitar a tensão cortante se intensificando mais e mais em minhas entranhas. Uma fricção desconhecida, um instinto gélido de que tem alguma coisa errada, fica ainda mais forte quando estreito os olhos para enxergar o mar de alunos sentados. Estão todos me observando, com os rostos cobertos pelas sombras, obscurecidos demais para eu distinguir cada expressão. Para que identifique se estão me olhando com admiração ou outra coisa.

Pela integridade inabalável.

Quem quer tenha me indicado para o prêmio está ali, em algum lugar. E não consigo ver a pessoa, mas a pessoa me vê muito bem. Sempre quis isso: ser admirada, conhecida por pessoas com quem nunca nem falei, ser especial, distinta, ali de pé na plataforma mais alta e reluzente. Mas apenas neste momento percebo que quando se está exposta assim, sozinha sob os holofotes, e todo o resto está no escuro, é muitíssimo fácil virar um alvo.

Mesmo depois de deixarmos o ar sufocante do auditório, estou tonta e com a respiração muito acelerada e irregular.

Então paro de respirar por completo quando noto a imagem pendurada do lado de fora do auditório.

A fotografia foi tirada dois anos atrás, em comemoração ao centésimo aniversário de Havenwood, e todos os alunos foram obrigados a ir para o gramado posar para a foto. Estamos usando os melhores uniformes, meias brancas e sapatos de couro polidos, de cabelos para trás e sorrisos forçados. Jessica está na primeira fileira, perto de Aaron Cai, o sol se projetando sobre ela em um ângulo perfeito. Ver os dois juntos é como ver celebridades na televisão; são os maiorais, radiantes, intocáveis, o foco de inveja de todo mundo. Parece que é a coisa mais natural do mundo um estar ao lado do outro. Ninguém mais conseguiria alcançar qualquer um deles.

Eu estou lá atrás. Ou, ao menos, é onde era para eu estar.

Meu coração acelera.

De algum modo, minhas feições estão distorcidas. Como se a foto fosse um desenho em carvão e alguém tivesse esfregado o dedo no meu rosto. Se já não tivesse visto a imagem antes, nem saberia que era eu. Só que não pode ser a qualidade da foto em si. Todo o resto está nítido como sempre, com uma resolução tão perfeita que vejo o brilho dos brincos prateados de Cathy Liu, o azul do delineado de Celine, o botão frouxo na camisa de Aaron.

— Jessica?

Celine olha para mim por cima do ombro, arqueando as sobrancelhas, e percebo que parei de andar.

— O que houve? — Leela volta e começa a analisar a foto também. — Eles adicionaram um braço a mais em alguém com o Photoshop de novo? Era de se pensar que teriam aprendido a lição depois daquele processo três anos atrás.

Balanço a cabeça, com um nó na garganta.

— Você… você tá vendo aquilo ali? — questiono, apontando para meu rosto.

O rosto de Jenna.

Leela franze a testa e olha mais de perto. Fica calada por tanto tempo que quase me esqueço de como se respira.

— É pra ser quem ali?

— A Jenna — respondo.

Há um ruído alto em meus ouvidos enquanto meus dois eus e minhas duas realidades colidem; no mesmo instante, sinto algo mudar no ar, como se o universo em si fosse uma presença física, observando de longe.

Eu não sou Jessica Chen **105**

— Ah, é… — Ela franze ainda mais a testa. — Que estranho, não consigo lembrar muito bem dela.

— Quê?

— Da Jenna Chen. — Leela fala o nome bem devagar, como se nunca o tivesse pronunciado, como se não soubesse direito se o nome é esse mesmo. Com a voz mais distante e a expressão indistinta, ela repete: — Não consigo me lembrar dela.

Sinto um arrepio percorrer meu corpo.

A casa de Jessica está silenciosa. Os pais dela estão fora de novo, e tudo está do mesmo jeito que pela manhã.

Observo a cozinha luxuosa, o jogo de jantar de porcelana, os balcões de mármore, as lâmpadas de vidro modernas suspensas do teto alto, a casa com que sempre sonhei. O Chalé Magnólia; até o nome parece ter saído de um lugar fantástico. De um lugar de paz, sem perturbações nem distrações.

Na minha casa, sempre se ouvia algum barulho: minha mãe picando alho na cozinha enquanto um filme de suspense qualquer rolava ao fundo; meu pai assistindo ao noticiário, repetindo trechos para si mesmo para aperfeiçoar o inglês. Com bastante frequência, um de nós reclamando da falta de espaço, da falta de silêncio. Lembro-me de tentar estudar para a prova de política no semestre passado, e meu pai estar treinando do outro lado da porta, murmurando constantemente as frases novas que tinha aprendido no dia, alternando entre tempos verbais:

— Este país… é lindo. Este país… já foi lindo. Este país… poderia ser lindo.

Sinto o coração apertado. Parece que já se passou uma eternidade desde que ouvi a voz de meu pai pela última vez.

Mas, com isso, vem a lembrança de nossa última conversa, da decepção em seu olhar, da acusação amarga em seu tom.

Olhe só sua prima Jessica.

Ele ficaria muito mais feliz se pudesse me ver agora, assim. A filha que sempre quis.

Dou várias voltas pela sala de estar antes que uma pontada de fome me leve à cozinha. Há um cardápio grosso e encadernado em couro perto do micro-ondas. *Refeições exclusivas do Phil* é o que está escrito em letras douradas e itálico. Folheio as muitas páginas de imagens lustrosas de aperitivos e paro quando vejo o número no pé da folha. Certa vez, Jessica mencionou por alto que ninguém em sua família cozinhava, porque ou os pais dela levavam comida para casa, ou o chef pessoal entregava pratos premiados com uma estrela Michelin na casa deles.

Meu momento de hesitação é interrompido por um ronco no estômago. Disco o número no celular de Jessica, comparando-o ao do cardápio duas vezes, então espero. Parece um capricho enorme pedir comida chique para comer *de lanche*, assim como comprar um casaco de pele novo só para usar uma vez, mas não é como se eu estivesse fazendo algo que Jessica não faria. Sério, parando para pensar, estou evitando sair do personagem.

Depois do segundo toque, uma voz masculina, agradável e polida, emana do alto-falante.

— Boa tarde. Aqui é do Refeições exclusivas do Phil. Como posso ajudar?

— Oi — cumprimento com a voz alegre, escorando-me no armário da cozinha. — Aqui é a Jessica Chen…

— Ah, querendo um lanchinho da tarde de novo? — A voz é acolhedora, como se contasse uma piada interna. — Vou mandar o Pete levar seu pedido de sempre. Tenho certeza de que vai ser um prazer pra ele. Deve demorar uns dez minutos.

— Sem problemas — respondo, aliviada e um pouco maravilhada por ele já saber o que minha prima iria querer. Faz uns sete anos que vou à mesma cafeteria na esquina de casa e faço o mesmo pedido todas as vezes, um muffin de mirtilo e chá de limão, mas quando tentei pedir "o de sempre", a dona só me encarou com uma expressão vazia. — Muito obrigada.

— O prazer é sempre meu. Tenha um ótimo dia, srta. Jessica.

A campainha toca antes de eu terminar de tirar o material da mochila. Uma brisa roça minhas bochechas quando abro a porta, deixando entrar a luz e o garoto esperando ali. Ele parece ter minha idade. Com cabelo dourado bagunçado, olhos verde-esmeralda e dentes perfeitos, é o tipo de cara bonito em quem todo mundo repararia de longe.

— Oi, Jessica — cumprimenta ele antes de abaixar a caixa branca enorme envolvida por um laço e me oferecer um buquê de margaridas. — São, hã, pra você.

O pescoço dele fica bem vermelho quando seu olhar encontra meu rosto, e então o rapaz vira a cabeça, como se estivesse com medo de ser flagrado.

— Pra mim? — repito, inspirando o perfume das flores. Parece que as margaridas foram escolhidas a dedo, presas em um laço com um cartão pregado na ponta. Um número de celular está rabiscado no papel, os primeiros dígitos tão tortos que imagino a mão dele tremendo ao escrever. Levanto as sobrancelhas, sem acreditar. Sempre achei que caras só agissem assim em filmes de romance… Por outro lado, a vida de minha prima sempre foi como nos filmes. Sorrindo, digo: — Nossa, que gentileza a sua.

— Q-que bom que gostou — gagueja o rapaz. — Eu não sabia qual era sua flor favorita, e da última vez que vim aqui vi que você já tinha magnólias ali na entrada. Assim, não que eu tivesse, tipo, reparando de um jeito bizarro nem nada disso… Ok. — Ele para de falar, com o rosto todo tão vermelho que parece a cor de uma de minhas tintas a óleo. — Ok, é, já vou indo. Bom apetite.

O rapaz parece meio desnorteado enquanto segue para o quintal, se vira e dá com a cara em uma árvore.

— Desculpa — diz ele.

Fico sem saber se está falando comigo ou com a árvore.

Eu mesma estou um pouco tonta ao fechar a porta e colocar as margaridas em um vaso. É bobo, fútil, mas a sensação de ser desejada é incrível. De ser adorada tão abertamente. Não consigo parar de sorrir enquanto desamarro o laço da caixa, a seda deslizando feito água pelos meus dedos.

O pedido de sempre de Jessica é, ao que parece, um banquete de chá da tarde completo: quiche de batata, enroladinhos de presunto parma, torta de avelã, scones de manteiga com creme, pedaços de fruta reluzentes e uma salada de mamão papaia com tantos tipos diferentes de nozes e sementes que quase parece uma ofensa chamar só de salada.

Na sala, eu me acomodo em uma das poltronas de massagem, apoiando a bandeja de dois andares cheia com todos os mini quitutes no braço do assento, e abro o notebook de Jessica.

Hora de me concentrar.

Depois da aula de física e do anúncio do Prêmio Haven, não posso permitir nenhuma brecha no meu desempenho. Tenho que provar a mim mesma que *posso* ser a Jessica, que a perfeição não está assim tão fora de alcance a ponto de eu nem conseguir imitá-la direito. Só que tem mais em jogo que apenas meu orgulho. Se as pessoas descobrirem que sou uma fraude no corpo de Jessica, quem sabe o que farão? Talvez me prendam, ou me denunciem à polícia por falsidade ideológica, ou talvez façam um filme a respeito: o caso misterioso da prima desaparecida. Mesmo que consigamos em algum momento voltar para os respectivos corpos, não seria só a minha vida que estaria para sempre alterada... a de Jessica também. Não posso fazer isso com ela.

Não, tenho que me certificar de que ninguém tenha motivo nenhum para duvidar de mim. E isso significa controlar todos os detalhes possíveis, incluindo os e-mails de Jessica.

Passo o creme pelos scones e enfio um pedação na boca, sentindo a massa fofa e quentinha se desfazendo na língua, depois clico na caixa de entrada de minha prima.

De imediato, surge uma enxurrada de e-mails. Entre lembretes sobre o festival de natação na semana que vem, as respostas automáticas da recepção da escola, e os lembretes cada vez mais desesperados para preencher a pesquisa de satisfação do aluno, é só prêmio atrás de prêmio, elogio atrás de elogio, as melhores notícias do mundo destiladas em texto na tela.

Cara Jessica, tenho o prazer de lhe informar que o Comitê de Admissão decidiu aceitá-la na turma de Harvard...
Parabéns, Jessica! Em reconhecimento ao seu compromisso com a excelência, temos a honra de lhe conceder o Prêmio Katelyn Edwards. Você receberá o prêmio em dinheiro de dez mil dólares...
Assunto: Uma notícia maravilhosíssima! Um grande parabéns!!!
Cara Jessica, como um membro muito valioso da comunidade estudantil de Havenwood, sua experiência importa. É por isso que gostaríamos de convidá-la a responder às seguintes perguntas...

Não. Espere. Essa é outra pesquisa de satisfação.

Fico muito feliz por enviar a você este convite antecipado por parte do Instituto Dean. O processo de seleção deste ano foi o mais concorrido de todos, com apenas dois candidatos sendo selecionados entre trinta mil que se inscreveram...
Jessica!!! Eu sempre soube que você chegaria longe! Só queria mandar um recadinho rápido e dizer que estou MUITO orgulhosa de conhecer você!

É um grande prazer informar que você foi contemplada com a Bolsa de Estudos do Mérito Nacional...
Assunto: Pedido de imprensa. Meu nome é Samuel Richards, e escrevo para o *Business Insider*. Fiquei muitíssimo impressionado ao saber de tudo o que já conquistou com tão pouca idade. Talvez o mais notável seja os cinco milhões de dólares que angariou na campanha pela

educação global. Por essa razão, queria entrar em contato e pedir para entrevistá-la para a próxima edição...

Paro de rolar a tela e me recosto, recuperando o fôlego, afetada pelo peso e dimensão das conquistas de minha prima. Ouvi dizer que a imaginação é sempre limitada pela experiência, e isso pode até ser verdade, porque não importa o quanto eu tenha expandido a mente, nunca teria ousado imaginar tamanho sucesso.

Aí outro e-mail surge. Sem título nem assinatura, contendo apenas uma frase:

Eu sei o que você fez.

Perco o chão. Largo o resto do scone na bandeja e releio o e-mail. Minhas pupilas se encolhem até tudo o que vejo ser o texto preto à espreita na tela. Eu sei o que você fez. *Eu sei*.

Parece que minha pele está tentando se desprender do corpo de tanto nervoso.

Com os dedos trêmulos, clico nos detalhes do remetente, mas é anônimo. Assim como a pessoa que me indicou ao prêmio.

O pouco que comi ameaça voltar todo. Engulo em seco e respiro fundo, embora o oxigênio não consiga preencher os pulmões. O relógio tiquetaqueia na cornija da lareira. As tábuas de madeira na varanda dos fundos rangem. O silêncio na casa toma forma até ser impossível discernir as vibrações no ar do zumbido estridente em meus ouvidos.

O que essa pessoa sabe? Para quem é o e-mail de fato? Para minha prima? Ou será que descobriram que sou uma impostora, que só estou usando a aparência e a reputação de Jessica feito uma coroa roubada? Se for mesmo para mim, e a pessoa descobriu tudo... *Como* isso aconteceu? Foi por causa de meu erro na aula de física? Ou outra coisa? Será que estão me vigiando na escola?

Eu não sou Jessica Chen 111

Será que estão me vigiando agora?

Calafrios tomam meu corpo todo. Viro a cabeça na direção da janela mais próxima, mas só vejo o laranja intenso das flores, os galhos das árvores espalhados feito garras, a luz amarelo-clara passando pelas brechas entre as folhas. Então as nuvens se movem e cobrem o sol, e meu reflexo aparece no vidro escuro. O rosto angelical perfeito de Jessica me encara de volta, e os olhos arregalados dela transparecem meu pavor.

Capítulo sete

Em minha antiga vida, quando tudo era terrível e nada que eu fazia parecia importante, sempre me atormentava imaginando a rotina diária de Jessica. Só que pelas duas últimas semanas, não precisei imaginar; eu conseguia comparar nossas rotinas de forma direta.

Minhas manhãs como eu mesma: acordar com o estrondo hostil do despertador. Enfiar a cabeça debaixo das cobertas e apertar o botão "soneca". Repetir o processo até o botão enjoar de mim. Em algum momento, encontrar a força de vontade para cambalear feito alguém que saiu do coma até o banheiro.

Minhas manhãs como Jessica: acordar e me deparar com a atmosfera dourada e brilhante, o céu aberto através da janela, de alguma forma já repleta de energia. Cantarolar baixinho enquanto visto o roupão de cetim e os chinelos de seda. Admirar meu reflexo perfeito no espelho e me perguntar qual é a explicação científica para uma pessoa não ter poros.

Hora do almoço, como eu mesma: devorar um sanduíche de frango murcho e me recolher nas sombras do bicicletário, abraçando o caderno de desenho ao peito. Observar Jessica,

Eu não sou Jessica Chen 113

Leela e Celine de longe enquanto elas riem juntas, sentadas no gramado, e engolir o nó na garganta.

Hora do almoço, como Jessica: deitar-me no meio do gramado da escola, tomando banho de sol, enquanto pessoas como Cathy observam de longe, desesperadas para estar ali pertinho. Atualizar-me das fofocas recentes com Leela e Celine. Trocar olhares com um menino bonito passando por ali.

À noite, como eu mesma: tomar um banho apressado antes de me esparramar no sofá junto a meus pais com uma tigela de maçã fatiada, estreitando os olhos para a luz da tela de meu celular. Rolar por fotos e vídeos de pessoas desconhecidas se divertindo horrores, esbanjando os contratos de seis dígitos fechados com marcas, os carros novos e reluzentes, os prêmios de arte renomados, os iates dos amigos.

À noite, como Jessica: tomar um banho de banheira quente com infusão de rosas e óleos caros. Vagar pela mansão, onde cada cômodo tem o cheiro das magnólias do quintal da frente, doce e limpo. Deitar-me na cama e ficar maravilhada com o quanto duas vidas podem ser diferentes.

Só que a rotina de Jessica Chen não é só diferente da minha — é também completamente sufocante. Eu achava que meu cronograma era intenso, mas minha prima escolheu as matérias mais difíceis da escola, e os interesses dela são o completo oposto dos meus; em vez de história, geografia e arte, ela está fazendo aula de química, estatística a nível universitário e ciência da computação. Eu me pego correndo de uma aula desconhecida a outra, a ansiedade crescendo gradativamente com cada tarefa apresentada e cada prova anunciada, uma quantidade cada vez mais impossível de trabalhos. É só uma coisa atrás da outra atrás da outra; parece que estou sendo perseguida. Não consigo desacelerar, só ir mais rápido. Quando chego em casa, a pressão no meu crânio é tão intensa que sinto um medo real de que meu cérebro exploda.

Sem mencionar as leituras que decidi fazer por conta própria.

Nos limitadíssimos momentos livres que consigo extrair do dia, vou para a biblioteca, passando pelas mesas cheias, até os cantos escuros do fundo, onde há livros raros em couro de décadas atrás, embora poucos alunos se aventurem ali. Não recebi nenhuma mensagem misteriosa desde a semana passada, mas o embrulho no estômago e a desconfiança não passaram — só se alastraram. Toda vez que troco olhares com um colega de turma, ou esbarro em alguém no corredor, tenho que evitar o ímpeto de me encolher. *Você sabe?* A pergunta borbulha em minha mente que nem bile. *Foi você? Dá para ver que não sou ela?*

Só que na falta de respostas concretas, agora, mais do que nunca, preciso encontrar minha prima. Não há respostas úteis na internet, e não tenho nem a confiança nem a inteligência para checar teorias científicas, então me volto aos mitos. Às lendas. Contos de fadas de antigos reinos.

Partículas minúsculas de poeira rodopiam no ar, iluminadas pela luz do sol, enquanto pego outra compilação de histórias de fantasia do século XIX. É tão pesada que tenho que apoiar o volume na pilha de livros que carrego e escorar tudo na parede. Passo o dedo pelo título. *A estranha e fantástica jornada de Charles Collins.*

Como muitas outras obras que chequei, as páginas estão amareladas e quebradiças, como se as bordas tivessem sido molhadas e manchadas com marcas de sol amarronzadas. As ilustrações detalhadas ao redor do texto começaram a ficar desbotadas também, os traços escuros de tinta sumindo com o tempo. Mas há um capítulo sobre a transformação de Charles no cavaleiro charmoso e bonito que ele sempre invejou...

Meu coração dispara de repente.

Leio quatro páginas antes que meus batimentos se normalizem. Nada acontece com a alma de Charles, nem com a do cavaleiro. Em vez disso, Charles descobre um feitiço que só funciona se ele roubar o rosto do rival — o que ele faz de

Eu não sou Jessica Chen **115**

um jeito horrendo, cortando o nariz e a boca do outro homem, depois arrancando os olhos, e por fim desprendendo a pele do cavaleiro. Os desenhos que acompanham a narrativa são tão horrorosos e vívidos quanto as descrições, retratando os dois homens, um alegre, sorrindo, com as mãos cobertas de vermelho, e o outro sem rosto, encolhido de dor, com a boca destruída formando um abismo escancarado. Tremendo, empurro o livro para longe, e a pele delicada de meu rosto começa a formigar. Sinto calafrios.

— Achei mesmo que era você.

Eu me sobressalto com a voz, e meus joelhos fraquejam. Em meio ao pavor, meu primeiro pensamento é que é a pessoa anônima, que ela me encontrou e agora está tudo acabado, que todos vão saber que sou uma impostora. Só que, quando me viro, é Aaron que está no corredor, seu rosto em uma expressão perplexa.

— Desculpa, eu não queria te assustar — justifica ele.

Ainda ouço o coração pulsando nos tímpanos.

— Eu... não — respondo, com a garganta apertada. — Não, não me assustou. Só fiquei... surpresa. Geralmente, hã, não tem muita gente aqui.

— Tô procurando a biografia de um médico — explica Aaron, então olha para os calhamaços aos meus pés. — E você tá procurando... fábulas. — Vejo um leve arquear de suas sobrancelhas. — Eu não sabia que essa era sua praia.

Faço uma careta.

— Não é. Tô só... procurando uma inspiração pro projeto de inglês e literatura — digo, formando a mentira no meio do caminho. — Achei que seria bom estudar as, hã, perspectivas únicas dos romancistas do século XIX.

— Entendi. — Os olhos dele estão muito escuros, e não dá para saber se eu o convenci. — Bom, se quer ler isso aí, é melhor levar tudo agora. O Velho Keller pode perdoar seu atraso se você mostrar como está dedicada ao projeto de literatura.

Eu o encaro, sem reação.

— O debate. — Aaron arqueia mais as sobrancelhas. — Você não tem a reunião no almoço? Eu vi o pessoal se preparando quando vim pra cá.

Ah, é. O *debate*. Porque além do cronograma acadêmico intensivo, Jessica também se inscreveu para todas as atividades extracurriculares que existem. O grêmio estudantil. A revista da escola. As aulas de mentoria para outros alunos. O clube de literatura. As olimpíadas acadêmicas. O comitê do anuário. O clube de chinês. E, claro, o clube considerado o mais competitivo e seleto em Havenwood: o de discurso e debate.

Xingo mentalmente.

— Lógico… Obrigada — balbucio para Aaron. — É melhor eu ir mesmo. Vou indo agora. Foi bom ver você… como sempre.

Eu me agacho, tentando sem sucesso organizar todos os calhamaços nos braços.

A voz de Aaron emana por cima de meu ombro:

— Quer ajuda com…

— Não — retruco depressa, usando o queixo para estabilizar a pilha oscilante de livros. — Tô de boa. Sério. Obrigada de novo, Cai Anran.

Só depois de já ter passado por ele é que me lembro de que sou a única que o chama pelo nome chinês.

As reuniões de discurso e debate acontecem na sala que costumava ser dedicada à literatura mundial. O ar tem um toque amargo, como café velho e plástico, e parece que a única janela, no fundo da sala, está emperrada, porque não abre nunca. Duas fileiras de mesas foram dispostas nas extremidades opostas, uma de frente para a outra.

— Jessica, enfim você chegou — diz o Velho Keller quando entro às pressas, e por um momento fico confusa e quase procuro minha prima ao redor. Faço um aceno de cabeça rápido,

Eu não sou Jessica Chen **117**

tentando recuperar o fôlego e me recompor. Tudo está começando a se mesclar, minha vida e a de Jessica. — Eu estava prestes a anunciar o tema de hoje.

Faço uma rápida análise das equipes, mensurando-os por instinto.

De um lado estão Tracey Davis, Liam Phillip e Lachlan Robertson. Não sorriem para mim nem parecem ligar para ninguém em torno deles. Em vez disso, estão com as cabeças próximas uns dos outros e fazem piadas sobre alguma coisa ou alguém em voz bem alta, um nome que soa familiar, mas que não reconheço. Mordo o interior da bochecha, revezando o olhar entre os garotos.

Liam é o mais inteligente entre os três, sem dúvida. De ombros largos e naturalmente intimidador, ele participou de uma oficina especial de debate no ano passado e ganhou o prêmio de melhor orador em uma competição nacional recente. Tracey é inteligente, mordaz quando quer, mas não muito confiante. Lachlan é confiante, mas não muito inteligente.

Do outro lado — o meu — estão Charlotte Heathers e uma garota da aula de física de minha prima.

— Oi, Jessica — cumprimenta Charlotte com um sorriso largo e genuíno.

Ela é uma das únicas garotas do nosso ano que ainda não tirou o aparelho, e o punhado de sardas pelo nariz fica mais proeminente sob as luzes fluorescentes fortes da sala. Nem todo mundo consegue bancar esse tipo de visual, mas ela faz parecer fofo, até estiloso.

— Tudo bem, debatedores, por favor, vejam o tema na lousa — anuncia o Velho Keller. — Tracey, Liam e Lachlan: vocês vão debater a favor. Equipe da Jessica: vocês vão debater contra.

Eu me sento no único assento disponível, à esquerda de Charlotte, e olho para a frente. O tema foi escrito com uma caneta azul já falhando e circulado duas vezes para dar ênfase.

Ali diz:

O imperialismo é um meio justificável de disseminar
o conhecimento e as novas tecnologias às nações mais fracas.

— Quê? — sibilo, olhando para a lousa. — É sério? Isso é...
isso realmente é tema de debate?

Charlotte me lança um olhar como se estivesse ao mesmo
tempo me pedindo desculpas e comprando minha indignação.

— Talvez a gente possa pedir ao professor pra trocar — sugere ela. — É só pra um debate simulado, afinal.

Sinto meu estômago revirar de leve, mas ignoro a sensação.
É possível, *sim*, que o professor trocasse o tema, mas aí eu teria
que tentar me explicar à sala, implorar que entendessem meu
ponto de vista, e só de pensar nisso meu estômago se revira
ainda mais.

— Não, tudo bem. Não tem problema.

Do outro lado da sala, os outros membros já começaram
a fazer o *brainstorming*, com Liam falando baixo e rápido, cobrindo a boca, enquanto Tracey, muito entusiasmado, concorda
com a cabeça e anota tudo com rapidez.

— Nossa, eles estavam mesmo preparados pra isso, né? —
murmuro. — É ótimo que consigam pensar em tantos motivos
a favor logo de cara. Nem um pouco preocupante.

— A gente vai ganhar — garante Charlotte. — Vamos pensar em argumentos melhores.

Assinto, embora não seja com isso que eu esteja preocupada.

O debate oficial começa quinze minutos depois. Liam fala
primeiro. Levanta-se devagar, empurrando a cadeira para trás
com um rangido desagradável e prolongado, e pigarreia duas
vezes. O corpo dele está solto e relaxado, o cabelo castanho
arrumado para trás com gel, e a expressão convencida, como se
já tivessem ganhado.

— Gostaria de começar elucidando a que o tema se refere
— inicia ele —, no sentido de que a verdadeira pergunta posta

Eu não sou Jessica Chen **119**

aqui é: os benefícios do imperialismo se sobrepõem ao potencial malefício? Acreditamos que a resposta seja sim.

Dou tudo de mim para evitar arquear as sobrancelhas até o couro cabeludo.

— O que é imperialismo? — prossegue o rapaz, agora andando pela sala enquanto fala. Não está segurando nenhuma anotação, então movimenta as mãos livremente com gestos distrativos e elaborados que nada significam. — De maneira simplificada, é a disseminação e a extensão de poder, cultura e influência. Vamos analisar a história, considerando a Guerra do Ópio, como exemplo...

Sou obrigada a ficar sentada ali, mordendo a língua, enquanto Liam tagarela sobre os benefícios econômicos da venda de ópio, os efeitos modernizadores da guerra, o estímulo do comércio global, antes de chegar ao próximo argumento.

— Acreditamos que as nações mais fracas são as que mais se beneficiam do imperialismo. Veja nosso sistema educacional, nossos recursos, nossa pesquisa: é universalmente reconhecido que uma educação ocidental é superior. Hoje, centenas de milhares de imigrantes vêm para nosso país na esperança de conseguir isso. Essas pessoas passam a vida toda lutando para serem reconhecidas por instituições como Harvard.

Ele foca o olhar em mim de forma deliberada, deixando nítido o argumento.

Desvio o rosto, com uma sensação gélida se espalhando por meus dedos, sem conseguir pensar em uma resposta. Porque foi isso que fiz, não é? Não passei mesmo a vida toda ansiando pela aprovação de Harvard?

Charlotte é a próxima. Ela oferece um contra-argumento calmo, mas mordaz, que é então rebatido por Tracey, e aí é minha vez.

Fico de pé. As anotações que preparei tremem tanto em minhas mãos que quase não consigo ler. Engulo em seco e abro a boca para falar, embora pareça que há pedras alojadas em minha garganta.

— O segundo argumento em favor de nosso posicionamento é...

A outra equipe me olha de frente. Olha para além de mim. As expressões são despreocupadas, calmas, entediadas. Liam vai erguendo mais e mais a sobrancelha enquanto falo.

— Não devíamos ignorar as ramificações sociais... a destruição causada ao... — minha voz falha.

Charlotte logo me oferece uma garrafa de água. Aceito, pegando-a com os dedos trêmulos.

— No seu tempo, Jessica — orienta o Velho Keller.

Eu me pego ficando mais e mais ansiosa, sentindo um calor desagradável se espalhando por meu rosto, pescoço e mãos.

— A destruição causada ao povo local — continuo, mas é como se eu nem estivesse aqui.

É como se eu pairasse fora do corpo de Jessica e observasse tudo se desenrolar lá de cima. É inútil. Uma partida fadada ao fracasso. Lógico que os membros da outra equipe conseguem tornar tudo racional e intelectual enquanto elaboram o argumento; podem expressar as opiniões com clareza, de forma sucinta, sem nenhum envolvimento pessoal com a questão, sem ter que vasculhar o próprio trauma atrás de respostas, e vão ser recompensados por isso.

Só que aqui estou eu, tentando verbalizar minha própria dor, justificar minha própria existência, separando tudo em argumentos assimiláveis. Cada palavra sai como uma faca de dois gumes. Isto não é apenas um debate para mim. É minha história, minha vida.

Então, enfim, acaba. A outra equipe ganha.

Sinto algo afundando dentro de mim, e é mais do que perder em um debate.

— Bom trabalho — elogia Liam quando nos levantamos e apertamos um a mão do outro por obrigação. Os dedos dele

Eu não sou Jessica Chen **121**

estão geladíssimos; os meus, quentes, pegajosos. — E só pra deixar claro, eu não sou, tipo, um grande fã do imperialismo.

— Sim. Eu sei.

— É parte do debate, sabe? Dá pra criar argumentos em que não se acredita. É isso que um bom debatedor faz.

Abro um sorriso forçado.

— Eu entendo.

— Bom. — Ele parece já cansado da conversa. — Mais sorte na próxima.

Eu o observo sair da sala, com as mãos nos bolsos do blazer, seguido por Tracey e Lachlan. Talvez Liam se gabe de ter ganhado enquanto janta com a família hoje à noite, talvez relate sua declaração final, e todo mundo elogie sua inteligência e eloquência. Ou talvez nem mencione o ocorrido, talvez a coisa toda já tenha ficado para trás quando ele chegar à próxima aula. Isso só demonstra como a situação é insignificante para ele.

Só que ainda estou espumando por causa do debate quando me sento para a aula de política. Estou estranhamente abalada, como se alguém tivesse me virado do avesso, deixado um gosto amargo e rançoso na boca. Quanto mais penso, mais meu corpo se encolhe com a lembrança.

— Já ficou sabendo? — sussurra Leela, interpretando errado minha expressão.

Ela tamborila os dedos na mesa em um ritmo rápido e errático, como um coração acelerado. Tento ignorar.

— Sabendo do quê?

— A professora já corrigiu as provas — revela Celine, com o tom sombrio de um médico recitando um laudo. — Vai entregar agora na aula.

Ela não é a única nervosa. Ao redor da sala bem iluminada, as pessoas estão com expressões reservadas, contraídas, voltadas para a sra. Lewis na frente da sala. Ou, melhor dizendo, na direção da pilha de provas ao lado dela.

Quando o último aluno entra, a professora fecha a porta e apoia as mãos na cintura. Está usando um batom mais escuro hoje; a cor se infiltra pelas rugas finas ao redor da boca quando ela fala:

— Eu entendo que essa prova foi difícil para a maioria de vocês.

— Merda — sussurra Celine, sibilando. — Isso significa que a gente se ferrou.

Leela solta uma risada histérica.

— Vamos revisar tudo juntos — afirma a sra. Lewis. — Vou chamá-los um por um. Estando ou não satisfeitos com a nota, peço que... moderem as reações. — E ao dizer isso lança um olhar sucinto a Charlotte Heathers, que todo mundo sabia que certa vez pulou de alegria na mesa ao receber um 9,5.

Eu me remexo na cadeira quando a professora pega a primeira prova com uma lentidão que só pode ser proposital. Ela ergue o papel até a frente do rosto, então o abaixa, ajusta os óculos de leitura, estreita os olhos para o nome. Não o meu, desta vez. Parece o instante antes de entrarmos para fazer a prova, mas de certa forma muito pior. Agora não há nada a ser feito além de esperar.

Apesar do alerta da professora sobre moderar as reações, não consigo evitar analisar as expressões de todos quando vão pegar as notas. Alguns rostos são tomados pelo alívio, a tensão virando um sorriso largo. Eles voltam cheios de alegria para suas carteiras, dando tapinhas no peito. Outros não tiveram tanta sorte.

Só o rosto de Aaron não se altera ao ver a nota. Quando passa por mim, estico o pescoço e vejo o dez escrito no cabeçalho, próximo ao nome dele.

Típico.

Eu não sou Jessica Chen **123**

Então um pequeno choque perpassa meu corpo, uma pressão silenciosa, arrancando-me dos meus pensamentos. Levanto a cabeça por instinto, e meu olhar encontra o dele. Aaron me flagrou olhando. Ele inclina a cabeça, transmitindo um certo questionamento que não sei responder. Minha prima teria mantido o foco na própria prova.

— Jessica.

Giro a cabeça, meu coração já disparado. A sra. Lewis estende minha prova. Todas as possibilidades passam por minha mente, o maior dos sucessos e o pior dos fracassos. Respiro fundo e me levanto para buscar minha nota, logo virando o papel para a primeira página, e a ponta afiada corta meu dedão.

Tirei 9,1.

Estufo o peito, com o alívio me atravessando, os cantos da boca se curvando para cima. *Tirei 9,1*. Repito o número dentro da cabeça, desfrutando o momento. Foi muito melhor do que eu esperava. Antes, eu vinha tirando vários setes e oitos nas provas de política. Talvez eu não seja tão ruim assim na matéria. Talvez até seja *boa*, e só não tinha as anotações ideais ou a técnica certa de estudo…

Mas, aí, vejo a expressão no rosto da professora, o olhar carregado de uma preocupação tão óbvia que seria de se pensar que estou morrendo diante dela.

— Está tudo bem em casa, Jessica? — sussurra a sra. Lewis.

Fico sem reação, o sorriso vacilando.

— Hã. Sim?

Com isso, a preocupação da professora só se intensifica.

— Tem certeza? Estava doente no dia da prova? — Ela quase soa esperançosa, como se nada pudesse tranquilizar mais sua mente do que a ideia de que eu tivesse feito a prova queimando de febre.

— Não?

A esta altura, estou parada aqui há tanto tempo que o pessoal começou a encarar.

— Bom, então, o resultado não está em seu nível habitual, Jessica — prossegue a sra. Lewis, mantendo a voz baixa. — Eu sei que alguns alunos tendem a relaxar ao fim do último semestre... — Ela me lança um olhar severo por cima dos óculos, e, do nada, me lembro da história que minha mãe contava de Sun Wukong, o rei macaco das lendas, esmagado sob as montanhas por séculos. — Não é isso que está acontecendo aqui, é?

— Lógico que não — murmuro.

— Assim espero — retruca ela, dando tapinhas em meu braço. — Você é a melhor aluna que tenho, Jessica. Não quero me decepcionar.

Não consigo formular uma resposta, então só assinto e volto para a carteira. Enquanto faço isso, tenho um pensamento terrível: o fracasso é permanente, mas o sucesso é sempre temporário, sempre acontece no pretérito.

O e-mail de aceitação de Harvard chegou para minha prima na semana passada. Nas duas provas anteriores a esta, ela tirou a nota máxima. Só que já sinto a relevância dessa nota sumir, a luz se apagando como uma estrela cadente, um minuto ali e no outro já desaparecendo atrás das árvores, tomada pela escuridão. Não basta ser perfeita em um momento específico, surpreender aqueles ao redor, capturar um raio antes que ele te atinja, subir ao palco e juntar todos os prêmios nos braços como rosas recém-colhidas.

É preciso se provar continuamente, e quando o prestígio por suas conquistas recentes expirar, como sempre acontece, como sempre acontecerá, é preciso começar de novo, mas com mais olhares observando você de perto, com mais gente esperando pelo dia em que seu talento vai definhar, e a disciplina vai enfraquecer, e o encanto se esgotar. O sucesso é algo para ser alugado, para se pegar emprestado em pequenas doses, nunca para se possuir por completo, não importa o preço que se está disposto a pagar por isso.

Eu não sou Jessica Chen **125**

De repente, me sinto sufocada, como se estivesse mesmo presa debaixo de montanhas, abatida pelos deuses. Quero fugir da sala, do colégio. Quero deixar a cidade para trás comendo poeira, e só correr e correr e correr.

Quero pintar, espalhar tintas a óleo na tela, mas não seguro um pincel desde minha última noite como Jenna Chen.

Assim que me sento, alguém cutuca meu ombro. É Cathy.

— E aí, como foi? — pergunta ela.

Consigo abrir um sorriso.

— Fui bem.

— Só bem? Com certeza foi ótima.

Ela quer a nota de verdade. Lógico que quer; não acho que Cathy Liu consiga evitar perguntar as notas alheias, não importa o quanto as pessoas não queiram contar. Há boatos de que ela tem uma planilha secreta com as notas de todo mundo nas matérias que ela faz, e que é mais abrangente do que a que alguns professores têm.

Eu me certifico de que minha prova está com a folha de rosto para baixo na mesa, para que Cathy não veja, e coloco as mãos no colo. Reprimo a vontade intensa de rasgar a prova todinha.

— Foi bom — respondo.

— Tipo 9,9? — insinua a garota.

Não digo nada.

— Ou 9,8? — Os olhos escuros dela analisam meu rosto, cheia de expectativa. — Ou 9,7? Deve ser pelo menos mais que 9,6 …

— Ei, respeita a privacidade da minha amiga — interrompe Celine, lançando-a um olhar tão desdenhoso que até eu me encolho. É uma expressão que diz: *Ponha-se no seu lugar*.

E Cathy faz isso. Ela se retrai na mesma hora e volta para a própria mesa sem falar mais nada.

— Eu juro que essa menina não consegue ficar *um* dia sem fungar seu cangote — murmura Celine. — Aposto que o próximo plano é se gabar da própria nota. Ela tá tão sedenta pra chamar atenção que chega a me dar vergonha alheia.

Apesar de tudo, sinto uma leve pontada de pena. Eu me pergunto se é assim que Celine me via, quando eu era eu mesma: sempre pelos cantos, tentando grudar em Leela ou Jessica, chegar em um nível mais alto do que merecia. Porém, antes que consiga decidir se agradeço a Celine ou defendo Cathy, sou distraída pelo rangido suave e o clique da porta. Leela saiu da sala.

Parece que ninguém mais reparou; estão preocupados com as próprias notas, reclamando das perguntas que interpretaram errado, do meio ponto que não deviam ter perdido. Só que tem alguma coisa errada. Não é tanto um fato, mas uma sensação.

— Pra onde a Leela foi? — pergunto a Celine.

— Provavelmente ao banheiro. — Ela dá de ombros. — Ela sempre vai ao banheiro exatamente neste horário. O relógio biológico dela é tipo o de um robô.

Pode até ser, mas ainda sinto uma inquietação na barriga.

— Bom, vou lá também — aviso.

— Anda logo — insiste Celine às minhas costas. — Já, já vamos revisar as respostas.

O corredor está silencioso quando saio da sala. Não demora muito para eu ver Leela parada sozinha no final dele, de cabeça baixa, a prova amassada em uma das mãos. Seus ombros estão tremendo.

Ela parece ouvir eu me aproximar e enrijece o corpo. Enxuga as bochechas com força. Esconde a prova atrás de si como se fosse a evidência de um crime.

— Eu vim só pegar um ar — explica Leela, com a voz rouca, mesmo que abra um sorriso quase convincente.

— Tá tudo bem?

Ela confirma com a cabeça, tão rápido que o rabo de cavalo balança.

Eu não sou Jessica Chen **127**

— Claro. Óbvio que sim, boba.

Hesito, confusa com a relutância dela, a cautela no olhar. Como se estivesse se resguardando de mim, não como se eu fosse alguém com quem pode desabafar. Não importava o que fosse, Leela Patel sempre me procurava quando tinha algo errado. Já a ouvi soluçar no telefone depois de terminar com o primeiro namorado, depois de brigar com a mãe, depois de não conseguir a última vaga na oficina de ciência da computação que queria cursar há anos. Se comparado a tudo isso, esta prova não é nada.

— Você pode me contar, sabe — comento devagar. — Tô aqui pra te apoiar. Não importa o que seja.

O rosto dela demonstra surpresa.

— Sério — insisto. Jessica provavelmente diria algo bem mais eloquente e profundo, mas só consigo falar com Leela do jeito que sei. — Tipo, não pode ser assim *tão* grave. Você não perdeu um milhão de dólares, perdeu? Ou matou alguém? Ou bateu com o carro no escritório do diretor? Ou levou um jumento pro telhado da escola, que nem os garotos fizeram ano passado?

Ela faz um sonzinho pelo nariz.

— Não.

— Então o que foi?

— Você… não entenderia — murmura Leela, mas com a postura mais calma, abaixando as mãos nas laterais do corpo.

— Tenta — respondo com gentileza. — Talvez eu entenda mais do que você imagina.

— É só que… — Ela hesita. — É… essa prova. Eu me ferrei, como já esperava. Bom, mais do que esperava, se é que dá pra acreditar.

Não tem como, é o que quero dizer, mas me contenho. Já ouvi pessoas me falando isso tantas vezes que sei que faz mais mal do que bem. É um consolo tão comum que já memorizei.

Eu contava a alguém que mandei mal em uma prova, e a pessoa respondia, toda casual:

— Com certeza não foi tão terrível assim… Não é como se tivesse tirado menos que nove.

E aí eu ficava humilhada e sem palavras, porque muitas vezes era menos que nove, sim. Então, em vez disso, digo:

— Foi só uma prova. Matematicamente falando, não é o suficiente pra afetar sua média. Além disso, todo mundo já foi mal em ao menos uma prova na vida… É meio que um rito de passagem.

Lá está de novo: a surpresa no rosto de Leela, ainda mais óbvia que antes.

— *Você* já foi mal em uma prova? — questiona ela, um tanto cética.

— Eu… — Fico quieta. Quero contar a verdade, mas não quero mentir enquanto sou Jessica. Então escolho dizer: — É normal eu me decepcionar.

— Mas você nunca se sentiu assim, né?

— Me senti como?

— Como se tivesse sempre se esforçando. — Leela fala tão baixo que tenho que fazer leitura labial para entender. — Como se todo mundo já estivesse correndo lá na frente e você tá parada no mesmo lugar, ou pior…

— Como se estivesse indo mais devagar — finalizo. — Vai por mim, sei como é.

Ela fica me observando.

— Sério?

Essa é a única sensação que conheço.

— Eu te disse. Rito de passagem. Aposto que metade do pessoal na turma tá pensando a mesma coisa agora.

— Duvido muito. É todo mundo tão inteligente…

— Você também é — interrompo. Às vezes ser chamada de inteligente é o único elogio que importa em Havenwood.

— Todo mundo sabe disso. Inclusive a professora. Lembra a

apresentação que você fez no mês passado? Todo mundo literalmente te aplaudiu de pé, como se fosse um festival de cinema. Eu não achava que esse tipo de coisa acontecia, mas aconteceu com você.

— Para, você já tá enchendo minha bola — argumenta ela, mas está sorrindo um pouco, com os olhos mais brilhantes e nítidos.

Essa se parece mais com a Leela que conheço quando está comigo: relaxada, sincera e nunca temendo parecer muito emocionada. Senti falta disso.

— Sabe o que a gente deveria fazer? — sugiro, ansiosa para fazer esse momento durar e ter minha melhor amiga de volta. — Vamos lá na Coruja depois da aula.

Com certeza isso vai animá-la; é a cafeteria em que passávamos várias tardes, correndo para pegar os sofás de estampa de rosas no canto, pedir chás de limão tão gelados que dava para ver o próprio hálito se condensando no copo de vidro e bandejas de batatas fritas do tamanho da nossa cara, mergulhando-as em queijo derretido e lambendo o sal e a gordura do frango dos dedos.

As mesas sempre estavam decoradas com antiguidades, canecas que não combinavam e vasos esmaltados, e levávamos os cadernos junto para ficarmos desenhando até todos os clientes terem ido embora. Era um dos únicos lugares em que eu conseguia relaxar de verdade, onde o tempo não parecia se encolher, e sim se expandir em nosso redor.

— Na Coruja? — Leela parece confusa. — Achei que você tinha reclamado de ser muito cheio. E das batatas serem muito oleosas.

Hesito.

— Ah. Digo, é, mas...

Para meu alívio, a porta da sala se abre de novo, e Cathy vem saltitando pelo corredor até nós.

— Estão fazendo o que aqui fora? — questiona ela. Aí olha para mim, para a expressão de Leela, para a prova que minha amiga ainda está segurando, e parece entender tudo. — Ah. Não tirou a nota que queria?

Antes que possamos responder, Cathy fala direto com Leela:

— Tudo bem se a Jessica tirou uma nota maior que a sua.

O sorriso de Leela murcha por completo.

— A gente já devia ter se acostumado, né? — prossegue Cathy, com um tom casual. — A Jessica tá, tipo, em outro patamar. É basicamente uma deusa, e deuses não competem com ninguém além deles mesmos. Não adianta ficar chateada por isso. Meu conselho é: só aceita que ela é melhor que todo mundo e segue a vida. Nenhuma de nós consegue ser ela.

Imagino que isso seja uma forma deturpada de elogio. Porém, só consigo notar Leela se fechando, mudando de posição, apertando a prova entre os dedos. Sinto algo gelado se espalhando pelas veias, o sentimento de que tem algo me escapando pelos dedos.

— Nenhuma de nós consegue ser ela — repete Leela. — Você tem razão. Como pude esquecer?

— Leela — chamo. — Não é…

— Não, não, é verdade — afirma ela, e meu estômago se embrulha. Ela não parece brava. É difícil identificar qualquer emoção em sua voz. — Te vejo lá dentro, Jessica. Eu tinha mesmo que ir ao banheiro.

— Eu… Tudo bem.

Eu me separo dela e volto para a sala sozinha, atordoada. Todo mundo ainda está na afobação pelas notas das provas, comparando respostas. Por alguns segundos, parada ali à soleira da porta, a coisa toda me parece ridícula. Sem sentido. Tudo aquilo, as trapaças, sofrimento e competição, para quê? Um número que vai perder a relevância em menos de um ano?

Eu não sou Jessica Chen **131**

Só que quando olho para minha carteira, sinto calafrios. Alguém virou minha prova, e a nota está ali exposta. Quando vou pegá-la, um bilhete escrito à mão cai de dentro das páginas, flutuando até a mesa como a asa cortada de uma mariposa.

Você não é tão perfeita, né?

Capítulo oito

— **Como foi na escola?** — pergunta minha tia do outro lado da mesa de jantar.

Os pais de Jessica estão em casa hoje. É só assim que os enxergo: como os pais de *Jessica*, não os meus. Porque minha mãe e meu pai nunca se sentariam à mesa com tanta formalidade para um pequeno jantar em família, vestindo blazer de marca e camisas bem passadas, mantendo a televisão desligada ao fundo, e o único barulho sendo o arranhar dos palitinhos nos pratos. Nunca chegariam em casa com caixas de comida do restaurante chinês mais famoso — e caro — da cidade. Eu sempre tinha que implorar para a mamãe nos deixar pedir comida, e com frequência tudo que eu ganhava era um sermão daqueles sobre como já tínhamos tudo do que precisávamos em casa. E, além do mais, a comida dela era melhor que qualquer coisa que um chef faria, e será que eu não sabia que a colega de trabalho do tio da amiga dela pedia comida fora uma vez na semana e acabou divorciada aos 28 anos, e, mesmo que as duas coisas não tivessem nenhuma relação entre si, por acaso *eu* queria acabar divorciada aos 28 anos?

Eu não sou Jessica Chen **133**

Pego um pedaço do frango agridoce e enfio na boca. O sabor delicioso se espalha pela língua.

— Foi… tudo bem — minto na cara dura. Esqueço a mesa de jantar por um momento e meus pensamentos se esgueiram para dentro do quarto de Jessica, onde está a mochila, com o bilhete anônimo dobrado e escondido dentro do estojo. Só de lembrar, já fico apavorada. — Recebi a nota da prova. De política.

—Ah, é? — Meu tio levanta a cabeça. — E tirou quanto?

— Tirei 9,1.

Um breve silêncio toma conta, tão sutil que quase não percebo. Se eu estivesse aqui como visita, duvido de que teria percebido. Se esse silêncio todo não estivesse direcionado a mim, quer dizer.

— Tirou 9,1 — repete minha tia. O tom é leve, mas há certa perplexidade em seus olhos. — Foi uma prova difícil?

— Não. — Sinto que *esta situação* também é uma prova, e está sendo bem difícil tirar uma nota boa. — Tipo, outras pessoas tiraram notas piores.

— Mas teve gente que foi melhor que você? — questiona minha tia, com um tom mais severo.

Meu tio lança um olhar na direção dela.

— É só uma nota em uma matéria de humanas. Não importa…

— Não me importa a nota — interrompe ela, descartando o que ele diria. — Eu me importo com a *reação* da Jessica em relação a quanto tirou. Nem parece chateada. Como vai melhorar se não estiver refletindo sobre o que fez?

Pego outro pedaço de frango. Está um pouco salgado, e fico bem ciente de como minha boca ficou seca, mas não ouso me levantar para pegar um copo de água. Não com minha tia me encarando desse jeito.

— Desculpa? — digo.

— Não, não precisa pedir desculpa pra mim. — Ela espeta o palitinho no meio do arroz. *Isso dá azar*, minha mãe diria. *Parece um incenso, está associado à morte na família.* — Falei que não me importo com as notas. Não sou igual àqueles pais rigorosos. Eu não tenho que me importar nadinha com você. Logo você vai ser uma adulta morando sozinha, e você ser ou não bem-sucedida não vai ter nada a ver comigo. Se fracassar, só vai ter que pedir desculpas a si mesma.

Fico a encarando. Há muitas coisas das quais minha tia gosta de se gabar toda hora, e uma delas é do quão pouco se importa com os estudos de Jessica. Ela sempre falava em tom de crítica dos pais que inscreviam os filhos em aulas particulares intensivas de química, matemática e chinês, que ficavam acordados até tarde para ajudar os filhos com o dever de casa, que monitoravam as notas deles de perto. De acordo com ela, *só aconteceu* de Jessica ter notas perfeitas. *Só aconteceu* de Jessica ser a filha perfeita. Minha prima foi simplesmente abençoada com a genética da perfeição.

Mas talvez minha tia nunca tenha se preocupado com as notas de Jessica porque minha prima nunca lhe deu um motivo para se preocupar.

Porque Jessica deve ter descoberto em algum momento que a qualquer sinal de algo menos que perfeito, sua mãe reagiria desse jeito.

— E que nota suas amigas tiraram? — indaga meu tio.

É provável que esteja querendo ajudar, mas minha boca só fica mais seca.

— Essa é uma ótima pergunta — comenta minha tia. — Aquela Leela é uma boa aluna, não é? Ela tirou uma nota maior? E a Celine? Você sempre diz que ela é um gênio nas matérias de humanas.

Desta vez, fica nítido qual deve ser a resposta correta. Não importa se eu não for perfeita, contanto que seja superior em algum nível.

Eu não sou Jessica Chen **135**

Lembro das lágrimas marcando as bochechas de Leela, do jeito que ela escondeu a prova atrás de si, e meu estômago se embrulha. Para evitar responder de imediato, pego um pedaço de caranguejo frito e começo a chupar a casca.

Meus tios arregalam os olhos.

— *O que você está fazendo?* — questiona titia com a voz estridente.

Fico tão espantada que me sobressalto. Solto os palitinhos. Fico olhando para o rosto pálido dela. Meu primeiro pensamento é que isso ainda tem a ver com a nota, mas então ela se levanta, de um jeito que me parece muito aleatório e bizarro, e aponta para o caranguejo.

— Quanto você já comeu?

— Quê?

— Quanto?

— Eu… só um pouco…

— Vá lavar a boca — ordena ela. — E pegue o remédio. Agora.

Remédio? Que remédio?

O rosto de minha tia é pura urgência.

— Não fique parada aí! *Depressa*.

Só obedeço por estar confusa; meus pés se mexem enquanto meu cérebro continua estático. Apenas quando já cheguei ao banheiro e lavei a boca duas vezes é que olho para o espelho e percebo o que há de errado.

Solto um arquejo horrorizado.

Manchas vermelhas começaram a surgir em meu pescoço e bochechas, arruinando a pele lisa de Jessica. *Caranguejo*. Fiquei tão absorta na mensagem sinistra e na nota da prova que esqueci de uma informação bem crucial: Jessica Chen é alérgica a frutos do mar.

E como se eu precisasse de mais uma prova disso, meu rosto todo começa a coçar.

— Droga — murmuro, vasculhando o armário atrás do remédio com uma das mãos enquanto arranho a pele em fúria com a outra.

Em meio ao pânico, derrubo tubinhos de géis de limpeza facial, sabonetes perfumados e batons fechados no chão. Quanto mais coço, mais sinto coceira, como se eu absorvesse a sensação corpo adentro.

Por fim, meus dedos tocam uma garrafa branca. Checo o rótulo, abro a tampa, despejo duas pílulas na mão e engulo a seco. Aí enfio as unhas no rosto, esperando — torcendo para — o remédio fazer efeito.

— Jessica? — Ouço duas rápidas batidas à porta do banheiro. É a voz de minha tia. — Jessica? Quer que eu entre?

— Não — respondo depressa. — Tudo bem. Eu tô bem.

— Tem certeza? Não é melhor irmos ao hospital? Vou pedir ao seu pai pra ligar o carro.

— Não — repito.

Respiro fundo. Checo o reflexo no espelho. É difícil ter certeza por causa da luz amarelada do banheiro, mas parece que as manchas clarearam um pouco. Não parece mais que existem formigas venenosas e raivosas rastejando pela minha pele; agora são só formigas normais.

Três respirações depois, até elas desaparecem.

Quando abro a porta, minha tia me pega pelos ombros e solta um suspiro aliviado.

— Onde estava com a cabeça? — pergunta ela. — Você sempre foi tão cuidadosa.

— Acho que me distraí — argumento com a voz fraca.

Titia franze a testa, mas não insiste. Nem menciona a prova de política de novo.

— Vamos. Vamos descer e terminar o jantar. Você mal comeu.

Só que não estou com fome. Não sinto vontade de comer o jantar que me espera. O que quero é a comida de minha mãe. As costelinhas de porco macias e as algas que mergulhávamos

Eu não sou Jessica Chen **137**

no molho de soja. Os rolinhos de legumes que ela mesma cozinhava a vapor, usando farinha branca e cebolinha. A saborosa sopa de ovo e tomate que ela servia com arroz. O mingau de arroz que ela preparava quando eu ficava doente, a carne de porco desfiada que jogava por cima, o gergelim branco salpicado. Quando eu era mais nova, torcia em segredo para pegar um resfriado, porque sabia que significava que minha mãe me deixaria ficar no quarto desenhando o dia todo, e ela levava uma tigela de mingau de arroz fervendo, um prato com peras e maçãs descascadas...

Pare. Espanto o pensamento, ignoro a dor que afunda no meu peito como um ferimento de flecha, ignoro a vontade de ligar para meus pais, de conversar com eles. Não posso deixar a nostalgia distorcer minhas lembranças, apagar aqueles jantares em que ninguém tocava nas costelinhas de porco nem na sopa porque estava todo mundo emburrado por causa das conquistas de Jessica.

— Já acabei — respondo, forçando um sorriso. — Acho que vou só estudar.

Minha tia hesita, então concorda com a cabeça.

— Tudo bem. Avise se tiver algum outro sintoma. Seu pai e eu vamos viajar amanhã e só voltamos no dia dezessete, mas podemos cancelar.

— Espera... no dia dezessete? Que dia é hoje?

— Dia treze. Por quê?

Sinto o peito apertado. Eu devia ter me lembrado da data. Do que significa para Aaron.

É aniversário de morte da mãe dele.

O pai dele não vai estar em casa. Quase nunca está, ainda mais na noite de hoje. Cinco anos atrás, nesta mesma data, ele tinha passado três semanas fora. Desapareceu sem deixar um bilhete, sem deixar nada na geladeira, nem dinheiro na bancada, nem um número para qualquer emergência. Aaron tinha escondido isso da gente até eu perceber que ele não estava levando almoço para a escola.

— Só pra saber — explico. — Não se preocupa comigo. Tá tudo bem.

Depois que minha tia sai, entro no quarto de minha prima e fecho a porta. Meu olhar recai na pilha crescente de dever de casa e livros que aguardam, ameaçadores, na escrivaninha. Se eu quiser manter o nível das notas de Jessica, me redimir depois do 9.1, é melhor mesmo passar a noite estudando. É o que ela faria. É o que uma aluna perfeita faria.

Porém, desvio o olhar do dever de casa e foco no celular de Jessica.

Não tenho que procurar nos contatos para achar o número dele; faz anos que memorizei. Enquanto me deito na cama e espero que ele atenda, um monte de lembranças passa por minha mente: Aaron, naquele primeiro ano horrível depois que a mãe faleceu de uma doença cardíaca repentina, ainda criança e tão calado que deixava as pessoas ansiosas. O terapeuta designado pela escola falando com minha mãe, porque o pai dele não estava ali:

"Seria bem menos preocupante se ele desse um chilique, mas o menino nem chora. Não quer falar do assunto. Fico preocupado com a possibilidade de as emoções dele o corroerem por dentro."

O Dia das Mães depois disso, todas as crianças exibindo os biscoitos de caramelo e cartões ilustrados, enquanto Aaron ficava de longe, sentado, com uma expressão fechada. Ele tinha aperfeiçoado a máscara de tédio já naquela época.

Ninguém mais ligou os pontos quando Aaron se inscreveu no curso de primeiros socorros depois que a mãe faleceu, quando memorizou a rota mais rápida até o hospital a partir de todas as ruas principais e reabastecia o estoque de remédios com minúcia todo ano, só para o caso de outra emergência. Parecia que ninguém notava como ele ficava tenso quando alguém reclamava de dor no peito ou tontura, como passava o tempo livre lendo sobre todas as doenças já registradas enquanto os outros garotos da idade dele estavam em festas ou jogando videogame.

— Alô?

É a voz de Aaron.

Apesar de ter sido eu a ligar, ainda sinto o coração acelerar um pouco. Estou acostumada a pensar nele, não a tentar falar com ele de fato.

— Oi. Tá ocupado?

— Na real, não. — A voz dele soa cautelosa. Quase desconfiada. — Aconteceu alguma coisa?

— Ah, não, eu só… — Faço uma pausa. Não posso dizer a verdade, que estava preocupada, que sei o quanto o dia de hoje o afeta embora ele nunca vá admitir, e a única razão para eu saber disso é ter passado anos o observando e o desejando em segredo. Não, com certeza não posso dizer isso, mas tem algo que posso perguntar, algo que preciso mesmo descobrir. — Eu estava aqui me perguntando se você não viu quem mexeu na minha prova hoje.

— Na sua prova?

— Isso. De política. Deixei na mesa, e quando voltei… — A imagem do bilhete surge na minha cabeça, com tanta nitidez que parece que estou olhando para o papel agora. *Você não é tão perfeita, né?* — Não sei. Parecia que alguém tinha mexido enquanto eu tava lá fora.

— Tá com medo de que alguém tenha visto sua nota? Eu achava que você adorava que todo mundo soubesse.

Fico grata por ele não poder ver minha cara agora.

— Talvez nem todo mundo seja exibido que nem você.

— Justo — responde Aaron, em tom seco. Só que, pela primeira vez desde que atendeu, há um toque divertido em sua voz. — Bom, eu não fiquei prestando atenção na sua mesa, mas ninguém andou pela sala. Então se alguém deu uma espiada na sua prova *mesmo*, imagino que tenha sido alguém perto de você.

Alguém perto de mim. O rosto de Celine me vem à mente. A expressão dela quando descobriu que fui aceita em Harvard. A tensão no sorriso.

Meu coração dispara. A única outra pessoa sentada ali era Leela, e mesmo se não tivesse estado lá fora com ela, sabia que ela nunca faria isso. Mas Celine… a menina que intimida todo mundo, que só fala com aqueles que julga dignos de sua atenção, quem eu mal conhecia enquanto era Jenna…

— Oi? — chama Aaron. — Ainda tá aí?

— Sim — respondo, virando-me para cobrir a barriga com uma ponta do cobertor. — Desculpa. Tava só pensando.

— Ficou mesmo incomodada com isso? Com alguém ter visto?

— É uma questão de princípios. — Estou omitindo a verdade, mas isso também é real. — É uma atitude bem desonesta.

— Tem razão. Infelizmente, é o jeitinho de Havenwood. Nunca entendi por que todo mundo é tão surtado com os estudos. Toda a competição e comparação… Deve exigir uma baita energia.

Sem querer, faço um som de deboche.

— Quê?

— Lógico que *você* não liga pra isso. Nunca teve que se preocupar com as suas notas.

— Eu nunca ia ficar me preocupando com as notas dos outros. Que é o que a maioria parece fazer. — Então ele fica em silêncio. — Foi só por isso que ligou? Pra perguntar da prova?

— Sim — respondo, e percebo que ele está prestes a desligar. — Espera… Não. Hã, eu queria perguntar… Eu também precisava…

— O que você quer, Jessica?

Quero distrair você. Quero te fazer companhia, assim não vai ter como se sentir sozinho. Mesmo que fique irritado comigo. Mesmo que eu não tenha te perdoado por ter ido embora.

Eu não sou Jessica Chen **141**

— Eu queria perguntar...

Olho ao redor, desesperada, e vejo uma foto emoldurada de nós três na estante de minha prima. Foi tirada no aniversário de doze anos de Aaron e, por minha sugestão, minha mãe tinha nos levado para um parque imersivo com o tema "Imagine o futuro", do outro lado da cidade. Aaron está vestido de médico, com um leve sorriso. Jessica está usando um blazer e uma saia lápis de mulher de negócios, com o olhar calmo focado à frente. E eu estou no meio, usando um avental de pintura, de cabelo bagunçado, o rosto virado para longe, constrangida, porque Aaron estava com o braço ao redor de meus ombros. Uma pontada dolorosa me acerta o peito. Foi um daqueles raros dias em que tudo tinha saído como eu planejava, quando a alegria parecia simples.

— Só queria perguntar como foi o curso de medicina pra prodígios — explico. — Eu, hã, tenho uma amiga que tá pensando em se inscrever.

— Uma amiga? Quem?

— Você não conhece. Tenho muitos amigos.

Ele solta uma gargalhada.

— Beleza. Bom, se sua amiga quiser mesmo seguir essa carreira, deveria tentar. Não tem muitos cursos por aí em que se estuda medicina com tanta profundidade antes de entrar na faculdade. Professores e médicos iam dar palestra toda semana. Tipo, teve um cardiologista renomado, o dr. Zhou, que tem especialidade em todos os aspectos do controle do ritmo cardíaco, e ele escreveu uns trabalhos pioneiros sobre fibrilação atrial...

Quando Aaron começa a falar mais depressa, imagino seus olhos brilhando de tanto entusiasmo. Puxo um pouco mais o cobertor, olho para o teto branco e deixo a voz dele preencher meus pensamentos.

—... e recentemente ele ajudou a inventar um dispositivo de monitoramento cardíaco totalmente não invasivo e mais sensível do que qualquer coisa que já existe. É menor que uma unha, dá pra acreditar? Imagina só criar algo assim: uma ideia, um único dispositivo, um novo jeito de pensar, que pode ajudar a aprimorar a prevenção de doenças e os tratamentos pelo mundo todo. — Ele então para de falar, e as próximas palavras saem quase tímidas: — Acho que isso foi bem mais detalhado do que você ou sua amiga queriam.

— Não, não — digo depressa. — Não mesmo.

Sinto um quentinho inusitado se espalhando pelo meu peito: pura admiração, sem nenhum quê de inveja. Acontece que Havenwood tem um jeito de diminuir tudo por trás dos portões cobertos por heras. É fácil sentir que nada mais no mundo existe para além da última nota, quem teve o melhor desempenho da turma, quem foi aceito em uma universidade de elite e quem não foi, e a recompensa se torna o próprio prestígio, a validação, a aclamação. É bem o jeitinho de Havenwood mesmo, como Aaron disse.

Às vezes esqueço que, de modo geral, tudo bem não ser o melhor em tudo. Tudo bem estar cercada de pessoas que conseguem resolver problemas que a gente não consegue, que são talentosas de jeitos diferentes, que vão lá mudar o mundo. A inteligência de Aaron não é só algo que vai lhe render boas notas e elogios em jantares, é o que vai fazê-lo virar um médico brilhante e salvar vidas.

— Conta mais — peço.

E ele conta, embora seja com um tom cauteloso e incrédulo, como se esperasse que a qualquer momento eu interrompa e anuncie que estou gravando tudo, tal qual uma pegadinha.

— Sabe, acho que esta é a conversa mais longa que a gente já teve — comenta ele depois.

Estreito os olhos para a luz escurecida da tela. Faz mais de duas horas que estamos conversando, tanto tempo que minha bateria está quase morrendo. Ainda assim, essa informação me surpreende. Eu tinha presumido — *temido* — que Jessica e Aaron conversassem o tempo todo quando eu não estava por

Eu não sou Jessica Chen **143**

perto, que conseguiriam conversar para sempre, considerando o quanto tinham em comum.

— É melhor eu ir fazer a janta — afirma ele depois de hesitar. — Mas se sua amiga quiser perguntar alguma coisa do curso, pode passar meu número.

— Beleza. Tudo bem.

— Então até amanhã.

— Tchau, Aaron — sussurro, pronta para ele se demorar na linha, para repetir o que disse, como sempre fazia quando nos falávamos ao telefone depois da aula, só para me irritar.

Mas ele já desligou.

O bilhete ainda está lá.

No estojo. Em meu inconsciente. Até quando tento pegar no sono e fechar bem os olhos, vejo a caligrafia inclinada, iluminada em meio à escuridão atrás de minhas pálpebras. E com ela, o e-mail anônimo e o Prêmio Haven. Depois de ficar me revirando na cama e afofar o travesseiro de Jessica pela sétima vez, acendo o abajur, visto o roupão de minha prima e me agacho diante das gavetas dela.

Então tiro de lá a coisa que jurei a mim mesma que não pegaria de novo.

O diário.

Meu coração dispara quando toco o couro frio. A culpa se revira dentro de mim, mas não tenho mais pista nenhuma. Tem que ter algo aqui que deixei passar.

Abro em uma página aleatória e leio as primeiras palavras:

Aconteceu.

    Enfim aconteceu. Fui aceita em Harvard.

O aperto no peito que sinto na mesma hora é bem familiar. Mas acho que a inveja é parecida com a memória muscular, e ela sempre me fez sentir pavor. Como uma dor física, um pânico puro e de acelerar o coração, como observar um trem sair dos trilhos. Toda vez que Jessica anunciava que algo tinha ido bem em sua vida, eu sentia uma tensão na barriga e calafrios pelo corpo, como se estivesse me preparando para sofrer uma ameaça de violência.

Eu me forço a continuar lendo.

Mesmo agora, não parece de verdade. Quando a notificação chegou, meu coração começou a bater tão forte que achei que ia explodir. Eu tremia quando abri o e-mail, mas aí vi o logo de Harvard e a palavra "Parabéns". Tive que ler três vezes para ter certeza, mas lá estava meu nome, Jessica Chen, e as palavras que há anos espero ver. Eles me aceitaram. Querem que eu seja uma aluna de Harvard. A faculdade dos meus sonhos.

Corri para a sala para contar a meus pais, e nunca tinha visto os dois ficarem tão animados. Eles me abraçaram e ligaram para todo mundo que conheciam pelo WeChat, e eu mesma dei a notícia aos parentes, um de cada vez: minha tia-bisavó, minha segunda tia mais velha, tios, uma prima junto ao marido, e meus avós de ambos os lados. Eu nem sabia que tínhamos tantos parentes, mas minha mãe de algum jeito continuava encontrando mais gente para quem ligar.

Minha avó chorou, e me lembrei da história que mamãe contava no passado, de como ela nem teve a oportunidade de se formar no ensino médio antes de começar a trabalhar no salão de cabeleireiro para ajudar os irmãos mais novos. E foi como se eu conseguisse visualizar nossa árvore genealógica, com meus ancestrais nas raízes, e todos os galhos se espalhando em direção ao céu, e com cada novo galho íamos nos estendendo mais alto, e mais flores desabrochavam, e era assim que cresciamos, geração a geração.

Eu não sou Jessica Chen **145**

Eles me disseram o quanto estavam orgulhosos. Que eu era um gênio, que eu era talentosíssima, que me esforçava muito. Que era eu quem tinha conseguido, eu quem estava tendo sucesso. Foi perfeito. Pelos primeiros dez minutos, foi tudo perfeito.

E agora estou aqui sozinha no quarto, como sempre, e a empolgação passou, e sei que soa horrível e muito ingrato, mas só consigo pensar: é isso? Este, agora, é o ápice de todas as noites sem dormir, todas as provas que me fizeram chorar, todas as horas a mais em que fiquei estudando quando poderia estar indo para o litoral, jantando com minha família, passeando no shopping com minhas amigas, indo ver as cerejeiras ou nadando no lago no auge do verão? Esse é o melhor que a vida vai ser e... Não tenho com quem compartilhar. Tudo bem, tem pessoas para quem posso contar, como contei aos meus parentes sob a forma de um grande anúncio, uma oportunidade de meus pais se gabarem de mim. Mas com quem posso comemorar de fato? Quem vai ficar feliz de verdade por mim?

E aí tem a Harvard. Eu só conseguia pensar em me esforçar e ser aceita, mas agora caiu a ficha de que vou ter que continuar me esforçando quando as aulas começarem. Vou ter que provar meu valor mais uma vez para novos colegas de turma e novos professores. Fico tão exausta só de imaginar, que parece que estou correndo a toda a velocidade na direção de uma montanha no horizonte, e sempre parece que está próxima, mas nunca vou chegar lá pra valer. Tudo me deixa exausta hoje em dia.

Um vento repentino sopra pelas árvores.

Levanto a cabeça. Estou meio convencida de que vou ver Jessica, a Jessica de verdade, bem ali, pairando atrás de mim, observando em silêncio. Até sussurro o nome dela em voz alta.

— Jessica? Você tá aí?

Só que não há resposta. A única pessoa dentro do quarto sou eu. Engulo em seco, chocada, e passo para uma página mais antiga.

Eu não devia ter feito isso.

Eu sei que não devia, mas não consegui pensar em mais nada por conta própria. Me deu um branco (isso tem acontecido com muita frequência esses dias, como se andasse muito exausta para formular um pensamento coerente) e só tinha mais um dia para escrever, e eu sabia que o professor estava esperando algo fenomenal de mim, algo que superasse tudo o que eu já tinha escrito. Nunca posso ser só boa. Tenho que ser perfeita. Tenho que impressioná-los. Tenho que provar que sou inteligente ou, do contrário, vou deixar de ser relevante.

Agora já enviei, e é tarde demais para voltar atrás.

Não deve ter nenhuma prova, a menos que descubram de alguma maneira. Se eles me acusarem de fato... só posso rezar para minha reputação me proteger. Todo mundo acha que sou boa, e eles até têm certa razão. Sou uma boa aluna, uma boa filha, um bom exemplo.

Só que nunca fui uma boa pessoa. Não sei ser.

O diário desliza por meus dedos e cai no chão.

Eu tinha esperado encontrar pistas, mas não *isso*. De repente, tudo parece diferente. Todos os bilhetes sinistros da pessoa anônima. *Eu sei o que você fez.* Fiquei tão convencida de que tinham descoberto que eu não era mesmo Jessica, mas talvez as mensagens fossem direcionadas a ela de verdade.

— O que você fez? — pergunto para o nada, desejando mais do que nunca ter uma forma de falar com minha prima. Com Jessica Chen, que deveria ser impecável. Com quem cresci, que estava ao meu lado para carregar meus livros quando torci o tornozelo na aula de educação física, que me deixava ficar em seu quarto quando meus pais viajavam, que preparava biscoitos

Eu não sou Jessica Chen **147**

de limão macios para mim quando eu estava estressada com as provas. Quem invejei pela maior parte da minha vida, quem eu seguia por toda parte quando tínhamos cinco anos, até nossos pais brincarem que eu era a sombra dela. Na época, isso não tinha me magoado. Tinha parecido um elogio, porque eu sempre quis ser igualzinha a ela. — O que você pode ter feito de tão horrível assim?

Capítulo nove

A voz de minha prima ecoa em minha mente pelo dia seguinte todo. Ouço com tanta distinção que parece que ela leu o diário para mim: *Nunca fui uma boa pessoa.*

Talvez seja uma benção, então, que as aulas normais tenham sido canceladas por causa do festival de natação anual. A escola providencia ônibus para todo mundo de manhã cedinho e nos leva ao lago.

Está tão cedo que ainda há uma leve névoa pairando sobre a água cinzenta e a mata, o frio da noite ainda presente no ar.

— Vamos acabar com hipotermia — resmunga Celine enquanto tira o uniforme, jogando a saia na grama. Como todas as outras garotas, ela já está usando o traje de banho padrão preto por debaixo da roupa.

Leela retira o blazer e o dobra com todo o cuidado dentro de uma bolsa impermeável que trouxe, depois coloca os sapatos bem enfileirados de frente para a margem do lago.

— Tô mais preocupada é com a possibilidade de ser picada por uma cobra d'água.

Celine ri da cara dela.

Eu não sou Jessica Chen **149**

— Isso foi só um boato que os garotos do último ano inventaram pra assustar a gente. Não tem cobra nenhuma...

— Não tem como você ter certeza — rebate Leela. — Olha pro lago. Se tivesse cobra, nem ia dar pra ver, né?

Nós duas olhamos; Celine, só para fazer a vontade da amiga, e eu, porque em segredo tenho o mesmo medo. Cobras venenosas podem não ser a *maior* de minhas preocupações, mas com certeza são uma delas.

O lago jaz à frente, a superfície tão escura quanto o céu nublado, não revelando nada de suas profundezas. A luzinha que toca as margens logo se dispersa entre as ondas. Celine desvia o olhar depois de um momento, mas continuo focada ali. A água é uma das coisas mais difíceis de se pintar porque está sempre em movimento, sempre mudando de forma; porque não pode existir separada do que a cerca. Eu não conseguiria pintar o lago sem retratar o amontoado de campânulas nas beiradas, ou os reflexos dos alunos se aquecendo e pegando as toalhas, agrupando-se para afugentar o frio. E, para acertar nas cores, precisaria misturar o índigo com o azul-egeu e o abeto, então encontrar um tom mais escuro para as sombras.

— Eu ainda duvido muito de que tenha cobra — murmura Celine, pensativa. — Mas talvez tenham uns cadáveres.

— *Celine* — repreende Leela, com um olhar feio.

— Ou sereias simpáticas — cede a outra garota. — Tá feliz agora?

— Nem um pouco.

— Por que você tá estressada? — questiona Celine. — A Jessica vai na frente, então vai ver qual é primeiro.

— É. Mal posso esperar — confirmo enquanto tiro a blusa da escola e fico só de traje de banho.

O ar frio é um choque para o corpo, e faz os pelos dos meus braços se arrepiarem. Durante todos esses anos aqui, consegui me esquivar do festival de natação fingindo vez ou outra ter dor na barriga, virose, febre ou uma alergia misteriosa que sumia no dia seguinte como um passe de mágica. Eu nem ficava perto o bastante do lago para ver quem nadava — do jeitinho que eu queria.

Não é só por eu detestar nadar. Sou uma das únicas pessoas da turma que teve que fazer o curso de segurança na água da escola três vezes antes que me deixassem passar, e mesmo assim só com a recomendação de que eu evitasse ao máximo grandes corpos d'água.

Só que Jessica é uma das maiores nadadoras da escola, é basicamente uma tradição à esta altura que ela nade a primeira e mais longa prova.

— Falando nisso, é melhor você ir logo, Jessica — diz Celine. Ela aponta para o lago, onde o treinador de natação está bradando instruções. — Olha, as outras nadadoras já tão formando fila.

Respiro fundo e enfio o rabo de cavalo dentro da touca de látex, desconfortável de tão apertada.

Leela me olha e hesita, arregalando os olhos.

— Nossa.

— Que foi?

— Não, fico impressionada com como você fica bonita com a touca de natação. Geralmente faz o pessoal parecer careca, mas em você… é tipo alta costura — bajula ela. — Realça a cor dos seus olhos.

Achei que ela estava sendo irônica, mas enquanto sigo pela grama para me juntar às outras nadadoras, tenho um vislumbre de mim mesma no brilho escuro dos óculos de natação delas. Por incrível que pareça, estou bonita *mesmo*; com o cabelo para trás, as maçãs do rosto estão mais proeminentes que nunca, e meu pescoço, elegante como o de um cisne.

Então olho para a frente. Quatro plataformas de salto foram suspensas em paralelo no lago. A madeira está áspera e congelante sob meus pés descalços enquanto vou até a extremidade dela, como alguém sendo obrigado a saltar da prancha de um

Eu não sou Jessica Chen **151**

navio, com medo de escorregar e cair antes mesmo que a competição comece.

— Preparem-se — alerta o treinador, a voz retumbando pela água.

De canto do olho, vejo as nadadoras se agachando com uma precisão profissional, esticando os braços em um ângulo perfeito, a posição inicial que nunca aprendi. Mas, quando me imagino caindo de cabeça no lago, a memória muscular de Jessica entra em ação: meus próprios braços parecem se estender sozinhos, os dedos dos pés se aproximando da ponta da prancha, os músculos das panturrilhas me estabilizando quando me inclino à frente. Parece magia. *É* magia.

Um coro de vozes animadas ecoa da margem:

— Vai, Jessica!

— Você consegue.

— A gente tá torcendo por você!

— Ai, meu Deus, ai, meu Deus… A prova da Jessica vai começar.

— Caramba, ela tá *no gás*.

Calor corre por minhas veias ao mesmo tempo que a adrenalina. Parece que sou tudo o que eu não era: forte, capaz, atlética. Flexiono os dedos. Minha respiração fica acelerada pela expectativa. Talvez eu consiga ganhar mesmo.

— Às suas marcas — prossegue o treinador.

Sinto uma mudança de movimento ao redor. Uma inspiração coletiva. Uma última respiração.

— Já!

Pulo da plataforma — há um momento brevíssimo em que parece que não tenho peso, que escapei da própria gravidade. Aí minhas mãos rompem a superfície, e a água se agita ao meu redor. Está ainda mais gelada que o ar, mas o frio parece estar além do meu corpo, do calor em meus membros.

Aí começo a nadar.

Embora *eu* não tenha sido, Jessica foi treinada para isso. Os pulmões se expandem enquanto vou mais fundo, e quando levanto a cabeça para respirar, o oxigênio desliza entre meus dentes por meio segundo antes que eu mergulhe a cabeça de novo. Os braços dela cortam a espuma branca com expertise. Cada batida poderosa de minhas pernas me impulsa para mais e mais longe das outras nadadoras; ouço as moções delas, sinto os rompantes ágeis e frenéticos de movimentos em meio às ondas. Nada pode me deter. Ninguém pode me vencer. Nado mais e mais, elegante como uma lontra, a água se partindo a cada braçada.

Não sinto a exaustão me atrasando, só euforia nas veias, me impulsionando, me sustentando por cima das ondas.

Aparentemente, não detesto nadar. Só detesto ser ruim nas coisas.

Sou a primeira a chegar ao final. Quando boto a cabeça para fora d'água, absorvendo o ar fresco e piscando para limpar os olhos, vejo todo mundo reunido na margem: meus colegas de turma, aplaudindo, comemorando, gritando meu nome.

— *Jessica Chen. Jessica Chen. Jessica Chen.*

E de repente fico grata pelo quanto nossos nomes são parecidos, porque é tão fácil fingir, ao menos por alguns instantes preciosos, delirantes e gloriosos, que sou mesmo ela, e que a mim que eles estão celebrando.

A melhor parte de ganhar a prova — além da própria vitória, lógico — é que consigo só ficar ali na minha e observar o resto do pessoal no festival.

Mas não fico sozinha por muito tempo.

Vejo Aaron se aproximando pelo canto do olho. Como todos os outros caras que vão nadar depois, ele tirou a camisa, um fato que está ficando cada vez mais difícil de ignorar quanto mais ele chega perto.

Eu não sou Jessica Chen **153**

— Oi — digo para uma pedrinha no chão, enrolando mais a toalha em volta de mim mesma.

— Oi.

Cometo o erro de olhar para cima e no mesmo instante fico abalada com os vislumbres de cabelo escuro, pele lisa, ombros esculpidos, ângulos definidos. Fico dividida entre o impulso de continuar olhando e o bom senso de desviar o rosto antes que seja pega no flagra.

— Foi uma competição e tanto — comenta ele. — Parabéns pela vitória.

— Ah, é, obrigada — respondo, prosseguindo a conversa com a pedrinha. — Tipo, com certeza não tô surpresa por ter ganhado. Nasci com o dom do atletismo.

— Pois é. Que ótimo. — Aaron parece distraído. — Ei, você não ficou sabendo nada da Jenna, não, ficou? Ela ainda tá sumida, e ninguém pra quem perguntei sabe onde ela tá… É como se ela tivesse *desaparecido*.

— A Jenna? — repito, erguendo a cabeça. Parece que estou debaixo d'água de novo; tudo ao redor fica silenciado, turvo. — Não. Desculpa, eu… Não, não sei de nada.

— Tô ficando preocupado. — Ele franze as sobrancelhas um pouco. — Não faz sentido ela sumir assim sem avisar.

— Bom, talvez ela não queira que ninguém a encontre — argumento e me viro para ir embora, ansiosa para deixar essa conversa para trás.

Não quero pensar no meu antigo eu. Não quero pensar, ponto. Quero só fingir um pouco mais, deixar que meus colegas de turma me encham de elogios, me demorar no êxtase da vitória recente.

— Espera.

Aaron logo estica a mão, e as pontas de seus dedos roçam meu cabelo molhado. Prendo a respiração. É uma sensação tão familiar, do tipo que te faz voltar no tempo, que te faz perder o chão. Com uma súbita dor, me lembro de todas as noites em que seguia para casa depois da aula, em meio à luz clara e azul do verão, com ele logo atrás de mim. Sempre que Aaron estava perto, brincava com uma mecha solta de meu cabelo, enrolando-a no dedo anelar e sorrindo com o cantinho da boca, e eu dava um tapa na mão dele. Fingia ficar irritada. Em segredo, sempre diminuía o ritmo dos passos de propósito quando o ouvia se aproximar, só para que ele pudesse me alcançar. Só para que me provocasse e risse.

Porém, em vez de chegar mais perto, como fazia comigo, Aaron abaixa a mão e dá um passo para trás.

— Como assim? — insiste, observando-me com aquela expressão contemplativa, como se visse algo invisível para os outros, algo para além do céu nebuloso e a água cinza perolada do lago. — Como assim ela não quer que a encontrem? Sabe por que ela foi embora? Ela te contou? Ela... ela tá com raiva de mim?

Engulo em seco, com o coração martelando. É melhor eu ficar de bico fechado. Trancar os segredos no fundo da garganta e jogar a chave fora. Em vez disso, hesito. Foco no olhar questionador dele, tão preocupado, tão sincero. E sinto saudade... de alguma coisa. Talvez de quem já fomos, talvez do pensamento de que quando Aaron me olhava assim, via meu rosto, não o de Jessica.

Conta pra ele, uma vozinha dentro de minha cabeça sussurra. *Conta a verdade. É o Aaron. Você pode confiar nele.*

— Eu...

Lambo os lábios, sentindo o gosto do lago. No céu, as nuvens se espalharam, e raios suaves de luz amarela se projetam na água ondulante, destacando as laterais do rosto de Aaron, o que faz sua pele parecer estar quase brilhando. Aaron, tão belo, distante, frustrante. O garoto para quem eu me recusava a emprestar um lápis, mas por quem eu daria o mundo, mesmo depois de todo esse tempo.

Mesmo depois de tudo isso.

Eu não sou Jessica Chen **155**

— O que tá rolando, Jessica? — pergunta ele.

Aaron não pergunta se tem algo rolando, mas o quê.

— Se eu tentasse explicar — falo devagar —, você ia acreditar em mim?

— Lógico.

— Mesmo se parecer ridículo? Mesmo se não fizer nenhum sentido de um ponto de vista científico nem nada disso, e fizer você questionar minha sanidade?

Ele franze ainda mais a testa, mas confirma com a cabeça.

— Tudo bem.

— Tô falando sério.

— Eu também tô.

— Beleza. Sendo bem sincera... Bom, não sei se eu mesma entendo tudo direito ainda, mas acontece que eu... — As palavras chegam à ponta da língua, mas, por alguns segundos, eu as mantenho ali. E se for agora? E se eu admitir tudo em voz alta para ele, e a ilusão se romper, o encanto for quebrado? Meu coração martela ainda mais. É tarde demais para voltar atrás. Aaron está me observando, aguardando. — Eu não sou... quem você acha que sou.

Ele hesita.

— Em um sentido filosófico?

— No sentido bem literal — explico, balançando a cabeça. — Este corpo, esta vida... — Aponto para mim mesma com as duas mãos. — Acordei um dia no corpo da Jessica. Pareço com ela, falo como ela, e todo mundo acha que sou ela, quando não sou. Não de verdade.

Aaron fica me encarando por tanto tempo que meus nervos ficam à flor da pele.

— Que interessante — comenta ele por fim. — Você tá falando de si mesma na terceira pessoa.

— Porque não sou eu — repito, frustrada. — Não entendeu? Eu não sou a Jessica Chen. Eu sou... sou a Jenna. — Minha boca parece estar se mexendo sozinha, botando tudo para fora em meio ao ar frio. — Fiz um pedido pra ser ela, e de alguma forma ele se realizou, e agora não faço ideia de onde minha prima está. A alma dela, no caso, ou do que você quiser chamar. Já tentei ir atrás dela, mas nem sei onde procurar e eu... eu só... não sei.

Fecho bem a boca, e o silêncio que se segue é horrível. Todo barulho ao fundo fica abafado: o movimento prateado suave das ondas; os alunos rindo e gritando uns com os outros ao longe; um professor berrando para que tenham cuidado, que o colégio não vai se responsabilizar pela morte deles, que os pais assinaram um documento que declarava isso; os estandartes coloridos balançando ao vento. Somos só nós dois e este silêncio incômodo, nos cobrindo feito uma sombra.

Depois de uma eternidade, Aaron passa a mão pelo cabelo, um gesto nervoso típico que ele faz sempre que tenta desanuviar os pensamentos.

— Nossa — murmura Aaron, e é impossível decifrar seu tom de voz. — Eu não sei bem qual o objetivo dessa brincadeira, mas sem dúvidas é criativa.

Murcho toda.

— Aaron, tô falando sério...

Só que a expressão dele fica rígida. O sol desaparece atrás das nuvens outra vez, e quando ele me olha em meio à escuridão arroxeada, está com o rosto contraído, os olhos quase demonstrando dor.

— Olha, você pode fazer piada com o que quiser, mas não... não com ela, beleza? — Ele vira a cabeça na direção do lago. — Não com a Jenna.

Antes que eu possa compreender o que ele quer dizer, Aaron já está se afastando de mim. E é estranho porque, até este momento, meu maior medo era que alguém me denunciasse por ser uma impostora. Por fingir tudo, fingir ser quem não sou; um pardal vestido de fênix. Eu deveria ficar *aliviada* por ele não acreditar em mim. Significa que minha performance deve estar

Eu não sou Jessica Chen **157**

bem convincente. Porém, enquanto observo Aaron ir embora, com suas últimas palavras ecoando em minha mente, o aperto que sinto no peito se parece muito com decepção.

Passo o resto do dia brava comigo mesma.

Eu devia ter ficado de boca fechada. Devia ter evitado Aaron por completo. Passei o ano todo fazendo lavagem cerebral em mim mesma para odiá-lo, convencendo-me de que o único sentimento que ainda nutria por ele era ressentimento, cortando laços e lavando as mãos de vez. Agora, isso.

Ele ainda tem tanto poder sobre mim.

Sempre teve.

Nem sei como aconteceu, ou quando. Foi algo que me ocorreu ao longo dos anos, os dias se misturando uns aos outros, formando algo mais. Lá estava ele, às vezes passando por minha janela com as mãos nos bolsos, indo jantar lá em casa quando o cardápio era bolinhos de carne de porco, parado na sala de estar com o primeiro botão da camisa aberto e o cabelo preto caindo na testa.

Aaron Cai, o garoto que minha mãe sempre elogiou pelos bons modos, o que meu pai chamava de prodígio, o aluno que todos os professores adoravam. Eu tinha inveja dele — disso tenho certeza, pelo menos. A graciosidade inigualável, os sorrisos agradáveis e a energia calma e contemplativa. Nascemos no mesmo ano, mas de algum modo ele parecia mais velho, como se entendesse o mundo melhor do que eu ou tivesse algum truque para viver a vida que eu não tinha. Em todo aniversário eu tinha essa crença ridícula de que as coisas seriam diferentes, que eu ficaria mais madura da noite para o dia, tão confiante quanto ele, mas meus aniversários sempre passavam sem eu ter essa sorte. Doze anos. Treze. Quatorze.

Eu estava sempre observando Aaron. Talvez porque esperava ver qual seria o deslize dele, mas nunca houve. Lembro-me de reparar nele na aula, de cabeça baixa, folheando as páginas amareladas de um livro, com um marca-texto entre os dedos de forma casual, como se segurasse um pincel. O dia no curso de chinês em que deveríamos analisar o poema *Canção divinatória*, de Li Zhiyi, e era nítido que Aaron estava olhando pela janela, com o pensamento longe.

A professora tinha pedido para eu indicar um colega de turma para ler o texto e falei o nome dele como um desafio, esperando que ficasse vermelho, se sobressaltasse, gaguejasse. Só que ele me olhou bem nos olhos e recitou cada verso com perfeição, até a turma toda ficar calada, impressionada. *Impossível*, pensei comigo mesma, espumando de raiva. Depois que a professora terminou de elogiá-lo, ele abriu um sorriso torto e convencido para mim e se virou de novo para a janela — ainda assim, os ombros dele se sacudiam um pouco, como se estivesse se segurando para não rir.

Então teve o baile da escola que os professores insistiram em sediar no grande salão, e os muitos ensaios que vieram antes, com a senhora da voz rouca que parecia ter sido invocada do período da regência britânica para nos ensinar. Eu me recordo de ser colocada para fazer par com Aaron, de como ele tinha segurado minha mão e tocado minha cintura com a outra, de perceber como a pele dele era quente, macia. Quando tropecei e pisei forte no pé dele, não uma vez só, mas três, Aaron apenas revirou os olhos.

— Se eu não soubesse a verdade, Jenna, ia achar que você estava fazendo de propósito — murmurou ele enquanto me girava, com a voz seca.

— E como sabe que não é de propósito?

— Porque se quisesse me machucar, com certeza ia escolher métodos mais eficientes do que pisar no meu pé.

— Não tenha tanta certeza. Talvez seja parte do meu plano a longo prazo — alertei. — Talvez no fim do ensaio vou ter pisado tanto no seu pé que você não vai conseguir andar na sua

Eu não sou Jessica Chen **159**

velocidade normal, vai se atrasar pra próxima aula e a professora vai descontar o atraso na sua nota.

— Nossa, me senti muito ameaçado.

— Faz favor. — Girei de novo e o deixei me puxar pelo punho, e por um momento era como se estivéssemos em um drama de época, com a música clássica tocando suavemente pelos corredores antigos ao redor. — O dano à reputação importa bem mais do que um dano físico por aqui. Você sabe disso.

Ele riu, o som baixinho em meu ouvido, e senti uma onda desconcertante de satisfação.

E depois as garotas da turma me cercaram, reclamando dos próprios parceiros, desejando em voz alta que tivessem dançado com o meu.

— Como foi dançar com o Aaron Cai? — perguntaram, dando risadinhas. Não era segredo que metade delas tinha crush nele.

— Hã. Só… normal — respondi depressa, mas não consegui olhar nos olhos de ninguém.

Lembro-me do fim de semana depois disso, em que meus pais me contaram que faríamos um piquenique no lago com Aaron de última hora, e um estranho nó se formou em minha garganta, algo quase similar à raiva. Na época, tínhamos quinze anos.

— Por que não me alertaram que o Aaron também ia? — questionei, porque a palavra que fazia mais sentido para mim na época, mesmo que eu ainda não conseguisse distinguir a emoção dentro de mim, era esta: *alerta*. Como se fosse um desastre natural, uma tempestade iminente. Minha mãe me lançou um olhar perplexo enquanto meu pai franzia a testa e me censurava pelo comportamento.

— É só o Aaron. Achei que vocês fossem bons amigos — respondeu ele. — O Aaron sempre foi tão legal com você.

— Ele gosta de debochar de mim quando passo vergonha — corrigi. — Não acho que isso significa ser legal.

Só que fui porque tinha que ir, e fiquei retraída de um jeito doloroso e insuportável o tempo todo, sem entender o porquê. Eu me enfiei em um vestido sem alça bem inconveniente e me recusei a usar protetor solar porque deixava minha pele oleosa. Depois de três horas à margem do lago, sentada de pernas cruzadas sob o sol, meus ombros começaram a arder e a ficar vermelhos por causa do calor. Mesmo neste momento, a vergonha ainda parece recente, uma ferida não cicatrizada: minha mãe percebendo e ficando toda preocupada por causa da queimadura de sol, vasculhando as bolsas atrás de alguma pomada e depois a espalhando pelo meu corpo inteiro enquanto Aaron, todo educado, desviava o olhar.

Mais alguns meses se passaram antes que eu percebesse, mas algo dentro de mim já havia mudado. Estávamos estudando placas tectônicas na época, e era essa a sensação: de algo pesado e basilar mudando de lugar sob minha caixa torácica. Aaron transformava os lugares por onde passava, me deixava sem fôlego só de olhar para mim, só de sorrir de um jeito específico. Eu passava muito tempo analisando minuciosamente minha aparência antes de ir para a escola, ajeitando a franja repetidas vezes e remexendo na saia do uniforme, puxando para cima e depois para baixo.

Parecia que eu estava em um estado permanente de espera: pela próxima oportunidade de vê-lo, a próxima desculpa para ficar perto de seu armário, a próxima aula que teríamos juntos. Eu o desejava da única forma que sabia desejar qualquer coisa: de um jeito obsessivo, fervoroso. Às vezes era uma tortura estudar ao lado dele na biblioteca, com nossos ombros quase se tocando; abrir a porta da frente e convidá-lo a se sentar na sala; estar *tão* perto e ter que engolir meus sentimentos, ficar de boca fechada. Eu não poderia contar a ele. Essa também nunca foi uma decisão que tomei de maneira consciente, apenas uma verdade que fui aceitando. Nós nos conhecíamos bem demais, nossas vidas estavam entrelaçadas de um jeito irrever-

Eu não sou Jessica Chen **161**

sível. Qualquer coisa que eu sentisse por Aaron era problema meu. Fraqueza minha. Um segredo guardado a sete chaves.

Só que aí veio o dia da chuva, e me esqueci disso, como a idiota que eu sou, e desde então nada foi igual. Nada vai ser igual de novo.

Era essa cena que se repetia em minha cabeça nas noites em que não conseguia dormir. Ou talvez fosse a cena que me impedisse de dormir. Estávamos voltando para casa de bicicleta depois da aula quando a chuva começou. Caiu do nada; não houve garoa, nem um vestígio de relâmpago, apenas um céu sereno e de repente uma enxurrada violenta e cinzenta de chuva escurecendo as ruas.

E, por isso, fomos nos abrigar debaixo das amendoeiras. Na época, tinham acabado de desabrochar, as pétalas delicadas de um branco rosado tremiam com a chuva, as bicicletas escoradas nos troncos, o cabelo preto de Aaron molhado formando um cacho na testa, a camisa do uniforme dele encharcada. Mesmo em meio à tempestade, ele estava tão casual, tão despreocupado. Olhando para o aguaceiro como se não fosse nada de mais. Às vezes eu pensava que ele era o tipo de pessoa para se ter ao lado em um desastre, alguém em quem se podia confiar para manter a cabeça fria acontecesse o que acontecesse e que te conduziria a um lugar seguro. Em outras vezes, quando não estava com um humor tão bom, tinha certeza de que Aaron seria a pior pessoa para se ter ao lado durante o fim do mundo; a tranquilidade dele poderia fazer alguém perder a calma.

Estávamos perto demais um do outro, talvez mais do que necessário, e o ar estava tão frio que tinha um gosto doce.

— Parece que a gente vai ficar um tempo aqui — comentou ele, e pensei: *Que bom.*

Depois: *Eu poderia ficar aqui pra sempre.*

— Ai, nossa, espero que não — falei. — Tá um gelo aqui fora.

— Você tá sempre com frio — respondeu Aaron, de um jeito petulante, como se não fosse problema dele, mas logo abriu a mochila e tirou o suéter de caxemira preta, que entregou para mim. Macio, seco e maravilhoso de tão quentinho, como se ele tivesse acabado de despi-lo.

Meu coração disparou. Tentei não parecer muito afobada.

— Ah, não precisa…

Aaron puxou o suéter de volta e colocou sobre os próprios ombros.

— Tá bom, então.

Fiquei o encarando por um longo momento, com o rosto todo vermelho, mas aí ele abriu um sorrisão, com aquele charme ágil e desconcertante.

— Tô brincando, óbvio — afirmou, e daquela vez não só estendeu o suéter como chegou para a frente até eu ver a água reluzindo em seus cílios feito lágrimas.

Então, Aaron prendeu as mangas do suéter ao redor de meu pescoço para que a peça me cobrisse igual a uma capa. Seu olhar ficou gentil; sua boca estava molhada de chuva. Eu o encarei, abalada pela proximidade, por seu cheiro, por como tínhamos estado mil vezes naquelas mesmas posições, mas toda vez me pareceu diferente. Nova. Como se estivéssemos à beira de algo perigoso.

— Por que você sempre tem que me provocar? — resmunguei, desviando o olhar. — Não pode só ser legal?

A chuva caiu com mais força, abafando o resto do mundo.

— É difícil me segurar — argumentou Aaron, parecendo sincero. — Não sei por que faço isso, na real. É só com você.

Engoli em seco. Minha garganta parecia áspera, e não entendia o que ele queria dizer, só que eu não aguentaria se tudo acabasse ali, se eu fosse para casa sem que nada acontecesse, sem tocar nele.

Eu não sou Jessica Chen **163**

— Talvez seja porque você não gosta de mim — argumentei, tomada por uma ousadia absurda, com o coração aceleradíssimo. — Porque você me odeia.

Aaron franziu bem as sobrancelhas.

— Não — disse com firmeza, apesar de parecer confuso. — Eu nunca conseguiria te odiar.

— Sério?

— Eu juro.

— Nem mesmo se eu fizesse isso?

E, antes que perdesse a coragem, antes que pudesse pensar nos motivos de aquilo ser uma péssima ideia, segurei a camisa dele e o puxei para perto, deixando uma distância ínfima entre nós. Eu o observei respirar fundo, ou tentar, o peito subindo e descendo de agitação, os olhos arregalados, os lábios entreabertos, metade do rosto coberto pela sombra prateada das pétalas acima de nós. Eu nunca tinha beijado um garoto, mas naquela hora me pareceu muito simples. Apenas um movimento, e eu o teria, do jeito que queria.

Aaron também olhava para minha boca, como se o mesmo pensamento tivesse lhe ocorrido, mas ele não se aproximou mais. Não se inclinou à frente como eu esperava. Antes que nossos lábios se tocassem, ele virou a cabeça para o outro lado.

O ar gélido pareceu se infiltrar em meus pulmões.

Fiquei olhando para ele, boquiaberta, engasgada com minha humilhação.

— A gente não deveria fazer isso — sussurrou Aaron, com a voz tensa. — A gente não pode.

— Não estou entendendo.

Não havia tempo para escolher as melhores palavras, para deixar a situação menos constrangedora. Só botei pra fora o que pensei.

— Jenna…

— Você… não me quer? — As lágrimas escorriam depressa, fazendo meus olhos e a garganta arderem. Dei um passo para trás, para longe dele e da amendoeira, deixando a chuva açoitar minha pele. — É por eu ser...

Só que não conseguia pensar em nenhum bom motivo, a não ser quem eu era. *Jenna Chen*. Sempre em segundo lugar, o plano B, a garota que não era boa o suficiente para ninguém. Por que tinha achado que as coisas seriam diferentes? Por que eu sequer ainda acreditava em alguma coisa?

— Por quê? Por que não?

Ouvi Aaron soltar o ar, baixinho.

— Não é isso.

— Isso como? Você nem liga. — Meus mecanismos de defesa entraram em ação, e a mágoa virou uma raiva incandescente. — Você nunca liga pra nada, inferno. Acha que isso te faz superior de alguma forma, nunca se misturando com os outros? Você podia ter evitado isso. Você devia ter... Tipo, você sabia, não sabia? Nem que fosse um pouquinho?

— O quê, que você gostava de mim?

Minhas bochechas pareciam pegar fogo. Era mil vezes pior ouvi-lo falar em voz alta com aquele tom calmo e casual.

— Não gosto mais. — Eu não sabia quem tentava convencer. — De agora em diante, eu te odeio, Aaron. Sério... eu te odeio muito.

De certa maneira, a chuva era uma bênção; misturava-se às minhas lágrimas até não dar para distinguir uma coisa da outra. Meu rosto todo estava molhado.

— Vou pra casa.

— Eu posso andar contigo até lá — respondeu ele, dando um passo cauteloso na minha direção, como se eu fosse um pássaro que talvez saísse voando. — Deixa eu...

Eu me virei, usando as mangas para enxugar as bochechas bruscamente.

— Para. Não quero falar mais com você.

Eu conseguia ouvir o quanto aquilo soava infantil e idiota, mas não liguei. Fechei os olhos para me proteger do aguaceiro

Eu não sou Jessica Chen **165**

intenso, e senti uma dor forte em meu peito, um osso quebrado e na posição errada, e me sentia tão pequena que parecia que qualquer coisa no mundo poderia me devorar.

Uma semana depois, ele foi embora.

Capítulo dez

Conforme as semanas passam, vou me adaptando à vida de Jessica.

É como me mudar de uma quitinete para uma mansão. Depois de passar uns dias vagando sem rumo pelos corredores, se revirando na cama king-size, acordando no meio da noite e batendo a cabeça enquanto tateia até achar a porta do banheiro, você acaba se adaptando. Acaba se acostumando. Não percebe mais o cheiro das magnólias de manhãzinha. Já consegue apagar a luz à noite de olhos fechados. Lembra-se de evitar o degrau que range no topo da escada e sabe que precisa virar a torneira da cozinha com mais força para a direita.

Só que ainda fico um tanto desorientada quando Celine me liga no sábado.

— Por que não tá respondendo minhas mensagens? — questiona ela com a voz exigente assim que atendo.

Engulo em seco, endireito a postura. Então talvez haja, *sim*, algo a que ainda não tenha me acostumado por completo.

— Desculpa — respondo, rolando a cadeira para a frente até conseguir fechar a porta do quarto com o pé. — Fiquei muito ocupada.

Não é bem uma mentira. Embora eu não venha fazendo intensivões de física, vim engolindo as fábulas que peguei emprestadas da biblioteca, vasculhando o guarda-roupa e os livros de Jessica atrás de outras mensagens secretas ou dicas do que de tão terrível ela pode ter feito, e matutando soluções cada vez mais surreais para localizar a alma de minha prima. Minha última ideia foi comprar a comida favorita dela — pato assado, mergulhado em um molho agridoce — e deixar na varanda dos fundos como uma oferenda em um altar. Eu tinha chegado a colocar um prato nas tábuas de madeira, mas logo abortei o plano quando só o que a comida atraiu foi formiga.

— Só que eu soube que você tá falando com a Leela — retruca Celine, com um tom casual demais para soar convincente. — Então eu acho que você não tá *tão* ocupada assim.

É, bem, mas isso é porque não estou preocupada que Leela esteja mandando bilhetes levemente ameaçadores para minha prima. Contudo, se Celine realmente estiver por trás de tudo isso, não vou ficar cutucando a grama para acabar atraindo cobra, como minha mãe sempre diz. Celine não pode saber que desconfio dela. Ainda não. Não até eu decidir o que fazer em seguida.

— Tô com tempo agora — respondo com a voz alegre. — Prometo que não queria ficar tão, hum, distante. Só fiquei atolada.

— Bom, nesse caso, imagino que dê pra você ir andar a cavalo comigo e com a Leela?

— Tipo… em cavalos de verdade? — questiono, só para confirmar. — Aqueles animais que as pessoas usavam como meio de transporte dois séculos atrás?

— É, Jessica. Eu sei que não é seu esporte favorito do mundo, mas o cavalo precisa fazer exercício.

— O cavalo?

— O *cavalo*. Meu cavalo. Alô, alguém em casa?

— Ah. Esse cavalo.

Três anos atrás, Charlotte Heathers deu um cavalo de aniversário para Celine. Foi um gesto muitíssimo bondoso, muitíssimo generoso e pouquíssimo prático. Porque Charlotte Heathers vem de uma família em que cavalos, bolsinhas de vinte mil dólares e carros esportivos podem servir como excelentes trocas de presentes. Porque Charlotte Heathers possui três chalés, um vinhedo e um castelo de verdade, que com frequência é alugado para servir de cenário para dramas de época. Porque Charlotte Heathers, mesmo sendo um amor de pessoa, provavelmente não tem noção real de quanto custa cuidar de um cavalo.

Eu não conhecia direito nenhuma das duas, então não vi a coisa toda acontecer, mas soube por meio dos canais de fofoca de sempre que Charlotte levou o cavalo até o quintal de Celine e entregou as rédeas.

Não houve muitas novidades depois disso, então imaginei que Celine — não sendo tão bondosa, e sim bem mais prática — tinha encontrado um jeito de devolver o cavalo ou talvez doar a alguma equipe de produção que estivesse alugando o castelo de Charlotte. Pelo visto, não foi o caso.

— Então, você vem, né? — questiona Celine.

— Bem, não sei...

— Achei que você tinha dito que tinha tempo — retruca ela, me questionando.

Hesito. Se eu não for, com certeza ela vai perceber que a venho evitando de propósito. Além do mais, andar a cavalo é um daqueles hobbies da classe alta que eu era doida para experimentar quando criança se tivesse o dinheiro, a oportunidade e a habilidade atlética — e agora tenho as três coisas.

— Tudo bem — respondo devagar. — Tipo, por que não?

As portas dos estábulos se abrem de frente para um prado extenso, um céu azul vívido e o ar fresco da tarde.

Eu me acomodo na sela, deixando os pés irem em direção aos estribos, e aperto as rédeas entre os dedos. Então, imitando Leela e Celine à frente, cutuco o cavalo algumas vezes, as botas fazendo barulhos abafados na barrigona do animal. Com um relinche, ele começa uma corridinha ágil e instável que poderia me arremessar longe, mas meu corpo — o corpo de Jessica — logo se adapta, subindo e descendo em um ritmo regular com cada ausência de gravidade momentânea.

Não demora até eu alcançar as outras duas, pelo visto sem muito esforço.

—… ficou sabendo que a Cathy teve uma crise durante a prova de química ontem? — comenta Celine.

Eu me viro para ela, surpresa.

— Crise? Como assim?

Celine dá de ombros.

— Depois de vinte minutos, ela começou a chorar. Tipo, de soluçar mesmo. A professora teve que tirar a garota da sala.

— Caramba — murmura Leela. — Sabe, parando pra pensar, ela tem parecido bem estressada mesmo.

— *Quem* não tá estressado? — rebate Celine, com a voz brusca, inclinando-se à frente para afagar o pescoço do cavalo.

— Ela deve estar se sentindo bem pressionada — opino, sem conseguir evitar defender a garota.

Só de pensar nela entrando em pânico durante a prova, os olhos arregalados cheios de lágrimas, o rosto redondo todo vermelho e desamparado, sinto a compaixão me atravessar. Ou talvez não só compaixão; se eu pensar por tempo o suficiente, consigo imaginar meu rosto antigo se sobrepondo ao dela, feito linhas suaves de carvão por cima do papel vegetal.

— Eu acho que fico mal pela Cathy e tal — comenta Celine. — Deve ser difícil ser inteligente, mas não *a mais* inteligente. Na verdade, acho que é melhor ficar em décimo lugar do que em segundo nas coisas.

E quem fica em primeiro lugar?, quase pergunto, quando me dou conta da resposta óbvia: Jessica.

— Não, discordo — argumenta Leela. — Pelo menos estar em segundo lugar significa que ainda tira nota boa, e tem mais oportunidades. Acho que é bem mais deprimente ser mediana.

— É tipo uma das amigas da Cathy — diz Celine. — Juro, esqueci completamente que a menina se sentava atrás de mim até me juntarem com ela pra um projeto em grupo...

Vamos cavalgando por quilômetros assim, com Leela e Celine comparando quem é mais inteligente, quem é mais adequada e quem é bom ou não nisso ou naquilo, e sinto um formigamento desconfortável na pele. Com certeza, em algum momento, elas devem ter tido uma conversa parecida a meu respeito. E aí percebo que não preciso só ficar nos palpites. Posso descobrir.

Respiro fundo e pergunto, antes que eu dê pra trás:

— E a minha prima Jenna?

— Sua prima? — Celine franze as sobrancelhas, como se fizesse esforço para resgatar uma lembrança antiga. — Ah, é. A Jenna.

Então ao menos elas ainda se lembram de mim. Ainda sabem que existo. Não sei se eu deveria ficar aliviada ou decepcionada. Não até Celine suspirar e dizer:

— Você não vai contar isso pra ela, né? Tipo, eu sei que não vai. Mas pra mim ela sempre pareceu o tipo de pessoa que é muito esforçada. Muitíssimo esforçada mesmo pra compensar a falta de talento natural. Não dá pra culpar a garota por isso, porém. Pelo menos ela tem consciência...

— *Celine.* Para de ser tão má — repreende Leela, mas não parece discordar.

Meu estômago se embrulha, calafrios tomam meu corpo, falta ar nos pulmões. Ainda assim, insisto, como alguém forçando o peso em um tornozelo quebrado, testando o tamanho do estrago.

— Isso é... uma coisa ruim?

Eu não sou Jessica Chen **171**

— Olha, ser esforçada não é vergonha nenhuma — declara Celine, ajustando as rédeas em uma das mãos. — Só que só o esforço não leva a pessoa muito longe, né? Olha só todos os atletas, roteiristas, compositores e acadêmicos famosos por aí. Todas as pessoas que causaram um impacto real no mundo. Aquela escritora que a gente estudou na aula de literatura do outro dia escreveu a primeira obra *best-seller* premiada quando tinha, o quê, dezesseis anos? E já mostrava potencial quando tinha, tipo, dez anos. Ela disse que mal praticou, só o que fez foi ler muito. Quando se trata de gente assim, eles se esforçaram muito ou já nasceram prodígios?

Não é uma pergunta de verdade.

Já sei a resposta, de qualquer forma. Sempre soube.

— Mas sua família já tem você, Jessica. — Celine abre um sorriso que provavelmente é para ser lisonjeador, para fazer eu me sentir melhor. Mas só sinto vontade de vomitar. — Um prodígio já basta. Você se esforça *e* é talentosa, e todo mundo sabe que vai ser bem-sucedida. Se a Jenna precisar de alguma coisa, pode pedir a você.

Leela incita o cavalo à frente só para dar um empurrãozinho no ombro de Celine.

— Acha que todo mundo vai ficar sugando os parentes que nem você faz?

Celine sorri.

— Eu chamo isso de ser engenhosa. E logo, logo, vou ser a mais bem-sucedida da família, tenho total certeza. Eles que vão me sugar. — Então ela olha para mim por cima do ombro, erguendo tanto as sobrancelhas que elas desaparecem sob o capacete. — Mas por que você liga pra sua prima? Ela meio que só… existe.

O interessante sobre o tempo é que parte dele está sempre estático, imóvel no inconsciente, só esperando o momento de ressurgir. Porque só com essas poucas palavras, volto a ter dez anos, observando as outras crianças brincando no recreio, todas rindo tão alto que incomoda meus tímpanos. Estou toda atrapalhada com a bola de basquete na aula de educação física porque, apesar de me esforçar muito, não consigo jogar bem, e vejo pessoas revirando os olhos, ouço as risadinhas debochadas quanto tropeço nos meus próprios pés com o rosto vermelho, os olhos ardendo. Estou andando pelo shopping com minha família e metade das garotas do ano letivo estão juntas ali, e quase me aproximo para dar um oi até perceber que não me convidaram. Estou tentando sorrir em meio ao constrangimento quando a professora manda a turma se dividir em grupos de estudo e todos os meus colegas estão se debruçando sobre as carteiras, uns se esticando na direção dos outros, já fazendo planos, e sou a única que sobra. Estou me encolhendo, mais, e mais, e mais, ficando o menor possível quando a professora exige que eu me junte ao grupo de melhores amigas no fundo da sala, como um produto indesejado em uma liquidação. Finjo não ouvir quando uma delas sussurra "Ai, nossa, ela não", mas talvez a questão seja mesmo o fato de que consigo, *sim*, ouvi-las.

Ficou um pouco melhor depois que Aaron chegou. As aulas passaram a ser suportáveis. Eu podia esperar ter esperança. Eu me arrastava dia após dia com a promessa de encontrar o olhar dele no corredor.

Mas isso não foi o suficiente.

Eu precisava encontrar uma solução. Então comecei a observar meus colegas de turma, desesperada para encontrar aquela qualidade misteriosa e decisiva que os separava de mim. A coisa que me faltava, que me fazia sempre ser a última escolhida, a deixada de lado, a ridicularizada.

E, em algum momento, cheguei à conclusão de que todos eram bons em alguma coisa. Celine era linda, esperta, intimidadora e um gênio de humanas. Leela era incrivelmente versátil em todas as matérias, criativa e conseguia conversar com qualquer pessoa. Até Cathy Liu, que sempre se espelhava em Jessica, conseguia impor respeito pelas notas que tirava.

Eu não sou Jessica Chen **173**

Lógico que todo mundo achava que eu era pior do que eles.

Então eu tinha que ser melhor. Tinha que ser tão boa que não conseguiriam mais me ignorar. Se eu queria ser amada, tinha que ser melhor que todo mundo.

— Ei, aquele ali não é o Aaron? — comenta Celine. — Eu não sabia que ele andava a cavalo.

Ouvir o nome dele me arranca dos meus pensamentos, me faz voltar à realidade.

— Quê? — respondo com brusquidão, virando-me, e, sem querer, puxo as rédeas com força demais.

Só tenho o vislumbre de uma silhueta turva ao longe antes que o cavalo dê uma guinada desordenada para a esquerda e então siga para a direita rápido demais, relinchando e abaixando a cabeça pesada.

Celine percebe.

— Eita — exclama ela, soltando as próprias rédeas e erguendo as mãos em um gesto tranquilizador. — Calma. Segura...

Parece que perdi o chão. Meu corpo é lançado à frente com uma velocidade perturbadora.

Não, não, não.

Sei que vou cair antes mesmo de dar de cara no chão. Sinto o corpo oscilando, desequilibrado, a disputa inquietante entre o ar, a gravidade e os movimentos do animal, o momento assustador antes que a gravidade vença. Em vez de resistir, em vez de segurar a crina do cavalo ou tentar tranquilizá-lo, fecho bem os olhos, os músculos tensionando, e penso: *Tomara que seja rápido. Que não doa, ou que não doa tanto.*

Mas nada poderia me preparar para o choque da queda em si: a sensação horrível no estômago, e o impacto duro e brutal no chão, a terra em minha boca. Meus ossos se sacodem, e, por um segundo, me dá um branco completo.

Não consigo pensar, respirar, nem sentir nada que não seja uma dor vívida e avassaladora. Estou deitada de costas, com as pedras arranhando minha pele, e abro os olhos a tempo de ver o cavalo pular por cima de mim.

Pedaços de terra surgem em minha vista. Os membros do meu corpo de repente parecem inúteis, muito pesados. Ouço o cavalo sair galopando, cada baque pesado dos cascos parecendo um batimento cardíaco, causando tremores pelo solo, antes de parar. Aí Celine berra, Leela esbraveja palavras frenéticas. Passos cada vez mais próximos, os rostos delas surgindo em meu campo de visão. Celine está com os olhos arregalados de um jeito que nunca vi, e Leela está com o rosto vermelho, afastando mechas soltas de cabelo do próprio rosto, cobrindo a boca com a mão. Parece prestes a chorar.

— Ai, meu Deus...

— Jessica, você tá bem?

— *Merda!*

— Você consegue se mexer?

Leela vira a cabeça para Celine.

— *Quê?* Perdeu a cabeça? Não é pra ela *se mexer...*

— A gente precisa ver se ela quebrou alguma coisa.

A possibilidade me faz sentir uma onda de enjoo, e meu medo é mais intenso do que a dor em si. Meu coração dispara, e respiro pela boca com dificuldade, meus dentes cerrados.

— Se ela quebrou alguma coisa, tem que ficar parada — argumenta Leela, agitando os braços, em um tom estridente. — Já vi em uma reportagem que uma pessoa quebrou a perna e a amiga tentou levar a menina andando até a enfermaria, e aí o osso quebrado perfurou a pele dela...

Solto um choramingo vergonhoso.

— Olha aí, tá assustando ela, Leela — brada Celine com raiva, agachando-se ao meu lado. — Beleza, então. Fica parada. Só que a gente tá literalmente no meio do nada. Não dá só pra deixar ela aqui jogada no chão.

— E se a gente chamar uma ambulância?

— Nada de ambulância — sussurro.

Eu não sou Jessica Chen **175**

A dor no braço aumenta, e estou com medo demais para olhar, assustada demais para ver se quebrei mesmo alguma coisa. Para além do pânico, sinto uma pontada de culpa. Nem é *meu* corpo que eu estaria quebrando.

— Então quem? — questiona Leela, com o rosto contraído de preocupação e ansiedade. — Quer que a gente ligue pra sua mãe, Jessica?

Estou prestes a concordar com a cabeça, porque quero, quero ver minha mãe, quero que ela me abrace, me faça cafuné, me repreenda por não ter sido cuidadosa. Quero me agarrar a ela como eu fazia quando era criança, que ela espante minhas preocupações com um mero toque. Então percebo que Leela não ligaria para minha mãe, e sim para minha tia.

— Não — esforço-me a dizer. — Ela... não...

O som pesado de cascos de cavalo corta o restante de minhas palavras.

— Ah — murmura Leela bem baixinho. — Caramba.

Com enorme dificuldade, levanto a cabeça um centímetro, piscando. Aaron Cai está cruzando o prado em um garanhão preto lindo, seu cabelo escuro esvoaçando ao vento. Ele parece o herói de um poema, um filme, um reino fantástico. Poderia bem ser um príncipe. Poderia ser a única coisa boa que resta no mundo, a única pessoa com quem posso contar.

Ele passa a perna por cima da sela com facilidade, descendo do cavalo em um único movimento ágil, e corre até mim.

— Ei, consegue me ouvir? — pergunta ele.

Engulo em seco, abalada com a vontade súbita e irracional de cair no choro. Ele é tão familiar, tão reconfortante. Fico tão segura perto dele que me assusta; eu o seguiria para qualquer lugar sem reclamar. Quero dizer isso a Aaron, quero pegar sua mão e confessar que estou com medo. Só que apenas consigo responder:

— C-consigo.

Mas ele não parece nem um pouco assustado. A expressão é controlada, totalmente focada.

— Consegue mexer as mãos e os pés?

— Eu... eu acho que sim.

Meu corpo está rígido, mas consigo erguer os dedos das mãos e mexê-los, depois faço o mesmo com os dos pés.

— Certo. Ótimo. — A lanterna intensa de um celular aparece, quase ofuscando minha vista. — Olha pra cá — orienta ele baixinho, erguendo um dedo e o movimentando de um lado ao outro. — Segue meu dedo.

Tento fazer isso, já lacrimejando, o brilho branco da luz sendo a única coisa que vejo. Depois de alguns segundos, Aaron desliga a lanterna e assente para si mesmo. Então saca uma garrafa de água da bolsa presa à cintura e a leva até minha boca.

— Com cuidado — instrui ele. — Devagar.

A água me traz um alívio imediato, fresca e mais doce do que qualquer coisa que já tomei. Enquanto bebo, Aaron faz uma menção para Leela segurar a garrafa para mim e volta a atenção para a parte inferior de meu corpo.

— Diga se dói — pede ele, encostando a mão coberta pela luva preta em meus tornozelos; um toque leve, que mal encosta na pele, que vai subindo até chegar a meus punhos. Não sinto nada além da dor latejante nos músculos, a ardência no braço.

— Bom, parece que não quebrou nada.

Leela solta um suspiro de alívio.

— Graças a Deus.

— Foi o que eu pensei — afirma Celine, mas a voz está um pouco trêmula.

Então Aaron segura meu braço esquerdo, virando-o para analisar a gravidade da lesão, e Leela solta um barulhinho engasgado. Não consigo evitar o desejo mórbido de olhar. Sinto a bile subir pela garganta. A maior parte da pele cobrindo o ossinho do cotovelo até o antebraço ficou ralada. Só o que está visível é meu sangue, o sangue de Jessica, por toda parte.

Eu não sou Jessica Chen 177

— Cacete — sussurra Celine. — Tá... tá bem feio.

Estremeço da cabeça aos pés.

— Eu vou... vou perder o braço? — balbucio, com o coração martelando. — Vai ter que amputar alguma coisa? Tenho que ir pra emergência? Vou morrer?

Aaron me lança um olhar que é metade de curiosidade, metade achando graça.

— Não vai ser nada assim tão dramático, prometo.

— Sério?

— Sério. Só respira fundo e deixa comigo. Você tá com sorte, porque tenho uns curativos na bolsa.

Eu me forço a inspirar. Expirar. Aaron desenrola uma faixa de gaze, e tenho a sensação estranha de déjà vu, mas estou com muita dor e não consigo me concentrar na lembrança para ver até onde ela vai. Fico bem imóvel, o máximo possível, e foco na respiração. *Inspire. Um, dois, três. Expire. Um, dois, três...*

— Aprendeu a fazer isso em Paris? — pergunta Leela enquanto Aaron enfaixa meu braço, porque é o tipo de pessoa que engataria uma conversa fiada até em velório.

— Em parte — responde ele, passando a gaze ao redor do braço. — Eu já sabia algumas técnicas básicas, mas tive mais chance de praticar.

Inspire. Expire.

— Aprendeu a andar a cavalo lá também? Acho que nunca te vi nos estábulos antes de viajar.

— Eles incentivavam os alunos a fazerem atividades extracurriculares. Mas tomei gosto pelo esporte. Ajuda a espairecer. — Aaron se levanta, guardando o restante da gaze. As luvas dele estão cobertas de sangue, e isso também incita uma lembrança antiga, como a brisa passando por um lago calmo. — Prontinho.

— Obrigada — sussurro, e talvez porque seja menos constrangedor quando falo como Jessica, acrescento: — Você vai ser um ótimo médico, sabia?

Ele hesita por um momento brevíssimo, depois franze a testa.

— Isso já aconteceu antes? Tipo... — Aaron parece estar escolhendo as palavras certas. — Não sei por quê, mas tô com uma sensação de déjà vu.

Sinto uma nova pontada de dor no peito, mas balanço a cabeça em negativa.

— Não, acho que não — murmura ele, tão baixinho que quase não ouço. — Estranho, então... Parece que...

Só que Aaron não termina de falar. Em vez disso, tira as luvas, de costas para mim, com o sol delineando o contorno firme de seus ombros, e só posso imaginar o que ele estava prestes a dizer. O que mais lembrou.

Capítulo onze

Quando fica bem nítido que não vou morrer, a pergunta que resta é: como vou voltar para casa?

— A gente tá a uns três quilômetros da estrada Lakesville — informa Leela, apertando as rédeas enquanto olha ao redor. Só há a grama alta e ondulante, flores silvestres de um amarelo-canário, o céu do cair da noite; o tipo de cenário que seria clichê como paisagem de uma pintura. — Talvez a gente consiga voltar no cavalo juntas.

Aaron fala antes de mim:

— Não é uma boa ela subir no cavalo com o braço desse jeito. Mesmo sem nada quebrado, ainda não é bom que faça esforço.

— Mas mesmo com alguém no cavalo com ela? — argumenta Celine. —Aaron… você podia ir com a Jessica.

Ele franze um pouco a testa, então se vira para mim, considerando, e sinto o pescoço ficando vermelho.

— Não — declaro, entrando no meio deles. — Não, eu consigo andar.

Leela veste as luvas de equitação e me encara.

— Por três quilômetros? E os cavalos? A gente não pode deixar os animais aqui.

— Eu posso ir sozinha.

— Vai ser bem mais rápido se a gente voltar a cavalo — opina Celine.

— É, mas ao contrário do ditado popular, eu não acho que deveria retomar as *rédeas* desta situação, não — respondo. — Na verdade, vou ficar bem feliz de deixar qualquer rédea de lado por um tempo.

Os cantinhos dos lábios de Aaron tremem, e, para minha surpresa, ele se aproxima de mim.

— Eu vou andando com a Jessica — afirma. — Não se preocupem. Ela vai ficar sã e salva, eu garanto.

Leela hesita, com um pé já no estribo, a cabeça virada e inclinada, em dúvida.

— Tem certeza?

— Não tem problema nenhum.

Aaron faz soar tão fácil, tão natural.

Só que tudo é fácil para ele.

— A gente tá confiando em você, hein — declara Celine, estreitando os olhos. — É melhor cumprir sua palavra.

— Eu prometo.

— Não tem problema, Celine — falo baixinho, como se meu coração não estivesse tentando sair do peito só de pensar em andar três quilômetros sozinha com Aaron. — Vou ficar bem.

Só então ela sobe no cavalo com uma postura perfeita. Os animais batem os cascos, relinchando, a pelagem reluzindo à luz da tarde. Depois de me dar uma última olhada, Celine estala a língua e conduz o cavalo adiante.

— A gente vai te esperar — diz Leela por cima do ombro, também incitando seu cavalo.

Assinto, aceno e observo as duas desaparecerem pelo prado, com o cavalo de Aaron e o meu seguindo atrás. Minha cabeça não para de girar. Antes de hoje, eu apostava que Celine queria alguma coisa de minha prima: assustá-la, ou até sabotá-la. Só que a preocupação dela pareceu verdadeira demais para ser só um teatrinho.

— Tá com a cabeça cheia? — pergunta Aaron.

Eu me sobressalto e nego, embora parte de mim queira contar tudo. Ele é a única pessoa em quem eu confiaria para me ajudar a descobrir quem é a pessoa anônima. Mas aí lembro do jeito que ele me olhou no lago, sem acreditar, de como ficou tenso ao ouvir meu nome.

Meu braço segue latejando. Meus dedos coçam para que eu toque o machucado, segure ou aplique pressão até a dor sumir.

— Deixa o braço quieto — orienta Aaron. — Vai demorar pra sarar.

Eu me forço a afastar a mão e começo a andar bem devagar pela grama, com muito cuidado, o corpo reclamando a cada passo. Aaron vem atrás, sua presença estável e silenciosa como uma sombra.

— Então, o que aconteceu? — pergunta ele uns instantes depois.

— O que aconteceu? Eu caí.

— É, isso é óbvio. — Aaron aperta o passo, e vejo sua silhueta pelo canto do olho, a curiosidade tomando suas feições rígidas. — Mas você é tão cuidadosa o tempo todo. Acho que só fiquei surpreso.

— Bom, não caí de propósito — afirmo com a voz neutra, esquivando-me da verdade.

Ouvi seu nome. Bastou só seu nome, e esqueci tudo.

— Eu ficaria bem preocupado se tivesse.

Eu me viro para olhar feio para ele, mas lembro que Jessica jamais seria tão ingrata, tão hostil. Então fecho bem a boca em vez disso e continuo avançando, com o braço imobilizado na atadura, a pele ardendo.

Enquanto o sol abaixa, uma névoa aparece, a bruma branca passa pelos carvalhos, transformando as montanhas e a vegetação ao fundo em formas azul-prateadas difusas, as sombras se acentuando. Tudo parece mais suave, como o cenário de um sonho. Até o solo tem o cheiro terroso da mata depois de uma chuva de verão.

— Desculpa — digo quando já passou tanto tempo que o silêncio parece pesado, desconfortável demais para ser mantido. — Eu sei que tô andando muito devagar. Provavelmente já vai ter escurecido quando a gente chegar à estrada.

— Tudo bem — responde Aaron de imediato. — Mais um motivo pra eu ter vindo com você, não acha? E além do mais — acrescenta, focando no horizonte, todo aquele azul se erguendo por cima de mais azul —, em geral não venho tão longe a cavalo. É bem mais bonito do que imaginei.

Olho para ele e sinto o peito apertar com todas as coisas não ditas entre nós dois.

— É bonito, sim. Quando eu era pequena, na verdade sonhava em morar em um lugar assim. Um lugar bem no interior, ou perto do mar, ou das florestas, onde daria pra acordar e ter uma vista incrível da grama, da água, da névoa de manhã…

Aaron vira a cabeça.

— É mesmo? Sério?

— Sim. Tipo, era mais eu sonhando acordada do que qualquer outra coisa, mas era algo bom de se pensar. Eu teria um cachorro morando comigo e me fazendo companhia; um husky, porque é o mais perto que dá pra chegar de ter um lobo. E eu ia plantar morangos e maçãs no jardim, fazer torta pro almoço e servir pros meus pais quando eles fossem visitar. Eu passaria a tarde toda só deitada no sofá ou na varanda, lendo à luz do sol; não ia precisar me preocupar em não ter nada pra ler, porque teria uma biblioteca toda só pra mim. E aí, de noite, ficaria admirando as estrelas e iria pintar sem parar…

Deixo de falar quando percebo que Aaron parou do nada em meio às flores silvestres, seus ombros tensos, os olhos pre-

Eu não sou Jessica Chen **183**

tos cintilando com uma emoção feroz que não entendo, o lábio inferior tremendo. Ele me encara como se eu não fosse de verdade, como se fosse alguém que inventou.

— Jenna — declara Aaron, e de repente perco todo o fôlego. Fico imóvel.

— É você mesmo, não é? — A voz dele é um sussurro frágil, uma pergunta e uma confirmação. Quando fico calada, ele continua: — Não acredito. Eu não queria acreditar, mas não tem outra explicação. Eu te conheço bem demais.

As palavras agitam algo dentro de mim.

Eu te conheço.

— Jenna. Fala alguma coisa. Me diz... me diz que não tô imaginando tudo.

— Não — murmuro. — Você não tá. — Então, como não consigo reprimir a curiosidade, pergunto: — O que foi que te convenceu?

— Eu não conseguia parar de pensar no assunto — revela Aaron, andando outra vez, e me esforço para acompanhar o ritmo. — Depois daquele dia no lago, eu queria acreditar que você tava brincando, mas... não fazia sentido. Por que faria uma brincadeira dessa? Só se fosse alguém com um senso de humor muito horrível e deturpado. E aí as peças começaram a se encaixar. Comecei a vasculhar as lembranças de antes de eu ir pra Paris e comparar com tudo que veio depois. Primeiro achei que era porque eu tinha passado muito tempo fora. As pessoas mudam, né? Só que não assim, uma transformação tão drástica. Eu não conseguia dormir. — Ele balança a cabeça. — Fiquei me lembrando das nossas conversas, tentando encontrar as diferenças. Lógico, tem também o fato de que eu não estava vendo você, Jenna. Digo, a pessoa que você era... — Ele para de falar. — Meu Deus, isso é muito, muito bizarro.

— Eu sei. — Dou uma risada fraca. — Deixa o cérebro fritando, né?

— É um pesadelo? — Aaron parece quase desesperado. — Tem algum jeito de isso ser invenção da minha cabeça?

Faço uma careta e chuto a terra.

— Se é um pesadelo, a gente tá tendo o mesmo. Sabe de uma coisa? Talvez seja bem isso. — Aos poucos, me lembro do provérbio. — Sonhar com virar uma borboleta. Eu não entendia quando a gente estava estudando no curso de chinês, mas acho que agora, sim. Talvez não dê pra distinguir o sonho da realidade.

Existe algo onírico na paisagem, nas flores amarelas luminosas em contraste com a grama, as montanhas escuras em contraste com a noite.

— Tentei pesquisar artigos de periódicos confiáveis para encontrar uma prova — confessa Aaron depois de um momento.

Isso me faz soltar uma risada sincera.

— Pois é. Infelizmente esse tópico não é muito popular nos estudos científicos.

— Só que vai contra tudo o que sei da medicina moderna. O que separa o corpo da alma, o físico do metafísico. O que pode ser transferido e o que pode ser mantido. É só que… isso cria milhares de possibilidades. Milhares de perguntas. Pode alterar completamente nossa compreensão sobre a física.

Dou de ombros.

— Acho que sim.

— Nossa, hein — murmura Aaron, parecendo bem mais ele mesmo. — Que resposta animadora.

— Talvez algumas coisas a ciência não possa explicar. Talvez seja melhor assim.

— A ciência pode explicar qualquer coisa — insiste Aaron. — Tudo tem uma resposta.

— Às vezes você é tão ingênuo — murmuro baixinho, odiando como meu coração fica mole perto dele, mesmo em um momento como este.

— Quê?

— Nada.

Eu não sou Jessica Chen **185**

Aaron passa a mão pelo cabelo, distraído.

— Mas cadê a verdadeira Jessica Chen? Você encontrou alguma coisa? Ela tá bem? — Então, quase sem respirar, como se seu cérebro estivesse em uma corrida contra si mesmo, as engrenagens trabalhando mais rápido que uma pessoa comum conseguiria acompanhar, Aaron prossegue: — É por *isso* que você estava pegando aqueles livros emprestados? Acha que podem ajudar a encontrar a Jessica?

O ceticismo dele é óbvio.

— Bom, por que não? Você não teve muita sorte com a abordagem *científica*. Não consegue considerar a possibilidade de ter outros métodos mais relevantes? Coisas além da matemática e da física?

— E você conseguiu alguma coisa com as fábulas e o folclore?

— Não — respondo de mau-humor. — *Ainda* não. Não sei. — Minha voz transborda de frustração. — Às vezes acho que estou quase conseguindo algo, mas aí não chego em lugar nenhum. Tipo, tem essa fábula antiga sobre um homem que conseguiu invocar a alma do falecido amor, mas teve que fazer algum tipo de feitiço no solo da cidade natal dela. Se eu fosse tentar isso, nem ia saber qual lugar usar: o solo do quintal dela? Ou de Tianjin? — Balanço a cabeça. — Às vezes parece impossível. Só que meu pedido também era algo impossível, e ainda assim se concretizou…

— Mas por que isso? — questiona Aaron, a voz tensa, como se só dizer já lhe doesse. — Por que você… por que fez esse pedido?

Prendo a respiração. Não imaginei que a conversa tomaria esse rumo. Não respondo de imediato, sem saber como ou por onde começar, mas a resposta surge como um filme em minha cabeça.

Toda vez que entrava em uma sala para fazer prova, entregava um trabalho, me inscrevia para fazer parte de um clube, participava de uma competição... Sentia uma onda intensa de esperança dentro de mim, e então meu otimismo azedava e virava decepção. Todo fracasso parecia o fim do mundo e ficou gravado em mim desde então. Cada ação que eu planejava, mas ainda assim calculava mal, oferecendo o comentário, a opinião ou a ideia errada. Dias em que eu estava exausta demais para dormir enquanto outra pessoa vivia a vida com a qual eu sonhava. Testemunhar tudo o que eu queria acontecendo com Jessica, sabendo que nunca aconteceria comigo. As frases no boletim, sempre com a mesma mensagem, mas em palavras diferentes: *Quase lá, tem potencial*, que era o que as pessoas diziam como consolo diante da ausência da verdadeira competência. E eu descobrindo com o tempo que *potencial* era em si um termo tão abstrato, jogado de forma aleatória, que com frequência só significava que a pessoa não tinha atendido às expectativas alheias sobre ela.

Como na noite dos discursos, na qual meu professor de chinês insistiu que eu brilharia, parada naquele palco frio e escuro, trêmula, sentindo minha própria falta de desenvoltura, a incapacidade de fazer todo mundo se concentrar em mim, e nem conseguindo me qualificar para a próxima rodada. Chorar depois em casa até não conseguir respirar, envergonhada demais para contar a meus pais, com as cobertas escondendo até a cabeça. Observar dos cantos enquanto Jessica apertava a mão de professores sorridentes, amigos correndo para enaltecê-la, o círculo ao redor de minha prima como uma coisa impenetrável, uma sala particular com janelas, mas sem portas, ouvir as aclamações disfarçadas de piadas autodepreciativas e reclamações sem convicção.

Ainda assim, eu tentava de alguma forma, acreditando quando não havia mais no que acreditar. Arrastando por aí a noção horrível de que qualquer coisa que eu fizesse poderia mudar minha vida em um instante, mas tudo o que eu fazia era inútil.

— Porque eu não quero uma vida moderada, quero uma sensacional — respondo por fim. — Porque preciso saber o que é vencer. O que é ser a melhor.

— Mas você não tem que…

Lanço um olhar de alerta a ele.

— Se você vier com essa palhaçada de "Ah, cada um tem a própria jornada, todos nós somos os melhores", vou dar um chilique, eu juro. É uma frase bonitinha pra pôr num cartão, mas na vida real não rola.

— Eu não ia dizer isso — retruca Aaron. Então, com mais cuidado, pergunta: — Isso é por causa de Harvard? Por não ter sido aceita?

Estremeço. A carta de rejeição ainda dói.

— Em parte.

— Harvard não importa. Entrar lá não significa que a pessoa é melhor que os outros, e *não* entrar não significa que alguém seja pior.

Foi isso que tentei dizer a mim mesma de início. Inventava mil motivos para que ainda conseguisse ser bem-sucedida mesmo sem um diploma de faculdade de elite. Até me esquecia disso de tempos em tempos, mas sempre ficava ali em meu inconsciente. Um dia, daqui a dez anos, vou estar em uma festa, todos conversando, e alguém mencionará de um jeito casual que estuda em Harvard, enquanto outro alguém vai ficar elogiando o quanto a pessoa é esperta, e naquele momento me sentirei tão insignificante que vou querer desaparecer.

— Dá pra ver que você não acredita em mim — comenta Aaron. — Mas se puder só…

— Meu braço está doendo — declaro, e vejo como o rosto dele se suaviza na mesma hora, a vontade de discutir desaparecendo.

Pelo menos por enquanto. Não tenho dúvidas de que Aaron vai trazer isso à tona de novo, mas meu braço está doendo mesmo, o cheiro fraco de sangue revirando meu estômago e me deixando tonta, e a última coisa que quero fazer é ficar dissecando minha inferioridade como uma análise de texto, com argumentos, provas, explicações.

— A gente já andou mais de um quilômetro — afirma ele.

— Já, já chegamos.

Mas Aaron está errado. Temos ainda muito, muito a caminhar.

— *Tian ya* — diz minha tia quando cambaleio porta adentro, com Aaron logo atrás. Ela deve ter acabado de sair do banho, pois está usando um roupão rosa felpudo e uma máscara facial, o que não deixa muito espaço para mexer a boca. As próximas palavras soam como se estivessem grudadas aos seus dentes: — O que aconteceu com você? O que houve com seu braço?

— Não se preocupe — diz Aaron, me ajudando a me sentar no sofá. — Ela caiu de cavalo, mas vai ficar bem. Só precisa descansar.

— Você foi andar a cavalo de novo? — Minha tia me lança um olhar feio. É difícil demais levar ela a sério com a máscara na cara. — Quantas vezes já falei? É muito perigoso. Só porque suas amigas vão não significa que você…

— Ela não vai fazer de novo — afirma Aaron depressa. — Não é, Jessica?

Só consigo reunir energia para confirmar com a cabeça. Meu braço não para de latejar, e, em meio à exaustão, não consigo evitar imaginar como seria chegar em casa neste estado e encontrar meus próprios pais. Como seria mais fácil, como eu me sentiria mais segura.

— Obrigada por trazê-la de volta — agradece minha tia a Aaron. — Você é tão gentil. Sempre cuidando da Jessica.

— Imagina.

— Que bom que ela tem você.

Meus olhos estão quase se fechando sozinhos, mas ficam bem abertos quando ouço isso. A mãe de minha prima sorri para Aaron.

Eu não sou Jessica Chen **189**

— Vocês dois se dão tão bem — prossegue ela. — Outro dia mesmo eu estava dizendo que penso em você como meu genro. É ótimo que tenha voltado. Deveria vir mais aqui.

Sinto um gosto de azedo na boca, como se tivesse mordido um limão. De repente fico furiosa, de um jeito irracional. Não é culpa de Aaron, e nem de Jessica. Só que este sempre foi um grande medo meu: que fossem perfeitos um para o outro, o menino de ouro e a anjinha adorada. Que minha prima seria a protagonista, e eu a vilã aguardando nas sombras, a substituta atrás das cortinas, o monstro à espreita do vilarejo.

— Só estou fazendo o que qualquer amigo faria — responde Aaron, com a expressão neutra. — Não significa nada além disso.

— Você é um excelente amigo pra Jessica — opina minha tia, sorrindo até os olhos ficarem enrugadinhos.

Quero atirar alguma coisa longe. Quero vomitar.

— Pode pegar um pouco d'água, por favor? — peço com a voz rouca.

— *Mashang, mashang*.

Minha tia ajusta a máscara facial que está escorregando pelo queixo e sai correndo até a cozinha.

Aaron dá um passinho em minha direção, e odeio que tudo dentro de mim se tensione tanto que chega a doer. Odeio que meu impulso seja abraçá-lo pela cintura, encostar a bochecha em sua camisa e senti-lo me abraçando de volta. Estou fraca, machucada, e tão desesperada para tê-lo ao meu lado que fico enojada.

— Vá embora — resmungo, escondendo o rosto nas almofadas do sofá. Sei que não é culpa dele, mas posso culpá-lo mesmo assim. — Mas obrigada pela ajuda.

— Educada como sempre — responde Aaron com a voz seca.

Eu o ignoro.

— Você vai mesmo ficar agindo como se…

Antes que ele possa concluir, minha tia volta com um copo de água.

— Beba tudo — orienta ela.

Dou um gole e me engasgo. Está estalando de tão gelada. Em minha casa, as únicas temperaturas aceitáveis para água são ambiente e fervendo.

— *Zen me le?* — pergunta minha tia, franzindo a testa. — Não pediu água? Ou quer água mineral em vez disso? Deve ter no armário.

— Não, não, tudo bem. — Eu me forço a beber tudo, embora faça meu estômago doer. — É assim mesmo que eu gosto.

Capítulo doze

É tão fácil tornar algo um hábito.

Todas as noites eu leio o diário de Jessica antes de dormir, na expectativa de encontrar respostas escondidas nas entrelinhas à minha espera. E isso significa ir até o começo dos registros.

Beleza, esta semana foi muito absurda e incrível. Fui convidada para uma conferência acadêmica chique e ao que parece vou ser a pessoa mais jovem lá — os outros que vão são basicamente todos do último ano do ensino médio e até universitários. E adivinha? Vou voar de classe executiva e até consigo levar meus pais comigo; e vamos ficar em um hotel cinco estrelas. É tão maneiro!

A maior parte das páginas do início são assim: empolgadas, admiradas, o entusiasmo palpável nas curvas das letras e na tinta borrada, como se minha prima estivesse impaciente para escrever o pensamento seguinte antes que o anterior tivesse secado na página. Só que, conforme eu lia, a euforia foi virando a indiferença de alguém que já esperava todas as coisas boas que aconteciam.

Acho que faz sentido.

Jessica nunca foi uma das pessoas que precisam comparar o eu atual ao eu do passado, para mostrar o quanto melhorou. Ela nunca fracassou de fato; seus sucessos só se intensificavam. Ela foi de melhor da turma à melhor no curso de chinês até ser a melhor no ensino médio todo… e agora vai lá ser a melhor na Harvard toda, e depois a melhor do mundo. A vida dela é um crescimento exponencial, do tipo que se pode representar com uma calculadora.

Minha vida nunca foi assim. O único padrão distinguível, juro, é a inconsistência: assim que avanço em algumas áreas, regrido em outras. Minha pele fica mais lisa, mas meu cabelo começa a afinar. Minhas notas em inglês melhoram, mas as de matemática pioram. Começo a me exercitar mais de manhã, mas paro de lavar roupa no fim de semana. Um passo para a frente e um para trás, e assim por diante, até ao final parecer que estou parada no mesmo lugar há anos.

Tem outra mudança no diário, começando dois anos atrás.

Minha prima não parece animada nem indiferente, ou mesmo satisfeita e se achando superior aos outros. Só parece brava.

Como nesta parte:

Às vezes odeio esse colégio. Odeio o que defende, e o que escolhe não defender. Odeio que espalhe publicidade em jornais chineses e fique recrutando alunos de fora só para que paguem mais taxas internacionais caras e aumentem as notas de fim de ano, e enquanto isso só celebre o legado e os herdeiros deles próprios. Esse lugar já me fez muito infeliz, e alguns dos meus piores dias passei presa lá dentro.

Só que também sei que quando tiver um encontro de turma daqui a três, cinco, dez anos, vou estar lá. E não só vou estar lá como vou passar a semana anterior escolhendo a roupa, listando tudo que posso me gabar sobre minha vida, e assim passar a impressão de que estou muito bem.

Eu não sou Jessica Chen

Odeio tanto esse colégio, mas não consigo evitar me importar com as pessoas que estudam lá, querer que a escola me ame, mesmo que eu saiba que é impossível.

E esta:

Tem uma história que os professores gostam de contar a meu respeito. Dois anos atrás tive uma febre horrível na noite anterior às provas finais; estava tão tonta que não conseguia ficar de pé. Comer doía. Respirar doía. Tudo doía. E ainda assim insisti para ir fazer as provas; obriguei minha mãe a me levar para a escola e entrei na sala, cambaleando, sozinha, segurando as costas das cadeiras para me apoiar, me escorando nas paredes. Não me lembro de nada que escrevi naquele dia, mas acabei com a nota mais alta da turma em todas as matérias. E a moral da história foi que às vezes você tem que ser um pouco cruel consigo mesma, que às vezes a dor é necessária caso queira ter sucesso.

É o que a gente faz, né? Transformamos a dor em história, porque aí tem um propósito. Aí podemos racionalizar, aí aquilo teve uma razão de ser desde o princípio. Mas às vezes dor é só dor, e não tem nada de nobre nela. Talvez eu tivesse ido bem melhor nas provas se estivesse saudável, talvez eu tenha tido sorte de não me machucar de modo permanente ou desmaiar no meio da prova, e a moral é que eu devia ter ficado em casa e descansado. Só que acho que isso não é lá muito inspirador.

A pele machucada de meu braço começava a cicatrizar quando outro bilhete apareceu em minha mochila depois da aula, dobrado debaixo da capa de um livro didático.

Sinto calafrios pelo corpo todo quando pego o papel. Leio a mensagem escrita à mão. Parece que uma explosão acabou de acontecer ao lado de meu ouvido, e meus pensamentos ficam todo embaralhados. O mundo oscila e fica mais acentuado. As palavras cortam o papel rasgado. Quem quer que esteja mandando essas coisas para Jessica deve estar perdendo a paciência, porque no bilhete só está escrito:

SE VOCÊ NÃO CONFESSAR, VOU CONTAR PARA TODO MUNDO EM TRÊS DIAS.

Três dias.

Isso não é nada, e o primeiro dia já vai ser tomado pela trilha planejada por minha tia no fim de semana.

— Eu posso não ir? — suplico, arrastando-me para a porta da frente. — Eu ainda tenho dever...

— Seus tios vão — responde ela, o que traduzo mentalmente como sendo meus pais. — E o Aaron também vai.

Aaron.

Talvez ele saiba o que fazer. Fecho a boca para reprimir a vontade de continuar argumentando e logo calço as botas de minha prima.

Minha tia abre um sorriso nada sutil.

— Eu achei mesmo que isso ia te motivar. Por que não passa um batonzinho? Aquele rosa fica tão bonito em você.

Que maravilha, penso, rabugenta, comigo mesma enquanto atravesso a porta. *Eu posso não conseguir descobrir quem é a pessoa anônima nem recuperar a alma de minha prima, mas mesmo que não consiga mais nada, ao menos posso me consolar sabendo que dei ainda mais motivos para minha tia achar que Jessica e Aaron deveriam ser um casal.*

Tem algo terrível de tão familiar e desconexo na cena ao pé da montanha. Meus pais estão na sombra, passando protetor solar, e eu devia estar ali com eles, deixando minha mãe reclamar das minhas orelhas e pescoço estarem expostos ao sol, enquanto faz a vontade de meu pai ao acompanhar, sem muita animação, os exercícios de aquecimento dele. Só que chego no carro chique de Jessica com meus tios, que vestem roupas de marca nada adequadas para uma atividade física. Aaron está

Eu não sou Jessica Chen **195**

sozinho, mas isso é normal; a esta altura, sabemos que convidamos seu pai para as coisas só por educação em vez de com alguma expectativa de que ele apareça.

— Todo mundo já chegou, então? — pergunta meu pai, sorrindo enquanto ajeita o boné na cabeça. O olhar dele passa direto por mim, e meu peito se aperta. *Pai.* Tenho que espantar a vontade infantil de chamá-lo, como fazia quando perdia meus pais de vista em meio à multidão do shopping. *Sou eu.* — Perfeito, perfeito, então vamos lá. Vou na frente.

Meu tio ri dele.

— Você parece nosso guia de turismo com esse boné. É só completar com uma bandeirinha pra ficar balançando.

Meu pai faz uma cara indiferente.

— É um boné legal. Ganhei de presente da…

Ele faz uma pausa. O resto da frase deveria ser "minha filha". Dei o boné a ele três anos atrás, e papai só usava aquele desde então.

Agora ele se vira para minha mãe, confuso.

— Quem que me deu o boné mesmo?

— Por que está perguntando pra *mim*? Por que sempre acha que eu tenho que me lembrar de tudo?

— Porque você tem uma memória melhor que a minha — argumenta meu pai, então balança a cabeça. — Devo estar ficando velho. Eu jurava que tinha sido alguém importante…

Fico com a boca seca.

— Sua memória não seria tão ruim se comesse mais nozes — comenta mamãe.

Os outros estão achando graça, mas não sinto a menor vontade de rir. Parece que o chão está cedendo, como se fosse rachar a qualquer momento e eu fosse cair ali. Como meu pai simplesmente *esqueceu*? E que outras lembranças ele perdeu?

— Você que deu o boné pra ele, não foi?

Eu me sobressalto. Não tinha reparado em Aaron se aproximando enquanto os adultos subiam a montanha.

— É — confirmo, fazendo esforço para não parecer preocupada. — Fui eu.

— Você tá preocupada.

— Não tô, não — insisto, começando a andar.

— Não minta. Você pode ter o rosto da Jessica, mas suas expressões continuam as mesmas…

— Fala baixo — esbravejo, sibilando, e dou uma espiada nos adultos. — Quer que eles ouçam?

Aaron dá de ombros, todo calmo.

— Garanto que mesmo que ouvissem não saberiam do que a gente tá falando, e não acreditariam, de qualquer jeito.

— Mesmo assim você podia ter mais cuidado. E se acharem que a gente ficou doido?

— Tá tudo sob controle.

— Ah, lógico. Porque você tem sempre que controlar tudo. Você é pura magia e perfeição.

— Bom, sou, sim.

Eu daria um tapa no ombro dele, só que Jessica não é do tipo que bateria em alguém (nem mesmo em moscas), então sou obrigada a descontar a irritação em um galho acima de mim. Está mais escuro na trilha, mais fresco, a copa densa das árvores filtrando a luz do sol.

— Como você sabia que eu dei o boné pra ele?

— Você mencionou uma vez — responde Aaron, em tom casual.

Hesito antes de dar o próximo passo, porque algo me ocorre.

— Mas você lembra? Por quê?

— Como assim?

— Todo mundo só aceitou que sumi — afirmo baixinho. Meus pais já estão uns bons metros à frente, e a distância entre nós fica cada vez maior; parece que estão apostando corrida. — Os professores, meus amigos, minha família. Todo mundo acha que fui embora, só você que não. Você foi me procurar. E ainda se lembra das nossas conversas antigas e tudo o mais. Não é?

Eu não sou Jessica Chen **197**

Aaron ergue as sobrancelhas.

— Quer testar?

— Oitavo ano. Último dia de aula. O que eu falei pra você no estacionamento, antes de a gente ir embora?

— Que o Velho Keller foi duro demais — responde ele com facilidade, sem nem parar para pensar. — Que você achava que ele tinha escolhido você em específico pra fazer isso, e que você tava ouvindo, *sim*, só não gostava de olhar pros professores enquanto explicavam porque ficava desconfortável com contato visual.

Encaro Aaron.

— Eu… é. Tipo, exatamente. Como você… Não acredito que você lembra tudo isso.

Ele pigarreia. Pela primeira vez, parece envergonhado.

— Você devia me dar mais crédito.

— *Xianzai de nianqingren tili buxing ya* — diz meu pai, virando-se. *Esses jovens de hoje em dia são muito moles.* — Vocês dois aí, vamos colocar o coração pra trabalhar. Mexam-se. Cadê a energia de vocês?

Em outra vida, com certeza ele teria sido um treinador esportivo.

— E aí, ansiosa pra ir pra faculdade, Jessica? — pergunta papai quando nos aproximamos. — Harvard. *Harvard*. Seus pais te criaram bem.

Eis a deixa para que meus tios comecem a negar de imediato e a dar sorrisos humildes-mas-não-tão-humildes-assim.

— Não seja modesta — continua meu pai. — Esse é um feito e tanto, né? *Tai you chuxi le*. Você vai estar feita na vida, entende? Com um ótimo diploma, não vai ter nunca mais que se preocupar com dinheiro, estabilidade no emprego ou com a compra de uma casa. Pode ser qualquer coisa. O que quiser. Nós não tivemos essa liberdade quando éramos jovens, não é?

Meu tio confirma com a cabeça, a testa toda suada. Dá para ver que está tendo dificuldade de acompanhar o ritmo de meu pai.

— É. Quando tínhamos… a idade de vocês… tivemos duas escolhas: passar na prova pra faculdade, ou…

— Ficar na nossa cidade pra sempre — finaliza papai. — Pra ser sincero, sempre tive orgulho de nós: éramos uma das famílias em que os *dois* filhos conseguiram sair de lá. Gosto de pensar que somos bem-sucedidos, nesse sentido. Mas o sucesso da Jessica está além de qualquer coisa que já imaginei. Você imaginou isso? — indaga ele a meu tio, acenando com a mão em minha direção.

— Não, de jeito nenhum — retruca ele.

O papai abre um sorrisão para mim.

— Viu? Ela é o orgulho da família toda.

É isso, penso comigo mesma, inspirando o ar fresco como se sentisse o perfume de um buquê de azaleias, deixando a doçura preencher meus pulmões. Por alguns instantes, me sinto inteira, a sensação de solidez se espalhando da cabeça aos pés, como se eu fosse um desenho enfim ganhando cor. É por isso que almejo o sucesso, por isso que vida de Jessica sempre vai ser melhor que a minha. O sucesso é uma coisa linda. É tão íntimo, tão dolorosamente pessoal, que sinto no meu sangue. É o mais perto que se chega do sol. O mais perto que se chega da imortalidade. Quem liga para um pouco de dor e sacrifício quando se pode, ainda que por alguns poucos dias em uma vida já curta, sentir como é ser uma deusa?

— Mas o Aaron também já desfrutou de um bocado de sucesso, né? — Meu pai dá um tapa nas costas de Aaron. — Ele vai ser um dos melhores médicos do mundo. Se acontecer algo comigo no futuro, vou procurar você na hora.

Aaron absorve isso com a quantidade perfeita de confiança e humildade.

— Bom, você ainda tá bem jovem e saudável, *shushu*. Pode me pedir qualquer coisa, mas duvido que vá precisar de mim.

— Ah, por favor. Assim me deixa sem graça.

— Só tô falando a verdade, *shushu*.

Meu pai suspira.

— Ah, você é tão gentil. Se sua mãe ainda estivesse aqui, ficaria tão feliz...

Fico tensa no mesmo instante e olho para Aaron. Sua expressão não mudou; ele é bom demais em esconder as emoções, já que está muito acostumado a ter todo tipo de conversa com adultos bem-intencionados que não o compreendem. Porém, percebo os movimentos nervosos dos dedos dele.

— Isso me lembra — falo alto, enfiando-me no meio dos dois. — Tem uma pergunta que quero fazer ao nosso futuro médico brilhante.

Aaron fica sem reação, e suas mãos relaxam.

— Qual?

Desacelero o passo de propósito, esperando até os adultos se distraírem da conversa e começarem a reclamar entre si sobre a inflação antes de prosseguir.

— É sobre a Jessica. Tem alguém mandando umas mensagens estranhas pra ela...

— Que tipo de mensagens? — pergunta ele, franzindo a testa.

Relato tudo o que sei, com meus palpites fracos e dicas incompletas.

Aaron fica surpreso, mas logo começa a pensar.

— Não consegue achar a localização da pessoa?

— Pensei em checar, mas a primeira mensagem parece ter sido enviada de um provedor de e-mail não identificável ou algo do tipo. É difícil demais descobrir.

— E os bilhetes? Você disse que estavam dobrados no meio da prova e nas suas anotações, né? E isso foi...

— Na aula de política mundial — finalizo, acompanhando o raciocínio. — É por isso que pensei que era a Celine antes, já que ela parecia meio... não sei...

— Com inveja? — Aaron ergue as sobrancelhas. — Você deve estar percebendo com mais facilidade por ser quem está passando por isso, mas certamente eu não acharia suspeito. Quase todo mundo tem um pouco de inveja da Jessica, inclusive as melhores amigas dela.

Sou tão ruim quanto todo mundo, admito para mim mesma, desviando o olhar, com o estômago embrulhado de culpa. *Sou pior, porque sou mais próxima dela, seja por sangue ou pelos anos que a conheço, e ainda assim não consigo controlar a inveja.* Sempre que penso nela, vejo três imagens diferentes: minha prima, que trocava olhares comigo do outro lado da mesa quando nossos parentes faziam fofoca bem alto, e assim tornava os jantares mais suportáveis; minha amiga, que ficava na fila do shopping comigo só para provar o novo sabor de sorvete e nos comprar bebidas quentes depois, quando estávamos batendo os dentes de tanto frio; e tem a *bierenjia de haizi*, a filha perfeita de outra pessoa. Ela era a única que entendia a pressão para ter sucesso, e a última pessoa para quem eu contaria tudo isso.

— A gente pode se restringir às pessoas perto de você na aula de política — sugere Aaron. — São umas quinze.

— Mas eu só tenho dois dias pra descobrir quem é — ressalto, com um nó na garganta.

— E se você tentasse reconhecer a caligrafia?

— Já considerei isso. O problema é que metade da turma faz anotações à mão, todo o resto usa o notebook. E eu iria precisar ter uma amostra de caligrafia por tempo o bastante pra conseguir comparar.

— Uma amostra... — repete Aaron devagar, então arregala os olhos. — Espera. Já sei.

Sinto um zumbido nos ouvidos.

— Sabe? — pergunto, sem ousar ter esperança, mas tendo mesmo assim. — O quê?

Ele hesita. De maneira inesperada, inexplicável, suas bochechas ficam vermelhas.

Eu não sou Jessica Chen **201**

— Lembra aquele cartão de aniversário que você me deu quando fiz quinze anos? O que você pediu pra todo mundo do ano letivo escrever uma mensagem?

É claro que lembro. Não acredito que *ele* lembra. Comecei a preparar o cartão com um mês de antecedência, pintando na frente as dezenas de flores à mão e correndo atrás de todos os colegas de turma com uma caneta, até as pessoas de quem eu geralmente nunca chegaria perto. *Não tem problema ser muito longo nem muito meloso*, lembrei a eles. A maioria das garotas ficou feliz pela chance de dizer algo fofo sobre Aaron, e, pela primeira vez, não tinha me importado. Eu sabia que um cartão não era o suficiente. Que não se comparava a ter os dois pais ali para assoprar a vela junto com ele. Que naqueles dias em específico — o aniversário dele, o Dia das Mães, o Festival de Primavera — o luto em si o envolvia feito um cachecol molhado, e as sombras se projetavam, intensas, no vazio que a mãe dele tinha deixado. Eu só queria que ele se sentisse menos sozinho.

— Guardei do lado da minha cama... Digo, no quarto — acrescenta Aaron, esfregando o pescoço. — Posso mandar uma foto pra você quando chegar em casa, e aí você compara a caligrafia lado a lado.

— Ai, meu Deus. — Paro de repente. — *Ai, meu Deus,* Aaron. Talvez dê certo. Você é um gênio.

— Eu sei.

Ele para também, bem embaixo de um raio de sol tênue que se infiltra por entre as árvores, e se vira para me olhar, com um sorriso ágil e lindo como um relâmpago no rosto.

E o tempo se fragmenta. Rebobina. Estamos os dois prestes a completar quinze anos de novo, e é outono, e tudo parece suave e efêmero, de um dourado liquefeito, as folhas se partindo sob nossos pés. Estamos na mesma montanha, mas mais adiante. O ar está frio. Já faz horas que estamos andando, e Jessica sempre sai correndo na frente, deixando apenas nós dois aqui. Sozinhos. Por dentro, me sinto grata, mas depois tão culpada e idiota por tamanha gratidão — o que eu acho que vai acontecer? — que a ternura vira irritação.

— Tá cansada? — pergunta Aaron, percebendo que hesitei.

— Não — resmungo, embora esteja com o corpo doendo e a respiração, superficial, pesada.

O céu começa a escurecer, a luz rosada esmorecendo no horizonte. Observo-o mudar pelas brechas na folhagem. Nunca soube observar o anoitecer sem sentir uma espécie de luto: outro dia se foi, outro dia perdido, em que permaneço a mesma pessoa.

— A gente pode descansar um pouco, se quiser.

Balanço a cabeça.

— Tá muito tarde. Você sabe que minha mãe vai me matar se eu não chegar em casa na hora.

— Eu falo pra ela que você tava comigo. Ela confia em mim.

— Um pouco demais até — murmuro, forçando-me a continuar andando.

Aaron me espera alcançá-lo antes de seguir em frente, acompanhando meu ritmo.

— Como assim?

— Você sabe o que minha família pensa de você.

— Não sei, não — responde ele, parecendo curioso de verdade.

— Aaron, o menino de ouro — imito, sem conseguir esconder a inveja no tom. — Aaron, a boa influência. Aaron, o futuro médico. Eles te adoram. Acham que você vai salvar o mundo e erradicar todo sofrimento e doença.

Ele inclina a cabeça para o lado, pensativo.

— Se te incomoda tanto, posso virar uma má influência.

— Ah tá.

Faço um som de deboche.

— É sério.

— Duvido que você saiba fazer isso, pra ser sincera.

Eu não sou Jessica Chen 203

— Eu sei. Eu poderia ser uma pessoa horrível — garante ele, em voz baixa, de repente baixa demais, e se inclina à frente. Meu coração dispara, martelando tanto que parece estar me punindo. — Jenna.

— H-hum?

— Vamos entrar em um bar escondidos hoje?

Eu o encaro por um instante, então caio na gargalhada.

— Ai, meu Deus, você é insuportável — reclamo, mas não sorrio tanto assim há muito tempo, e ele está me olhando, o cabelo bem preto bagunçado pelo vento, os olhos escuros achando graça, e é possível que eu perca a cabeça diante de tantos sentimentos fervilhando dentro de mim.

Nunca quis tanto alguém. Não consigo nem imaginar querer alguém tanto assim de novo. Minha garganta dói com a intensidade desse desejo.

— Infelizmente você vai ter que aguentar — retruca Aaron.

— A menos que seja por isso que a gente esteja aqui na montanha. Por acaso é tudo um plano mirabolante pra me matar?

— Não exponha meus planos assim, por favor. Dei duro pra te trazer pra cá.

— A Jessica também tá sabendo?

O nome dela me acerta como um balde de água fria. Perco o ânimo, e a mata ao redor entra em foco de novo, assim como o som dos pardais chilreando e das pequenas criaturas rastejando pelos espinheiros. Jessica Chen. Há uma equação implícita aqui: nós três versus nós dois. Amigos versus outra coisa. Talvez seja por isso que ele a mencionou: para me lembrar de que não podemos ser nada mais que isso. Puxo as mangas do suéter para baixo até cobrirem meus dedos e caminho mais rápido, com o olhar fixo na encosta azul-escura da montanha adiante, imóvel e silenciosa como um mar cinzento.

Então uma dor aguda atravessa minha panturrilha esquerda.

Fico paralisada, e a primeira coisa que identifico não é o galho cravado em minha pele, e sim a expressão de Aaron, os olhos um pouco arregalados, a mandíbula tensa. Em um instante ele está a meu lado, com um braço apoiando meu peso enquanto me agacho em um rochedo.

— Deixa eu ver — diz ele, e nem penso duas vezes, só assinto.

Minha mente está um pouco turva; tudo arde. Aaron poderia me pedir qualquer coisa neste momento, e eu provavelmente aceitaria.

Bem devagar, ele envolve meu tornozelo com os dedos compridos e estica um pouco minha perna diante de si para examinar a ferida. Solto um assovio. O sangue escorre de um corte do tamanho de meu dedão, de um vermelho tão vívido que não consigo imaginar que seja algo que sairia do meu corpo. Parece quase artificial, como corante alimentício ou tinta acrílica.

— Você vai ficar bem — murmura ele.

E por alguma razão, embora eu esteja sangrando em uma montanha a quilômetros de casa e mal consiga mais ver o sol, acredito nele.

— Mas é melhor eu limpar isso primeiro — afirma Aaron.

Eu me encolho.

— Espera. Quê? — Minha voz fica mais aguda. — Isso... parece que vai doer. Vai doer?

— Só um pouquinho. É melhor que ter uma infecção.

Consigo soltar uma risada fraca e debochada.

— Você já fala que nem médico.

Aaron sorri, ou pelo menos tenta, mas só os lábios se mexem. Suas feições continuam rígidas, concentradas, os olhos queimando com uma intensidade incomum.

— Segure em alguma coisa, deve ajudar. Vou tentar ser rápido.

Sem pensar, agarro o ombro dele, e sinto a surpresa irradiando entre nós, o ar tremulando feito água, embora tentemos esconder e agir como se nada estivesse acontecendo, quando

Eu não sou Jessica Chen **205**

tudo está acontecendo. Ao menos para mim. Eu o observo pegar a garrafa que carregava, abrir a tampa com os dedos firmes, em movimentos ágeis e determinados. Depois, Aaron joga a água em minha perna.

A dor é imediata. Ranjo os dentes para não gritar, enfiando as unhas no tecido da camisa dele, com tanta força que sei que deve estar machucando, mas Aaron não solta um pio para reclamar. Em vez disso está se desculpando, com a voz baixa e rouca.

— Desculpa — repete várias vezes, com a mão ainda apoiando minha panturrilha. — Desculpa, tô quase acabando. Vai ficar tudo bem.

Eu o observo através de uma camada de lágrimas, a pele clara de seu pescoço, a concentração intensa nos olhos, e levo tempo demais para perceber que ele está com medo. Talvez com mais medo do que eu, sendo que eu achava que Aaron não tinha medo de nada. Minha pulsação acelera. Imagino esticar o braço para tocar sua bochecha. Só uma vez, com delicadeza. Imagino envolvê-lo nos braços quando ele terminar, me apoiar toda nele, agradecendo-o do jeito que quero fazer. Ninguém mais saberia, só nós, o céu e as árvores. Só de pensar nisso, sinto um anseio tão grande que quase me sufoca. *Vai ser sempre assim?*, eu me pergunto, fechando bem os olhos, sentindo todos os pontos em que os dedos dele tocam minha pele. *Esse é o mais próximo que estaremos um do outro?*

— Jenna — chama Aaron, um segundo ou uma eternidade depois. — Jenna.

— *Jessica*.

O tempo volta ao lugar certo, como um osso deslocado. Sou outra pessoa, e a mãe de outra pessoa está acenando para mim.

— Olha isso — diz minha tia, apontando para algo nos arbustos à frente. — Viu a borboleta? Nunca vi uma com as asas de tantas cores. Estava bem ali.

O ditado antigo me vem à mente de novo. *Sonhar com virar uma borboleta*. Fiquei matutando por que o sonho começou, mas não sei se estou pronta para que ele acabe. Será que a borboleta ficaria aliviada ao voltar a ser humana? Ou sentiria muita falta de conseguir voar?

Capítulo treze

Quando descemos a montanha, minha tia insiste para Aaron ficar lá na mansão pelo resto da tarde.

— Você tem que tomar um chá e comer uma fruta depois de uma trilha tão longa — declara minha tia. — E com certeza a Jessica vai ficar bem feliz de passar mais tempo com você.

Fico um tanto horrorizada com a tentativa descarada dela de bancar o cupido, e não poderia ter vindo em momento pior. Com a ameaça do bilhete em minha mente, a ideia de tomar chá da tarde parece tão frívola e imprudente quanto dar uma festa enquanto um tsunami se aproxima da praia.

— Não, tudo bem — responde Aaron, trocando um olhar significativo comigo, mas não adianta.

Quando minha tia bota alguma coisa na cabeça, nem os deuses conseguem dissuadi-la. Ela não é conhecida por ser muito sutil também. Assim que voltamos para casa, titia dá uma desculpa vaga sobre precisar comprar algo no supermercado e praticamente arrasta meu tio consigo porta afora.

— Jessica, faça o Aaron se sentir em casa — orienta ela. — E ligue se precisar de alguma coisa.

Então ela dá uma piscadela (juro, uma piscadela na cara dura) antes de nos deixar sozinhos.

Tenho vontade de socar alguma coisa.

— Você pode ir — digo a Aaron. — Depois invento um motivo para você ter tido que ir embora cedo. Não esquenta. — Não consigo deixar de acrescentar, em um tom de voz rígido sem perceber: — Vou contar pra ela o quanto nos conectamos.

Só que ele não vai embora.

— O que você vai fazer? — questiona Aaron, de repente sério. — Depois que eu mandar a foto do cartão e você confirmar quem mandou? Não vai confrontar a pessoa sozinha, vai?

Olho para ele por um instante.

— E o que eu deveria fazer? Se eu envolver mais alguém, a pessoa vai descobrir o que quer que a Jessica esteja escondendo. Isso sem contar o fato de que vou ter que explicar o *singelo* detalhe de que estou no corpo dela.

— Mas pode ser perigoso — contrapõe ele. — Você não sabe o que a pessoa é capaz de fazer.

Não fale nada de que possa se arrepender, digo a mim mesma. *Este não é o momento. Não fale nada.*

— É comigo mesmo que você tá preocupado? — questiono, sem pensar. Meus músculos estão doloridos por causa da trilha, e minhas roupas estão colando de suor. Talvez seja por isso que fica mais difícil controlar a língua. — Ou é porque estou no corpo da Jessica?

Aaron fica imóvel.

— É por causa dela, não é? — prossigo, com o rosto vermelho. — Bom, não precisa se preocupar. Vou fazer todo o possível pra proteger minha prima, então quando a Jessica voltar pro próprio corpo, vocês dois podem ter um reencontro emocionante e a vida vai seguir como deve ser. Minha tia vai ficar nas nuvens, e pode deixar que não vou ficar no caminho…

— Eu não gosto da Jessica — interrompe ele.

Eu não sou Jessica Chen **209**

De início, não assimilo as palavras porque ainda estou falando.

— Vou dar todo o apoio possível. Todo mundo na escola já acha que vocês são perfeitos um pro outro. Leela e Celine também. Faz todo o sentido; Jessica é a melhor. Ela é linda e talentosa e inteligente, e você também, e não tem motivo pra... O que você disse?

— Eu não gosto da Jessica — repete Aaron, pronunciando cada sílaba. — Já gosto de outra pessoa.

Começo a sentir palpitações.

— Quem? É... é alguém que você conheceu em Paris? Ou alguém da escola? Ou...

— Tá fingindo que não sabe? — pergunta ele, o tom tão rígido quanto o meu. — Porque infelizmente já deixei bastante óbvio. Tipo, eu saí do *país* por sua causa.

Espera.

Para tudo.

Espera aí.

— Isso não faz sentido. — Acho que estou rindo, ou balançando a cabeça, ou dando um passo para trás. Nem sei mais. Não sei mais de nada. — Você... você foi porque me odiava. Porque me rejeitou. Porque não se importava...

Os olhos dele cintilam.

— Eu fui porque não conseguia aguentar.

— O quê?

— Você — afirma Aaron, e fico sem fôlego. Nervoso, ele passa a mão pelo cabelo. — O que eu... sentia por você. O quanto precisava de você. Achei que ia perder a cabeça se ficasse aqui, se eu... se a gente... — Aaron para de falar, sua respiração pesada.

— *Quê?* — repito, mas desta vez não há raiva em minha voz, apenas choque.

Fico olhando para ele, sem entender. Estou com muito medo de falar de novo, de fazer qualquer barulho, com medo de que Aaron retire as palavras e diga que imaginei tudo.

— Com certeza você deve ter percebido — prossegue ele, parando de repente, com o rosto inquieto, quase desesperado. — Ainda que só um pouco. Eu sei… eu sei que levou um tempo pra eu te olhar do jeito que você queria. Mas lá pro final… depois que aconteceu…

— O que eu sei — respondo bem devagar, para me certificar de que estejamos falando a mesma língua — é que você se afastou de mim. Não se lembra disso?

Porque eu me lembro, quero acrescentar, embora seja difícil invocar aquela raiva antiga e humilhante quando ele está me olhando desse jeito. *Eu me lembro de cada detalhe, mesmo agora. Só penso nisso desde que você foi embora.*

— Porque fiquei com medo — admite Aaron, olhando para mim como se sentisse todos esses anos ardendo entre nós. Todas as noites depois que ele foi embora, quando eu esperava a casa ficar em silêncio antes de chorar no travesseiro, abraçando os joelhos ao peito, tentando amenizar a dor. — Achei que, se a gente virasse algo a mais, com certeza eu iria te decepcionar.

— Isso… Como que isso seria possível? Você é perfeito, e eu sou eu, e eu… me apaixonei por você primeiro. Gosto de você há quase metade da minha vida, e você basicamente acabou de confessar que só me via como amiga pela maior parte desse tempo.

— Não, você *acha* que eu sou perfeito. Você acha que todos são muito melhores do que são de verdade, e acha que você mesma é muito pior do que de fato é. Eu era só um objetivo seu — afirma Aaron, engolindo em seco. — Eu era um sonho, alguém inalcançável, algo que você criou dentro da sua cabeça. Você está se esquecendo do quanto eu te conheço bem, Jenna. Não tem nada que você queira mais do que o querer em si. Você fica obcecada com alguma coisa e se convence de que desde que consiga essa coisa, vai ficar feliz, mas aí você consegue e na mesma hora fica insatisfeita e passa a querer outra coisa.

Eu não sou Jessica Chen **211**

— Isso não é verdade — retruco, mas as palavras hesitam em minha boca.

— Eu já vi acontecer. Quando você tinha treze anos, ficou implorando por um vestido por meses a fio, como se fosse a única coisa que te deixaria bonita, mas depois que ganhou de Natal, só usou uma vez porque amassava muito fácil. Eu lembro que você botou na cabeça o objetivo de tirar mais de oito na prova final, e ficou feliz por talvez algumas horas depois que recebeu sua nota. Ou quando você disse que só queria ficar entre os três melhores na competição de redação da escola, mas, antes mesmo de entregarem o certificado, você já estava desejando ficar em primeiro na competição do ano seguinte. Se eu tivesse cedido e te beijado naquele dia...

Aaron prende a respiração. Ele tenta se recompor, dominando algum sentimento invisível.

— Talvez você tivesse ficado feliz de início. Talvez tivesse aceitado se eu te chamasse pra sair. Mas o que ia acontecer depois de dois dias? Duas semanas? Depois que descobrisse que eu não sou perfeito, que sou um covarde, que sou péssimo em tomar decisões e me arrependo de metade das coisas que faço, que é quase impossível pra mim me aproximar de gente nova, que às vezes sinto um peso tão grande do luto que não consigo fazer nada além de ficar deitado em silêncio? Depois que percebesse que não fazia mais sentido me querer porque você já me tinha?

É como se eu tivesse sido reduzida a pó, e me sinto tão exposta que não me surpreenderia se minha pele estivesse em carne viva.

— Se eu tivesse te beijado — prossegue Aaron —, você talvez fosse me querer por uma tarde, e eu iria continuar querendo você pelo resto da vida. Só que mesmo sabendo que não ia funcionar, eu também sabia que se eu ficasse, não ia conseguir me segurar e acabaria te beijando. — Ele me mostra um sorriso amargo. — O autocontrole uma hora acaba.

— Então... você foi pra Paris — sussurro.

— Eu *fugi* pra Paris. Tinham me enviado um convite pro curso alguns meses antes, e eu tinha considerado recusar, mas aí pareceu a oportunidade perfeita pra esfriar a cabeça e evitar fazer algo de que eu fosse me arrepender. Mas, sabe, foi absurdo — afirma ele baixinho, apoiando a cabeça na parede. — Lá estava eu em uma cidade nova, livre pra ir pra onde quisesse, sem ninguém me dizendo o que fazer, e eu me senti tão... preso. Quase claustrofóbico. Toda vez que pensava em você, no quanto você tava longe, na última vez que a gente tinha se visto, tudo ao redor parecia se encolher.

Minha voz falha quando pergunto:

— Como assim?

— O mundo parecia menor sem você — confessa Aaron. É o tipo de coisa que a maioria das pessoas teria medo de dizer em voz alta, mas ele me olha bem nos olhos quando fala comigo, de queixo erguido, como se estivesse me desafiando. — Ou talvez você que faça o mundo parecer maior. Eu sentia sua falta. Sentia sua falta onde quer que estivesse: no carro, no shopping e no inverno. Sei que fiquei lá um ano inteiro, mas você tem que entender... No fim da primeira semana, eu estava pronto pra voltar. Foi só o orgulho que me fez ficar. Eu ainda mantinha tudo... Eu checava o horário e o clima aqui em casa, onde você estava. Achei que... Tentei me convencer várias vezes de que uma hora o que eu sentia iria passar. Que só tinha que ultrapassar um certo ponto e iria melhorar. Que eu não iria querer tanto você. Que não precisaria de você com tanto desespero.

— E aí? — sussurro. — Funcionou?

O cantinho da boca dele se curva para cima, um sorriso de quem tira sarro de si mesmo.

— O que você acha?

Estou sem palavras.

É uma alucinação. Só pode ser uma alucinação. Não tem como não ser.

Eu não sou Jessica Chen **213**

— Eu estava totalmente errado — declara ele, chegando para a frente. Fico imóvel, olhando enquanto Aaron inclina a cabeça, vulnerável, sincero, suplicante. Com certeza é uma alucinação. — Assim que te vi de novo, eu soube que não tinha como evitar. Eu iria querer você de qualquer jeito. Mesmo que você só gostasse de mim por um dia e depois seguisse em frente, eu iria me forçar a lidar com isso. Desculpa por ter entendido tarde demais, desculpa mesmo. Eu prometo, assim que a gente conseguir dar um jeito de desfazer essa... maldição, eu vou me redimir. — Aaron solta o ar, trêmulo. — Mas não posso deixar você ir encontrar essa pessoa sozinha. Estou preocupado com *você*. Com sua alma. Você tem que ficar segura. Não posso... não posso te perder de novo.

— Eu vou ficar segura — respondo com a voz fraca. — Pode ir comigo, se você insiste. Eu só...

Quando Aaron olha para mim, vejo as sombras escuras de seus cílios. A esperança em seus olhos.

— Hum?

— Eu acho... que preciso assimilar tudo — gaguejo, em desespero, tentando reorganizar a mente. Mas o que posso dizer ou fazer é muito limitado. Se disser tudo o que quero, tudo em que ele acertou e errou, vai ser a boca de Jessica proferindo as palavras, serão os olhos dela encarando os dele. Até então, a vida dela pareceu um refúgio da minha, mas, neste momento, parece mais uma jaula, uma da qual não consigo sair. — Tem tanta coisa acontecendo agora. A gente pode... a gente pode falar disso depois?

Observo o movimento no pescoço dele, o jeito como tenta esconder a mágoa.

— Claro — responde Aaron por fim, tateando até achar a porta atrás de si. Ele se atrapalha com a maçaneta duas vezes até conseguir segurá-la, com tanta força que os dedos perdem a cor. — O que você quiser. Vou estar sempre aqui.

* * *

Geralmente, a caminhada da casa de minha prima até a de Aaron dura vinte minutos.

Porém, meros dez minutos depois, meu celular mostra a notificação da mensagem com a foto.

Dou um zoom no cartão, enquanto os dois bilhetes anônimos estão dispostos na cama, e revezo o olhar entre eles, tentando compará-los. Passo o olho por cada mensagem, mas nenhuma parece idêntica à caligrafia que procuro.

Será que estávamos errados? Será que eu tinha deixado alguém passar quando organizei as mensagens?

Eu me deito no colchão e levanto os bilhetes contra a luz até o papel rasgado ficar quase translúcido e as sombras alaranjadas e escuras da ponta de meus dedos ficarem visíveis através dele. As letras parecem flutuar pela superfície do papel. *Pense. O que estou deixando passar?* Parece que os bilhetes foram escritos às pressas, mas talvez o objetivo tenha sido esse. Talvez a pessoa tenha achado que assim a caligrafia não seria reconhecida.

O que significa que…

Impossível. A palavra se forma com o som da voz de Aaron, na forma de uma lembrança antiga. Quatorze anos de idade, os dias agradáveis do verão ficando para trás, os carvalhos diante da biblioteca bem dourados. Estávamos estudando, ou ele estava. Eu tinha aberto o caderno de desenho e testava as canetas novas de ponta fina.

— Quer ver uma coisa maneira? — perguntei, puxando de leve a manga de Aaron, mas só na ponta, onde ele tinha dobrado o tecido; fiquei com medo de encostar na pele dele, como se fosse possível transmitir sentimentos com um mero toque. Um roçar da mão, e ele saberia de todas as noites que passei acordada, delirante, sucumbindo sob o peso do que eu queria. — Olha aqui, tem essa fonte cursiva… — Franzi as sobrancelhas, concentrada enquanto escrevia as letras. — E aí tem a fonte em bastão… e essa fonte formal ia ficar bonita nos formulários da escola. Qual você acha que a gente deve usar este ano?

Eu não sou Jessica Chen **215**

Eu tinha torcido para Aaron ficar impressionado, mas ele só virou a cabeça e riu, o sol se pondo às suas costas, iluminando as mechas sedosas do cabelo no mesmo tom alaranjado vibrante das árvores no outono.

— Eu gosto de todas.

— Você tem que escolher *uma*, Aaron — insisti. — É importante. São estilos completamente diferentes.

— Mas todas ainda são sua caligrafia. Eu conseguiria identificar a sua letra mesmo se estivesse misturada com as de centenas de outras pessoas.

Franzi a testa, olhando para o papel.

— Mentira.

— É tipo como todo artista tem o próprio estilo característico, mesmo quando está pintando uma obra nova — argumentou Aaron, dando de ombros. — É impossível esconder a pessoa que está por trás, desde que você saiba como procurar.

Meu corpo se ergue depressa. Não quis concordar com Aaron na época, mas agora rezo para ele estar certo. Estreito os olhos para a caligrafia de novo, só que, desta vez, é como se fosse uma pintura. Cada artista tem o próprio estilo, o jeito de segurar a caneta, de interpretar o mundo, de capturá-lo em fragmentos. Mesmo que tente camuflar sua identidade, ainda assim a pessoa deixa sinais. Então, de quem é o estilo?

Quando enfim encontro a resposta, o choque me atravessa.

Checo de novo, só para garantir. No entanto, os sinais continuam ali. Sutis, mas distintos. O mesmo rabiscar do "y", o mesmo traço em vez do ponto em cima do "i", o mesmo corte do "t", como se não tivesse tido tempo ao escrever.

É ela.

Tem que ser.

Capítulo quatorze

Esperar é sempre a pior parte.

Não consigo absorver uma única coisa da aula de política mundial na manhã seguinte. É uma tortura não ficar toda hora olhando na direção da suspeita, não afastar a cadeira, ir até ela e exigir respostas. Pensando agora, tudo parece tão óbvio. Não consigo acreditar que não percebi antes.

O relógio avança tão devagar em cima da lousa que me pergunto se está quebrado, com o ponteiro emperrado. Meu estômago se revira, apesar de não ter nada dentro; não tomei café da manhã, já que não consegui engolir sequer um pedacinho de pão pela garganta tensa. Cruzo e descruzo as pernas tantas vezes que em algum momento Celine me dá uma cotovelada nas costelas.

— O que que você tem, hein? — sussurra ela enquanto a sra. Lewis tagarela sem parar diante da turma. — Você não para quieta.

— Desculpa. Tomei muito café.

Os cinquenta e cinco minutos antes da minha próxima ação são quase tão dolorosos quanto a espera pelo e-mail de Harvard.

Eu não sou Jessica Chen **217**

Durante a aula, minha ansiedade só vai se acumulando. Quando o sinal toca, quase pulo para ficar de pé, meu coração disparado. Ainda assim, não a encaro. Ainda não. Espio por cima do ombro e encontro o olhar de Aaron, que faz um leve aceno de cabeça.

— Vejo vocês depois do intervalo — falo para Celine e Leela enquanto junto os livros. — Vou, hã, encontrar a professora de física pra revisar umas questões.

— Quer que a gente compre um lanche pra você? — oferece Leela.

— Não, não. Tudo bem. — Preciso fazer tanto esforço para sorrir que minhas bochechas doem. — Não tô com muita fome.

Vou correndo para a biblioteca sozinha, meus passos ecoando pela escada em espiral até onde as estantes desembocam em painéis polidos e cabines individuais. As paredes aqui são mais grossas, com isolamento acústico, feitas para as provas orais que alunos fazem no fim do ano e as aulas de prática antes disso. Quando uma porta se abre um tiquinho, dá para ouvir trechos de francês, alemão e mandarim saindo dela.

A luz preguiçosa do sol banha os vitrais quando entro em uma das últimas cabines vazias, projetando sombras em forma de treliça pela mesa de madeira compensada. Faz com que eu me lembre do projeto de arte de Leela no primeiro semestre, quando nos orientaram a experimentar diferentes materiais de pintura. Ela escolheu usar aquarela por cima de espelhos quebrados, criando uma obra que mudava a composição do que quer que fosse refletido ali.

Inspiro o cheiro de serragem e hortelã enquanto me preparo. Quanto mais próximo se está do fim, mais difícil é a espera, toda distração possível sendo minada até só restar a apreensão correndo nas veias. Passo o dedo pela unha quebrada do dedão, sentindo a ponta irregular. Aaron deve trazê-la para cá a qualquer momento.

Minha mente projeta as cenas: ele a abordando depois da aula, pedindo com muita educação e doçura pela opinião dela a respeito da apresentação oral dele. Ela ficaria orgulhosa o bastante para concordar, considerando que o melhor aluno da escola quase nunca pede ajuda em nada. Aaron a acompanharia enquanto subissem os degraus rangentes, passando pelos alunos sentados e sonolentos, e falariam sobre o clima, que está agradável, ou do tema da próxima redação, que é tudo, menos agradável, e então eles seguiriam pelo corredor até Aaron parar diante da cabine e...

A maçaneta gira.

De início, Cathy Liu fica confusa. Então, foca em mim, e a compreensão surge em seus olhos.

Esperar é sempre a pior parte. Agora que acabou, sinto uma clareza estranha se assentar dentro de mim. Faço um gesto para Aaron esperar do lado de fora, retribuindo a expressão preocupada dele com um aceno leve de cabeça. Dou a volta em Cathy e fecho a porta.

— Eu sei que foi você — declaro. — Entendo que seu meio de comunicação preferido seja mensagens misteriosas e um tanto ameaçadoras, mas achei que talvez a gente pudesse conversar. O que você quer?

— O que eu quero? — Ela faz uma expressão incrédula. — Isso não é óbvio? Eu quero que você confesse.

— Confessar o quê?

— Ai, meu Deus. Sério, Jessica? — Ela se escora na parede.

— Achou que eu não ia reconhecer meu trabalho? Você foi a única pra quem contei. Mostrei o esboço da redação inteira pra você. Acho que foi erro meu; eu que fui ingênua de pensar que podia te impressionar com minha inteligência, como se você fosse capaz de se impressionar com outra pessoa. Mas como eu iria prever que você copiaria meu trabalho? Você roubou minha ideia, Jessica. Roubou e nem tem a coragem de admitir. Ou talvez só não se importe. Talvez ache *engraçado*. O que foi que você falou na entrevista mesmo? — Cathy retorce o lábio,

Eu não sou Jessica Chen **219**

expondo o branco afiado dos dentes. — Control C + Control V são seus melhores amigos?

Fico sem reação, chocada.

Não pode ser verdade. Lógico que imaginei que fosse algo horrível, vergonhoso, ou Jessica nunca teria escrito aquilo no diário. Até considerei a possibilidade de homicídio culposo. Ainda assim, *isto* não tinha me passado pela cabeça:

Jessica *trapaceando*. Plagiando a ideia de outra pessoa. Se eu tivesse descoberto isso antes de fazer o pedido, não teria acreditado, mesmo que alguém esfregasse a prova na minha cara. Por que Jessica Chen precisaria trapacear quando sempre foi excelente?

Mas aí relembro a decepção no rosto de minha tia, o jeito que a sra. Lewis me parou depois de entregar a prova corrigida, o olhar chocado de meus colegas de turma quando dei a resposta errada na aula de física, a pergunta implícita de *O que tem de errado com você?* feito um grito em meio ao silêncio, e acho que sei por quê.

— Por que não contou pro professor na época? — questiono.

Cathy dá uma risada breve e estridente.

— Acha que tive a chance? O sr. Keller me segurou depois da aula pra me dar um sermão pela semelhança *notória* entre a minha redação e a sua. Lógico que ele achou que *eu* tinha te copiado, porque como alguém como você iria trapacear? A tão inteligente e perfeita Jessica, a aluna exemplar que não erra nunca. Como é a sensação, aliás? — pergunta ela, a amargura na voz virando algo quase parecido com admiração, com espanto, e fico com um medo absurdo de Cathy avançar em mim, sacudir meus ombros e cravar as unhas na minha cara. — Como é andar por aí sabendo que todo mundo te ama, acredita em você, quer ser você?

Engulo a surpresa antes que fique evidente. As palavras dela são familiares demais, disparando e acertando o alvo com

220 ANN LIANG

uma precisão letal e desconfortável; eu mesma já me perguntei isso inúmeras vezes.

—A sensação não é sempre essa — respondo, sendo o mais sincera possível.

Cathy hesita, mas só por um momento.

— Sabe, me sinto meio ofendida por você ter demorado esse tempo todo pra sacar que era eu — comenta ela, enfiando as mãos nos bolsos do blazer. — Quando tem alguém armando contra você, a primeira suspeita tem que ser a concorrente. Acho que esse é o problema, né? A pior parte. — Os olhos escuros dela cintilam. — Você nunca me viu como ameaça. *Você* sempre esteve na minha mira; você era sempre a primeira, e eu sempre a segunda. Mas você nem previu o que eu faria, porque nem se deu ao trabalho de considerar essa possibilidade. Nunca vou saber como é ser você, e você nunca vai saber como é ser eu. Nunca vai saber como é querer tanto uma coisa, com tanto desespero, que chega a doer.

Eu sei, sim, respondo em silêncio. *Sei muito bem.*

Porque, para mim, o ato de querer algo sempre veio acompanhado da dor.

O coração apertado. O soco no estômago. O gelo na garganta. Toda vez que eu via uma notícia sobre a garota de dezesseis anos que já tinha tudo o que eu queria, a garota de quinze anos que tinha um futuro brilhante garantido desde que nasceu. Foi assim com Aaron também. Sempre que ele estava perto de mim, tão lindo que chegava a doer, com o cabelo com o caimento perfeito, o rosto igual ao de um deus, delicado, trágico, moldado para a eternidade. Sempre que ele sorria para mim e eu tinha que manter os braços bem juntos ao corpo, precisava me conter para não dizer como me sentia. Sempre que eu imaginava o impossível: nós dois juntos.

Viver a vida de Jessica tinha amenizado um pouco a dor, ofuscado aquela parte específica de minha memória; a sensação como a de esquecer o desconforto sufocante de uma febre logo

Eu não sou Jessica Chen **221**

depois que ela passa. Porque não é mais relevante. Porque o corpo acredita que o pior já passou.

Tudo me atinge de novo, como uma enchente em que a água já chega ao pescoço. A dor da insignificância.

— Não é justo — sussurra Cathy, esfregando a manga do blazer nos olhos com força. — Não é nem um pouco justo. Você trapaceou e ainda assim vai pra Harvard, e eu fiz tudo certo e fiquei *na lista de espera*.

Eu a encaro. Em um momento de clareza, as peças se encaixam.

— Mas na aula você agiu como se tivesse passado... Vi você confirmar com a cabeça.

— Óbvio, né? — A voz dela falha. — O que mais eu podia fazer? Anunciar pra turma toda que *não* consegui? Tem ideia de como isso é constrangedor? Era pra eu ser a prodígio. Eu era tão *talentosa*, tão especial; era o que todo mundo me dizia quando eu ainda brincava de boneca e nem sabia o que era uma faculdade. Eu nem queria avançar dois anos, mas os professores disseram que me ajudaria a alcançar meu potencial mais rápido, e minhas mães acreditaram. Então comecei a fazer aulas com você e de repente eu não era mais especial, mesmo estudando mais do que nunca, mesmo assim, foi você quem conseguiu. Você vai pra faculdade dos meus sonhos, e o engraçado mesmo, Jessica, é que você nem *precisa* disso.

Se Cathy estava se segurando para não perder a compostura antes, ela a perde neste instante. As lágrimas escorrem por entre seus dedos e pingam pela ponta do nariz. De repente, me dou conta de como ela parece jovem. O quanto ela é mais jovem do que a gente.

— Você foi aceita em todas as faculdades de prestígio que tentou. Sua família tem dinheiro. Você poderia simplesmente escolher outra faculdade, assim teria espaço pra mim, eles me tirariam da lista de espera. Isso seria uma coisa totalmente incrível e revolucionária na minha vida, *mas pra você?* Pra você é só mais uma conquista, né?

Engulo em seco. Não sei o que responder, não porque não entendo a lógica de Cathy, mas exatamente porque entendo, sim. É o mantra que todos ouvimos desde crianças: "Estude bastante, vá para uma boa faculdade, seja melhor que todo mundo e você vai ter uma vida melhor". Porque uma escola como Havenwood pode ser uma jaula, mas, no fim, uma jaula ainda é um abrigo, e todos nós queremos ser valorizados, protegidos, ficar em segurança, provar que merecemos estar aqui. Porque as chances de se ter sucesso são tão minúsculas, a pressão para alcançá-lo é sufocante de tão grande, e só algumas poucas pessoas, tão distantes de nós que parecem divindades, detêm todo o poder.

— Não precisa ser assim — respondo enfim.

Cathy funga.

— Precisa, sim. Não era pra você ir pra Harvard, era pra ser *eu.*

— Se você tá na lista de espera, talvez ainda consiga ser aceita, eu indo pra lá ou não — respondo com a voz neutra. Era para eu estar com mais raiva; os bilhetes dela me deixaram noites sem dormir, com as entranhas contraídas de pavor e medo, fizeram eu me encolher com o mero movimento das sombras. Só que enquanto a vejo enxugar o nariz, toda trêmula, percebo que Cathy não agiu por malícia e sim por desespero, uma necessidade de se convencer de que ainda havia chance de mudar o próprio futuro. Com mais delicadeza, continuo: — E mesmo se…

— Não. — Ela fecha as mãos em punhos, e na mesma hora dou um passo para trás. — Não fica com *pena* de mim.

— Não tô com pena. Eu só… — Hesito. — Eu já estive em uma situação parecida, só isso. Então eu… eu entendo, entendo mesmo. É tão fácil abraçar a suposição de que o sucesso de outra pessoa é o nosso fracasso. Pensar no sucesso como uma festa chique com um número limitado de convites. Convencer a si mesma de que se conseguir chegar a um ponto específico lá na frente, vai conseguir, enfim, descansar. Sentir que você sempre pode fazer mais. Mas olha o que isso está fazendo com *a gente*, com nossa autoestima, nosso orgulho, com nosso corpo. Estamos todos exaustos e prestes a ter uma crise a qualquer momento, e de algum jeito... de algum jeito esperam que a gente siga em frente mesmo assim.

Então, como se falasse com uma versão mais jovem de mim mesma, continuo, as palavras fluindo de algum lugar bem lá no fundo:

— Mesmo se você não for aceita em Harvard, ainda pode ser feliz. Ainda pode viver sua vida. Mas eu também sei... eu sei que não devia ter copiado sua ideia. É só que... Aconteceram muitas coisas bizarras e inesperadas nos últimos tempos, então não estou na melhor posição para te dar uma resposta. Se eu pudesse ter mais um tempo... Eu prometo que vou dar um jeito de consertar as coisas — declaro, torcendo para Cathy conseguir identificar a sinceridade em minha voz.

E talvez ela consiga mesmo, já que cruza os braços e franze a testa.

— Por quê?

— Por que o quê?

— Por que tá me consolando?

Abro um pequeno sorriso.

— Porque se a gente não tentar entender uns aos outros, quem vai?

De início, Cathy não responde nada. Não sei nem se ela me ouviu. Mas quando junto os livros e me viro para a porta, ela diz, tão baixinho que quase não escuto:

— Uma semana. Vou te dar mais uma semana.

Cathy não olha para mim, só continua parada sob a luz azulada da biblioteca, com o olhar focado no céu.

— E aí, como foi? — questiona Aaron assim que me vê, afastando-se do corrimão e franzindo as sobrancelhas de preocupação.

— O melhor que dava pra ser. — Estou muito abalada, como se tivesse acabado de cair de um lance de escadas. — A Cathy tava... chateada. E meio que com razão. Minha prima, ela...

Hesito. Quero contar tudo a Aaron, mas ainda é o segredo de Jessica.

— Tudo bem, você não precisa me contar a história toda — afirma ele. — Só quero saber se você tá bem.

— Tipo, ela não tentou me machucar nem nada disso. E concordou em deixar o assunto morrer... pelo menos por mais uma semana.

Aaron não relaxa.

— Tem certeza de que...

Só que antes que ele continue, ouço o clique-claque familiar dos saltos da sra. Lewis na escada.

— Eu estava procurando você, Jessica — diz ela, acenando com a mão.

Logo mudo de expressão enquanto me aproximo da professora, com Aaron logo atrás.

— Oi, sra. Lewis. Do que precisa?

— Sabe a exposição de arte amanhã à noite?

— Sei — respondo devagar.

Meus autorretratos eram para ser exibidos, mas não sei o que isso tem a ver com Jessica.

— O diretor da escola, o sr. Howard, vai comparecer. — O sorriso da sra. Lewis é enorme, e os olhos brilham de empolgação. — Você sabe como é raro ele vir aqui, e, bem, ele pediu para conhecê-la.

— Me conhecer?

— Isso. O sr. Howard ouviu falar de todos os seus feitos e queria te parabenizar *em pessoa*. É uma grande honra, uma que poucos alunos terão. Você deve ficar muito orgulhosa.

Eu não sou Jessica Chen **225**

Faço o possível para tentar transmitir entusiasmo na voz.

—Ah, sim, estou muito honrada. Eu iria adorar conhecê-lo.

Fico honrada mesmo, ou deveria ficar. É uma oportunidade que eu daria tudo para ter, nem que só para ouvir os outros comentando depois. *Ficou sabendo que o diretor em pessoa quis encontrar com ela? Não, sério. O sucesso dela chega nesse patamar!*

— Perfeito — responde a sra. Lewis, acenando com a cabeça para Aaron. — Visitantes podem ir também, aliás.

— E eu estarei lá — confirma ele na mesma hora, focando o olhar no meu.

E, neste instante, chego à conclusão de que se eu tivesse que sair caminhando mata adentro, entrar em uma casa em chamas ou descer em direção ao próprio inferno, Aaron ainda iria comigo, só para garantir que eu não saísse das vistas dele.

Mas estou menos preocupada com o que Cathy vai fazer e mais com o que vai acontecer se eu não tiver encontrado a alma de minha prima até o final da semana.

Capítulo quinze

Na noite da exposição de arte, fico diante do guarda-roupa de Jessica, avaliando minhas opções.

Há uma variedade de roupas e acessórios. Os vestidos mais bonitos em seda, cetim, caxemira, com estampas de renda florais e delicadas, mangas bufantes e laços envolvendo a cintura. Casacos de tweed bem passados e jaquetas de couro estilosas que parecem algo que modelos usariam na passarela. Vinte tipos diferentes de bolsas em vinte tipos diferentes de tamanhos, sendo a menor tão minúscula que nela só cabem um rímel e um batom, e a maior grande o bastante para abrigar uma pasta de documentos e um livro didático. Três dezenas de brincos brilhantes dentro de uma cristaleira, dispostos em veludo vermelho, com formatos do sol e da lua, dois corações partidos, incrustados com pérolas e esmeraldas verdadeiras, e até o que podem ser diamantes de fato. Sapatos com salto-agulha, sandálias plataforma e botas de cano altíssimo.

Eu me sinto mimada, gananciosa, quase culpada por poder bancar tamanho luxo. O ato de escolher o que vestir sempre foi para mim um exercício de autocrítica, um lembrete de meus defeitos. Vasculhava entre os suéteres velhos e grandes demais

Eu não sou Jessica Chen **227**

e as saias mal ajustadas para encontrar algo que não ficasse horrível. Quase sempre ficava mais mal-humorada depois daquilo, e passava mais tempo julgando as roupas em mim mesma do que aproveitando qualquer que fosse o evento.

Isso já não é mais um problema.

Agora, tudo que experimento fica incrível, e não é só a genética; tenho essa outra teoria de que pessoas bem-sucedidas ficam mais atraentes exatamente por isso.

Nenhum hidratante no mundo se compara a uma camada reluzente de sucesso, ao brilho do prestígio. Nenhuma lente de contato ou extensão de cílios consegue fazer os olhos brilharem mais do que a validação imediata. Nenhum blush consegue reproduzir o rubor da vitória.

Não se apega muito, lembro a mim mesma. Agora que falei com Cathy, o assunto mais urgente é encontrar a alma de Jessica.

— Jenna — chama Aaron lá de baixo. — Tá pronta?

Arrumo o cabelo e corro escada abaixo o mais rápido que consigo em cima dos saltos de cinco centímetros, quase tropeçando.

— Você não pode me chamar assim — aviso.

Ele está esperando perto da porta de braços cruzados, as mangas da camisa dobradas.

— Não tem ninguém em casa. Ninguém vai ouvir. E logo, logo isso não vai mais ser um problema — acrescenta ele, com o olhar animado.

Faço uma pausa.

— Como assim?

— Acho que descobri como desfazer tudo antes do fim da semana — revela Aaron. Acho que nunca o vi tão esperançoso.

— Na verdade, é tão simples que deixamos esse detalhe passar.

— Eu… Quê?

— Você disse que fez um pedido naquela noite — explica ele, tão paciente, gentil, seguro de si. — Talvez seja só isso.

Talvez só tenha que fechar os olhos e pedir pra mudar de volta. Pedir sua antiga vida. E pedir que Jessica volte.

— Agora? — É a única palavra que consigo dizer.

Minha mente fica vazia, lenta, como se o mundo tivesse se dividido em duas linhas do tempo e eu estivesse presa na que está atrasada. *Agora? Antes da exposição?*

Aaron solta uma risada.

— E tem momento melhor? Não queria fazer a mudança logo?

— Sim — respondo, mas soo menos convicta do que queria, e minha voz treme no fim. — Quero — repito, e desta vez parece um pouco mais convincente. — Eu quero. Lógico que quero.

— Então vá em frente. — Ele gesticula para o espaço amplo. — Vou ficar aqui caso alguma coisa dê errada.

— Beleza. Tipo, me sinto meio ridícula fazendo isso, mas… tudo bem.

Junto as mãos. *Faz o pedido.* Tento encontrar as palavras certas e repeti-las dentro da mente. *Quero ser eu mesma de novo. Quero que minha prima volte.* Só que é como ler as frases em um roteiro. O pedido não parece meu, e a energia não muda, o universo não responde.

Fecho os olhos com tanta força que quando enfim pisco e ergo a cabeça, as luzes brancas da sala afetam minha vista.

— Funcionou? — pergunto a Aaron, já sabendo a resposta.

Meus pés estão começando a doer. Embora os saltos sejam lindos, são apertados demais na frente e rígidos demais atrás.

— Não — confirma ele, tentando esconder a decepção; e se eu fosse outra pessoa, nem perceberia. — Mas talvez a gente tenha que considerar outros fatores. Talvez você tenha que fazer o pedido na mesma hora que fez o primeiro, ou precise reproduzir as exatas condições, ou pode ter um objeto envolvido, como quando se faz um pedido ao assoprar uma vela de aniversário… ou talvez a estrela cadente. Lembra? — sugere

Eu não sou Jessica Chen **229**

Aaron, recordando aquele fato em específico. — Tinha uma estrela cadente na noite que você sumiu. Eu tava lá. A gente viu a estrela no quintal da Jessica. Talvez tenha a ver com isso.

— Ah, é. — Engulo em seco. — É verdade.

Ele faz uma pausa. O jeito que está me olhando, como se visse dentro de minha alma, faz meu estômago se embrulhar. Aaron fica um bom tempo calado, tempo demais, e quando fala, é baixinho:

— Você não quer que nada mude, né?

Parece que meu sangue fervilha. Abro a boca para responder, mas minha garganta se fecha. Não posso negar, porque é verdade. É o segredo que guardei no canto mais escondido da minha mente, o segredo que torci para que ele nunca descobrisse, que eu nem conseguia admitir para mim mesma. Agora Aaron sabe o que sou: fraca, depravada, egoísta.

— Eu não consigo evitar — sussurro, com medo de olhar para ele. — Desculpa. Desculpa mesmo. Eu quero, *sim*, que a Jessica volte, eu juro, mas eu não… só não quero voltar pra minha vida. Se tivesse outro jeito de reverter o pedido, mesmo que eu precisasse andar descalça até o outro lado do mundo, me obrigaria a aguentar. Iria mesmo, mesmo, mas não consigo pedir algo que eu não quero. Não consigo me forçar a acreditar, do fundo do meu coração, que prefiro voltar ao que era antes.

Outro momento horrível de silêncio.

Ele deve me odiar, penso. Talvez Aaron já esteja se arrependendo de ter se declarado ou voltado de Paris antes da hora. Talvez não queira nunca mais falar comigo.

O tilintar suave das chaves me faz focar de novo.

— Vamos continuar a conversa no carro — sugere Aaron. Não há nojo nem ressentimento em sua voz. Só determinação.

— Se não vai mudar agora, então a gente ainda tem que ir à exposição.

Engulo em seco e concordo com a cabeça depressa, seguindo-o até o veículo. O cair da noite se alastra, o céu parecendo uma aquarela de azul intenso, o horizonte tingido de amarelo--claro. Sem dizer mais nada, Aaron abre a porta para me ajudar a entrar, antes de dar a volta e se sentar, confortável, no banco do motorista. Quando ele coloca a mão no volante e dá a partida, eu me encolho sob o cinto de segurança, abraçando os joelhos.

— Eu só não entendo — prossegue ele, guiando o carro para a rua principal. — Sei que você sempre se comparou à Jessica, e entenderia se quisesse só experimentar a vida dela por um tempo, que nem quando as pessoas dizem que gostariam de ser tal celebridade por um dia. Mas *isso*...

— Óbvio que você não entende, mas uma pessoa como a Cathy Liu ia entender. Acredita nisso? — Minha risada tem um gosto amargo. — Eu tenho muito em comum com a menina que está chantageando minha prima.

— Você não é como a Cathy — afirma Aaron com firmeza. — Não é nada parecida com ela.

— Sou, sim. Sou tão invejosa e insegura quanto ela, embora eu nem fosse ter a coragem de ameaçar outra pessoa. Só que você... você é igualzinho à Jessica. É um gênio. Tão talentoso que nem precisa se esforçar, enquanto tudo o que *eu* faço é me esforçar. — Ranjo os dentes até doerem, até eu sentir algo dentro de mim se romper. Os arbustos verdes passam por nós, a luz do dia se despede do céu. — Eu me esforço mais e mais, e nada acontece. Não dá resultado. Nunca vou ser a primeira. Nem consigo ser a *segunda*, como a Cathy. Ninguém se importaria se eu voltasse...

— Por que isso é tão importante...

— *Porque sim*. — Quase bufo. Os professores adoram falar que não existem perguntas idiotas, mas que pergunta ridícula e sem sentido foi essa? É como perguntar por que precisamos respirar. Por que precisamos de água. Por que o oceano existe. — Esse é o objetivo da minha vida toda: ser alguém que importa. Foi por isso que meus pais se mudaram pra este país. É esse o

Eu não sou Jessica Chen **231**

meu propósito. Se eu não conseguir, *qual é o sentido das coisas?* Qual o sentido da minha existência? Que valor eu tenho?

Aaron fica calado.

Fica calado por tanto tempo que ouço o ar tremer contra minha boca. Ouço meu coração martelando, o borrão dos ruídos do lado de fora do carro, o vento soprando pelas janelas, o mundo girando em torno do próprio eixo. Ouço meu próprio ressentimento se expandindo, a verdade corrosiva devorando o espaço entre nós.

Por fim, Aaron declara:

— Tem coisas muito piores do que ser alguém sem talento.

— Eu sei, mas…

— Sabe mesmo? — A emoção na voz dele me choca. O rompante da raiva. — Porque parece que pra você o pior destino possível é ser medíocre, é levar a vida sem conquistar um feito relevante o bastante pra virar um legado duradouro. Você sequer sabe…

Ele respira fundo.

— Você diz que eu sou um gênio? Beleza, tudo bem. Eu sou. Você tem razão. A escola é fácil pra mim, sempre foi. Consigo memorizar tudo que vejo. Consigo tirar dez em uma prova sem estudar. Vou para uma universidade de prestígio, e ser admirado por colegas e professores, e conseguir entrar na faculdade de medicina, e gosto de pensar que ainda vou ser o melhor da turma. Mas eu trocaria tudo, *qualquer coisa*, pra ter o que você tem.

— O que eu tenho? — sussurro, porque estou confusa de verdade, curiosa de verdade.

O que eu tenho que ele iria querer?

— Ah, não sei bem — responde Aaron enquanto aperta o volante, o tom sarcástico tão afiado que daria para cortar algo. — Talvez uma família? Talvez uma mãe viva, um pai que dá a mínima pra você?

Eu me encolho.

— Nem ia querer ser médico se não fosse pela minha mãe. Eu só... É o melhor que dá pra ser. O máximo e o mínimo que posso fazer. Encontrar uma cura que podia ter salvado ela, ser a pessoa que impede que outra pessoa perca a mãe. Só que pra ela, pra mim, é tarde demais. E vou ter que passar o resto da vida de luto, sofrendo. Sabe o que é isso?

— Aaron, eu sinto muito. Sinto muito mesmo. — Eu poderia morrer de vergonha. Está queimando meus dedos, meu rosto. Pelo que falei. E pelo que vou dizer em seguida. — Mas eu... não consigo. Não consigo... não consigo mudar o pedido.

— *Por que não?*

— Eu só não consigo.

— Isso não é justificativa!

Parece que meu coração vai parar a qualquer momento.

— Não tenho que me explicar.

— Eu mereço uma explicação — argumenta ele em um tom feroz. — Só me diz o *porquê*. Por favor. Isso tá me deixando perturbado.

—Aaron, para.

—Você não pode só fugir do assunto pra sempre. Por que...

— *Porque eu me odeio demais.*

Pronto.

Aí está a verdade plena e humilhante. Parece que alguém arrancou um dente meu, extraiu um órgão vital. É a mesma sensação que tenho depois de passar muito tempo chorando.

— Tá feliz agora? — retruco, com a pele formigando. — Essa resposta é boa o bastante pra você?

Olho de relance para o rosto de Aaron, com medo de ver pena nas feições que conheço tão bem, mas ele não parece sentir a menor compaixão. Parece bravo.

Aaron sempre foi ótimo em mascarar as emoções, em sorrir até quando sofria; é o tipo de pessoa que levaria uma surra com uma expressão neutra. Mas parece que ele não consegue escon-

Eu não sou Jessica Chen **233**

der nada agora. Está tudo exposto em seu olhar. A frustração, a angústia, a incompreensão.

A dor.

Como alguém estendendo a mão ensanguentada depois de se cortar. O espaço do carro de repente fica muito pequeno, muito íntimo, com as portas me confinando dentro dessa conversa. Não consigo escapar. Tenho que encará-lo.

Quando Aaron volta a falar, sua voz treme.

— Você realmente não se conhece nadinha, né?

— Como assim?

— Você não faz ideia — prossegue ele em um sussurro furioso. — Você não faz ideia mesmo do quanto significa pra mim. Não consegue se ver do ponto de vista de mais ninguém, não se conhece de verdade. Está tão presa na própria versão distorcida da sua vida, que não... não é *real*. Você é incrível.

Solto uma gargalhada. Dou um tapa no painel de controle em meio à histeria.

— Ai, meu Deus, beleza, sério. A gente não vai entrar nessa...

— Não. Deixa eu continuar — pede Aaron, com os olhos cintilando. — Você é incrível. Vê o mundo como uma artista. Percebe todas as cores no céu, para e admira a imagem de um pardal voando, uma ondulação no lago ou uma folha de outono sob o sol. Você é sempre a primeira pessoa a perceber se alguém está tendo um dia ruim, e não consegue ver um filme triste sem chorar, e sempre pula o final se sabe que vai ser trágico, assim pode imaginar um desfecho melhor. Você lacrimejou uma vez depois que seu vizinho idoso pediu pra você ler a validade de um pacote de pão porque ele estava perdendo a visão. Você também fica com vontade de chorar toda vez que assiste aquele comercial de cereal com o cachorrinho que foge de casa. Quando a gente encontrou um pássaro morto na floresta, você fez questão de fazer um túmulo pra ele com gravetos e flores silvestres. Você odeia espaços pequenos, mas ainda assim foi lá ficar comigo no sótão por horas quando meu pai estava irritado comigo. Você é sarcástica, mas nunca de um jeito maldoso. É dramática e consegue fazer qualquer coisa parecer poesia. É sensível, e talvez isso signifique que sinta dor, medo e humilhação com mais intensidade, mas sabe também sentir alegria de um jeito mais bonito e completo que qualquer pessoa que eu conheço. Você me faz ficar feliz só de te olhar.

Meu coração está batendo tão, tão disparado.

— E você sempre aparece no lugar certo e na hora certa. Que nem na noite do discurso no primeiro ano do ensino médio. — Aaron se virou um pouco no banco do motorista, embora continue com os olhos focados na estrada. — Lembra? A gente teve que chegar cedo pra ensaiar, e quando todo mundo estava esperando os pais chegarem, e meu pai não pôde ir... você foi ficar do meu lado. E, de repente... de repente, eu não me senti mais sozinho. Percebi que nunca mais precisaria ficar sozinho se você estivesse lá.

Noite do discurso. Primeiro ano do ensino médio.

Eu me lembro de Jessica Chen ganhando todos os prêmios para os quais concorria. A de melhor aluna e de excelente desempenho acadêmico para todas as matérias que fazia, um Troféu Diana Bagshaw por contribuições à escola.

Me recordo dos professores fazendo as disposições de assentos de acordo com os prêmios que recebíamos. Aqueles que tinham um ou dois estavam sentados na frente. Jessica estava na primeira fileira. Os que não tinham nenhum, como eu, foram conduzidos bem para atrás.

Me lembro de Aaron estar sentado com minha prima. Me lembro de observá-los do fundo, as luzes fortes e intensas do palco iluminando as silhuetas deles. *Os dois ficam tão perfeitos juntos*, pensei comigo mesma na hora. E fiz questão de parabenizar ambos. Fui a primeira a dizer o quanto estava feliz por eles, e segurei suas mochilas enquanto meus tios tiravam fotos deles, orgulhosos e com sorrisões escancarados.

Eu não sou Jessica Chen **235**

Só que não me lembro de nada do que Aaron mencionou. Isso me assusta. Faz com que eu me pergunte o que mais esqueci, o que mais me passou despercebido. Se eu também estou me esquecendo, como todo mundo está. Com exceção dele.

— Isso tem muito tempo — consigo responder. — Nem importa...

— Importa, sim. Você importa — interrompe Aaron, com a mandíbula tensa. — E talvez... talvez seja uma parte egoísta de mim que quer te ver de novo. Quero fazer todas as coisas de que eu debochava nos filmes. Quero fazer piqueniques no lago com você, andar de mãos dadas contigo pelo corredor e te ligar tarde da noite. — Os olhos dele ficam mais escuros, mais profundos. — Eu quero te beijar.

O carro dá um solavanco ao passar por um buraco na estrada, mas mesmo depois que passa, continuo sentindo um frio na barriga.

— Não — respondo. — Não. Não faz isso. Isso é golpe baixo.

— Golpe baixo? Você tá literalmente desafiando as leis da física.

— Você sabe que esse é meu ponto fraco — sussurro. — Você sabe que *você* é meu ponto fraco.

— Então volta pra mim — responde Aaron com a voz mais baixa, em um tom dolorido, suplicante.

Não estou preparada para o quanto isso me desestabiliza. Eu estava esperando uma batalha, tinha entrado no carro com armadura e armas afiadas. Consigo fazer isso. Consigo lutar contra ele se for necessário. Só que não isto. Não com ele baixando a guarda, com a espada já no chão, e estendendo as mãos abertas, vazias, acolhedoras.

Aaron percebe.

Sempre tão observador. Ele sempre me conheceu tão bem.

— Eu posso te ajudar, sério. Posso descobrir um jeito. Você mesma disse: eu sou um gênio. É só mandar, Jenna, e faço qualquer coisa. Por favor, estou te implorando. Se não acredita mesmo no pedido, vou fazer uma lista de jeitos que sua antiga vida pode ser boa. Vou te lembrar disso todo dia até você fazer o pedido de coração. Vai ficar tudo bem.

É só mandar.

Abro a boca, mas a palavra não quer sair. Não a palavra certa, não a que ele espera ouvir.

— Jenna?

— Não — sussurro, embora meu corpo chegue a doer quando digo.

— Tem noção do que tá falando? Não tem como ficar assim pra sempre. E a Jessica? É a vida *dela*. Se não fizer o pedido, não tem como ela voltar.

— Eu sei disso — interrompo, com lágrimas de frustração ardendo nos olhos. — Eu tenho noção das consequências, mas não sei o que tenho que *fazer*, Aaron. É como eu me sinto; está além do meu controle. Queria fazer lavagem cerebral em mim mesma. Queria não ter esse tipo de pensamento. Queria ser mais gentil e altruísta, e me convencer de que eu consigo ser feliz na vida de antes, com você. Só que não adianta fingir que é o que eu quero quando não é. Isso não é o suficiente pra mim. — Engulo em seco. — Não é o suficiente.

O silêncio dentro do carro é horrível.

— Nada nunca é o suficiente pra você — declara Aaron, me observando.

Não sei o que eu teria respondido. Talvez tivesse admitido que ele tinha razão. Que não sei fazer nada além de ansiar pelo que não tenho. Não sei me sentir satisfeita, abraçar a mim e minha vida, e deixar tudo me banhar como a luz do sol. Só que antes que eu possa responder qualquer coisa, um borrão escuro aparece em minha visão periférica, aproximando-se depressa, vindo bem em nossa direção.

Solto um arquejo.

— *Cuidado!*

Eu não sou Jessica Chen **237**

Aaron foca o olhar na estrada de novo.

Ele gira o volante para a esquerda com força.

Por um momento, parece que o chão desaparece; o carro dá uma guinada tão brusca que o mundo todo gira e os pneus cantam contra o asfalto, e eu gritaria se minha cabeça estivesse registrando o que está acontecendo.

Paramos com um solavanco perto do meio-fio enquanto o outro veículo passa voando por nós, buzinando duas vezes.

Acho que não estou respirando.

Meu coração está tão disparado que fico apavorada com a possibilidade de rachar minhas costelas ou de ele se cansar e parar de vez. Estou segurando a maçaneta da porta com tanta força que as juntas dos dedos doem, mas não consigo soltar. Por fim, consigo me mexer o suficiente para olhar para o rosto de Aaron. Ele também está abalado, mas fazendo o possível para fingir que não. Ele passa a mão pela testa e lambe os lábios.

— A gente podia ter morrido — comenta, mais de incredulidade do que de qualquer outra coisa.

— Mas… a gente não morreu — argumento, trêmula.

— Eu… Não deveria dirigir assim. — Aaron esfrega os olhos e estica a mão para a porta. — É melhor a gente andar pelo resto do caminho.

— Aaron…

Ele faz uma pausa e me encara com um olhar gentil, apesar de tudo.

— Hum?

— Você não vai me deixar aqui? — sussurro. — Digo… não tá com raiva?

A expressão em seu rosto muda, transformando-se em determinação.

— Acha que vai conseguir se livrar de mim fácil assim? — Ele sai do carro e dá a volta para abrir a porta do passageiro. O ar frio toma o veículo, envolvendo-me em um abraço congelante. — Anda. Vamos.

Capítulo dezesseis

Balões prateados e estandartes ladeiam o caminho até a galeria de arte, em um estilo típico de Havenwood. É difícil definir se as decorações são impressionantes ou só muito pretensiosas. Professores aguardam perto da entrada em trajes pomposos, com sorrisos falsos, sem dúvida esperando cumprimentar o sr. Howard quando ele chegar para logo irem embora. Fotógrafos profissionais se entremeiam pelos alunos com o equipamento pesado, registrando tudo a não ser a arte em exibição, provavelmente para a escola usar em anúncios futuros e newsletters publicitárias.

E então há a exposição em si.

Obras em todas as paredes brancas, cada superfície, cada suporte. Pinturas a óleo, esculturas e desenhos feitos com carvão.

— Você deve sentir falta disso, né? — murmura Aaron baixinho enquanto andamos pelo salão.

— Do quê?

— De fazer isso — afirma ele, gesticulando para uma pintura emoldurada que reconheço na mesma hora ser de Leela.

É a mãe dela, penteando o cabelo de sua irmã caçula. As cores são mais neutras, o pano de fundo contendo pinceladas

Eu não sou Jessica Chen **239**

simples. Mas a luz do sol se infiltra pela janela fora do enquadramento da moldura, e fico admirada com o que ela fez ali. Como Leela encontrou o tom e a cor exatos do próprio sol e capturou o jeito preciso como ele altera o tecido e o mármore, e ilumina cada mecha do cabelo preto lustroso. A mãe está no centro da pintura, sem sorrir propriamente, mas só de olhar dá para ver como ela segura a escova com delicadeza. Tem algo de muito sereno na obra, um aspecto calmo e terno que já identifiquei na própria Leela. Como o ar ao amanhecer, ou a água de um lago.

Eu queria conseguir fazer isso, mas nunca fui conhecida como alguém que tira inspiração da felicidade. Só pinto o que quero mudar ou o que ainda não tenho.

— Eu ainda posso pintar — respondo baixo, esperando que ele não tenha percebido que minha voz falhou.

— Do jeito que fazia?

— Sim.

— E já tentou? — questiona Aaron.

— Bom, quem liga se eu não conseguir? Pintar não é uma habilidade útil — continuo com o tom de voz duro, repetindo as palavras que já me disseram mil vezes antes. — O único jeito de ser valorizado como pintora é sendo a melhor que existe, coisa que não conseguiria ser mesmo que passasse o resto da vida tentando.

A garota admirando a pintura ao nosso lado me lança um olhar ofendido.

— Desculpa — gaguejo. — Não tô falando de você. Com certeza suas habilidades são úteis…

Aaron faz um som de deboche.

Volto a olhar para ele, com o rosto quente.

— Que foi?

— Só acho muitíssimo fascinante como você consegue dizer algo em que não acredita com tanta convicção. Você sempre mentiu assim tão bem?

— Não é mentira — insisto, passando pela pintura de Leela e seguindo para analisar um quadro de natureza-morta representando um vaso de porcelana quebrado. Por instinto, me pego analisando as pinceladas, percebendo como o artista sobrepôs as camadas de sombras. O que parece ser só preto à primeira vista é na verdade um conjunto de cores: azul meia-noite, azul-marinho e lavanda. — A arte não pode me dar o tipo de validação que eu quero. É muito subjetiva, muito instável, muito temporária. Mesmo que alguém goste das minhas obras, em algum momento vai superar e passar a gostar de outra coisa.

— Eu nunca iria superar — retruca Aaron baixinho. — Eu nunca tiraria suas pinturas da parede.

Faço uma pausa, quase perdendo o próximo pensamento nas profundezas dos olhos dele. Aaron, meu primeiro e último público. Aaron, minha inspiração. Soa tentador, mas...

— Não adianta se minhas pinturas não forem conhecidas e amadas por todo mundo.

— Entendi — declara ele sem julgamento, mas sem concordar também. Então percebe alguém ao longe e levanta as sobrancelhas, bem na hora que uma risada estridente explode pelo ar, interrompendo as conversinhas baixas ao redor. — Parece que o sr. Howard chegou.

Só vi o diretor em fotos formais e na pintura que penduraram fora do auditório, que sempre passa a impressão errônea de que ele está morto. O homem é bem mais baixo do que pensei, tem rosto jovial e sobrancelhas irregulares, e ao contrário dos professores, não se deu ao trabalho de usar roupas chiques para o evento. Poderia muito bem ter parado para dar uma passadinha na escola a caminho de um bar.

Isso não evita que meus músculos fiquem tensos quando a sra. Lewis o conduz para dentro e chama a mim e a Aaron com a mão.

Porque mesmo se o sr. Howard tivesse vindo enrolado em um saco de lixo, não mudaria o fato de que ele é importante. A aprovação dele importa.

—... nossa melhor aluna — afirma a sra. Lewis, toda animada. — Acabou de ser aceita em Harvard, teve que recusar várias faculdades de prestígio; todo mundo a queria, sabe. Ela já ganhou diversos prêmios também. Até já perdi a conta, pra ser sincera. — A professora aponta para Aaron em seguida. — E esse é outro dos nossos melhores alunos. Ele foi escolhido para um programa de medicina *bem* seleto em Paris, o senhor sabe qual, e voltou recentemente. Esses dois são o orgulho da escola. Com certeza vão fazer coisas incríveis no futuro.

O diretor mal parece estar escutando.

—Ah, é?

— É um prazer conhecê-lo, sr. Howard — cumprimento, mostrando o melhor sorriso de Jessica, o que garantiria a paz mundial se direcionado à pessoa certa.

— O prazer é meu — responde ele, então faz uma pausa. Lança um olhar questionador à sra. Lewis. É rápido, mas percebo, porque já vi centenas de vezes antes. — Jessica... Choi, certo?

Meu estômago se revira.

Não sei por que ainda estou sorrindo, por que é tão importante manter a fachada educada.

— Jessica Chen.

— Jessica Chang — afirma ele, convicto. — Certo, certo. Na verdade, acho que já nos conhecemos. Não é você também que lidera a orquestra? A violinista?

Meu sorriso ameaça se desfazer. Jessica toca violoncelo, piano e guzheng, mas não violino. Ele está pensando em Cathy Liu.

— Não. Desculpe, não sou eu. — Também não sei por que estou me desculpando.

—Ah, jura? — O diretor franze a testa, como se estivesse se perguntando se sofri uma breve amnésia e esqueci que sou, de fato, a mesma violinista de quem ele fala. — Eu podia jurar... Até apertei sua mão.

— Deve ter sido outra pessoa.

O sr. Howard dá de ombros antes de olhar para algo acima de meu ombro.

— Bem, continue assim, hein? Estude bastante.

E é isso.

Ele passa por mim e vai falar com Sarah Williams, e ouço partes da conversa: "Na antiga casa de praia da sua tia" e "Como está a querida Susannah?", além de algo sobre uma festa de Natal e o clube do outro lado da cidade. O sr. Howard parece bem mais engajado, gargalhando bastante de algo que Sarah diz. Ele lembra o nome dela, o da mãe dela e até o do amigo da família.

Sinto como se tivesse deixado passar as instruções em uma prova. Como se tivesse feito algo errado, um deslize fatal. Não era para ser este o momento em que eu provava estar certa? Que enfim me tornava digna por ter recebido a aprovação da pessoa no poder, do homem à frente da escola? Só que não há nenhuma comprovação aqui, nenhum senso de satisfação. Apenas incompreensão.

Aaron puxa o canto de minha manga de leve.

— Vamos continuar andando. Não tem muito o que fazer aqui.

Eu o sigo, cambaleante, com a mente buscando uma explicação que não existe.

— Que foi, ficou mesmo surpresa? — questiona Aaron, mas o tom está mais gentil que antes. — Você poderia ganhar o prêmio Nobel, e aposto que ele ainda teria dificuldade de lembrar seu nome. Só o que importa pro diretor é que consigam fazer propaganda das suas conquistas e encorajar mais alunos como você a entrarem na escola.

— Eu entendo isso — respondo, frustrada. — Tipo, até certo ponto, óbvio que entendo que é um negócio. Mas ainda assim eu... eu não sei. — Minha garganta queima de humilhação. — Só achei que seria diferente.

Aaron não diz nada.

Eu não sou Jessica Chen **243**

De início, penso que ele desistiu de argumentar comigo, ou talvez esteja se preparando para rir de minha ingenuidade, mas aí percebo que Aaron está olhando para um conjunto de pinturas na parede adiante.

— São suas, não são? — indaga ele.

São, sim.

Ou já foram. Pintei um monte de autorretratos, *close-ups* de meu rosto em diferentes ângulos. Lembro-me de cada pincelada, cada tom de cor. Deve ter um retrato em que estou olhando bem para o sol, outro em que estou com a mão erguida como se a esticasse através da névoa, outro em que estou com a cabeça escorada no antebraço, com os olhos sombrios e exaustos.

Para capturar as feições, tinha passado muitas horas analisando minha aparência no espelho, até ficar muitíssimo entediada com meu próprio rosto e odiar o que via — e isso transparecia nas pinturas. Não pareço feliz em nenhuma delas, e as cores que usei também são muito deprimentes: o azul intenso do oceano na tempestade, o prateado da ponta de um espelho rachado, o marrom de uma porta enferrujada.

Só que agora, em todas essas pinturas, metade de meu rosto sumiu.

Foi apagado.

Como se alguém tivesse passado tinta acrílica escura por cima, escondendo meus olhos e nariz.

É um autorretrato de uma desconhecida, alguém irreconhecível, alguém que talvez nem exista mais.

Não há nenhum comentário da artista embaixo também. Nem nome.

— Com licença — digo, virando-me para a professora de arte mais próxima que encontro: a sra. Wilde, uma mulher com presilhas brilhantes em forma de borboleta no cabelo grisalho e anéis enormes de esmeralda nas mãos ossudas. Ela sempre estava por perto quando eu ia pintar nos intervalos de almoço e depois da aula. — Com licença, desculpa, eu estava aqui olhando essas pinturas. Sabe de quem são?

A sra. Wilde nega com a cabeça.

— As obras só estavam lá na sala de arte. Achamos bom exibi-las. Não são ruins, né? Tem algo um tanto misterioso e inquietante nelas... Não sei identificar bem o quê. Pena não sabermos quem é o artista.

Engulo em seco. Minha voz sai estridente e trêmula:

— Eu ouvi dizer... ouvi dizer que é da Jenna Chen.

A professora fica me olhando, perplexa. Pisca duas vezes.

— E... quem é essa?

Perco o chão.

— Uma aluna de arte aqui da escola.

— Nunca ouvi falar — responde a sra. Wilde, com a voz neutra.

— Jenna Chen. A senhora deve ter visto ela na sala de arte. Ela sabe quem a senhora é.

— Você está enganada, querida. Agora, eu tenho que ir checar as outras...

— O que vão fazer com elas? — questiono de súbito. — Se... se ninguém vier assumir a autoria das pinturas?

— Jogar fora, acho. Seria uma pena, mas não temos como ficar com elas guardadas pra sempre.

Sinto calafrios. Está acontecendo mais rápido do que pensei: estou desaparecendo. Cada vestígio meu, cada lembrança, tudo o que criei e deixei para trás. Então outra coisa me ocorre. Outra forma de checar o que está acontecendo, de confirmar meus piores medos. Estou tremendo quando saco o celular, rolo pelas fotos e encontro a que tirei da pintura no quarto. Fico sem ar. O quadro mudou, assim como os outros. A maior parte de meu rosto foi coberta, o borrão bem maior do que antes.

Volto a focar nas pinturas diante de mim, e entendo o que a sra. Wilde quis dizer com serem "inquietantes". São erradas, de um anonimato sombrio, quase sinistras.

Eu não sou Jessica Chen **245**

Isto tudo está errado.

— Eu tenho que ir — digo a Aaron, que vem me seguindo esse tempo todo, de olhos aguçados e boca fechada. — Tenho que ir checar uma coisa na casa da minha tia. Pode dirigir de novo?

Ele inclina um pouco a cabeça, então estende a mão.

— Vamos lá.

— Não tenho muita certeza do que você tá pensando em fazer — comenta Aaron enquanto me acompanha pela escada dos fundos da casa de Jessica —, mas acho que a gente deveria conversar antes.

Chuto a porta do quarto para abri-la.

— Senta aí — oriento, apontando para a cadeira perto da escrivaninha.

— Quê?

Tiro os brincos e abro o fecho do colar, depois passo a mão com brusquidão pelo cabelo para soltá-lo. Jogo os saltos ao lado do armário. Meu coração fica jogado no corredor.

— Falei pra *se sentar*. Vou pintar você.

Ele parece perplexo.

— Você vai…

— Sim, pintar você — confirmo com impaciência, tentando acalmar o coração disparado enquanto procuro um pincel e tinta. Jessica mal tem materiais artísticos, só um tubo quase seco de tinta azul-escura, mas vai ter que servir. — Faz uma eternidade que não desenho ninguém, e tenho que provar que ainda consigo.

De alguma forma estou convencida de que essa é a resposta de tudo. De que se eu ainda conseguir pintar, se ainda conseguir segurar um pincel da mesma forma, então vou existir. Não vou ter que desistir de nada.

Gananciosa, sussurra uma voz em minha mente. *Achei que a gente já tinha concordado que sim muito tempo atrás*, respondo em silêncio. *Esse é o problema. Não estou triste porque não amo a vida o bastante, e sim porque amo a vida demais. Quero mais dela.*

— Que pose eu faço? — indaga Aaron, sentando-se na cadeira.

Ele estica a perna comprida diante de si, casualmente cruzando os braços e virando o queixo em minha direção.

— A que te deixar mais confortável. — Também me sento, com um dos cadernos de Jessica apoiado no joelho e aberto em uma página em branco e o pincel na mão. Já fiz isso sabe-se lá quantas vezes antes. Não tem por que eu ficar tão abalada, tão insegura em relação a mim mesma. — Só fica parado.

Ele obedece.

Fica tão imóvel que poderia ser confundido com uma escultura, e me permito analisá-lo como uma pintura. Reparo no brilho alaranjado do abajur na mesa de cabeceira de minha prima, como a luz suaviza a linha da boca de Aaron e deixa o contorno de suas íris de um castanho cálido, como se estende pela clavícula dele e intensifica as dobras da camisa. Uso meus olhos para registrar os tons azulados do céu noturno além das cortinas, o jeito como algumas mechas de cabelo de Aaron caem na testa, as sombras projetadas no tapete debaixo de nossos pés.

Só que quando encosto o pincel no papel, tudo isso se perde.

A diferença é quase risível. A beleza se foi. Não é nada além de um monte de pinceladas bagunçadas e desordenadas. Seguro o pincel com mais força, com o máximo de força possível, tanto que os músculos de meus dedos chegam a doer, mas não funciona.

— Não está funcionando — sussurro, olhando desesperada para o desenho. É tão feio que sinto uma vontade violenta de rasgar tudo. — Não consigo acertar.

Eu não sou Jessica Chen **247**

Embora eu saiba *bem* como a pintura deveria ser. Consigo imaginar com nitidez, e é perturbador. Por que não consigo transferir a imagem para o papel? Nunca foi tão difícil assim.

— Já tentou pintar outra coisa? — sugere Aaron. — Ou outra pessoa? Talvez…

— Não — interrompo, ao menos certa disso. — Se eu não consigo pintar você, não consigo pintar nada.

Não percebo o que falei até a expressão dele mudar. O que acabei de confessar. Porque memorizei as feições de Aaron e conseguiria visualizar o rosto dele de olhos fechados, com as cortinas fechadas e o sol bem longe. Eu o pinto em particular, só com a mente, toda vez que estamos juntos. Eu o conheço mais do que conheço qualquer outra pessoa.

Aaron pigarreia, mas nada diz.

— Não vai se gabar?

— Agora não é momento — retruca ele.

— Então vai guardar pra depois.

Aaron dá um leve sorriso.

— Pra depois, sim.

Deixo o pincel de lado e enfio o rosto nas mãos, esfregando os olhos até deixar a vista turva.

— Aaron?

— Hum?

— Não sei o que fazer.

— Eu sei — responde baixinho.

O silêncio se instala entre nós. Só há o som distante de carros passando pelas ruas residenciais e este quarto em que não cresci, esta casa que não é minha, este garoto que não pode ser meu.

De repente, Aaron se levanta — não sei se para ir embora ou me reconfortar. Mas antes que ele possa dizer algo, Aaron derruba o diário de couro que estava na ponta da escrivaninha, e as páginas se abrem fazendo um barulho esvoaçante. O som nos assusta.

Pego o diário primeiro, e a tinta azul em meus dedos mancha a página.

— É da Jessica — revelo, com a intenção de fechá-lo, mas meus olhos focam nas frases escritas nas margens, agora meio borradas de tinta a óleo.

Devo ter deixado aquilo passar despercebido; é tão curtinho que mal dá para dizer que é um registro no diário. Tem a data da noite em que Jessica foi aceita em Harvard. A noite do jantar. A noite em que tudo mudou.

E isso também vai mudar tudo. Eu me dou conta enquanto leio as palavras, com o corpo paralisado, o sangue fervilhando nas veias, um zumbido feroz nos ouvidos.

Às vezes fico tão cansada, escreveu minha prima, com a caligrafia geralmente impecável quase inteligível pela pressa.

Tudo fica tão pesado. Eu queria que alguém viesse e assumisse minha vida. Que vivesse por mim. Por favor. Se o universo estiver ouvindo, se as estrelas puderem me conceder um desejo impossível, então peço isto:

Eu não quero mais ser Jessica Chen.

Capítulo dezessete

Quando entro na biblioteca no dia seguinte, todos estão grudados nos notebooks, os rostos tensos e apreensivos. Há um silêncio incomum no ar. Só Leela levanta a cabeça quando me arrasto até a cadeira que guardou entre ela e Celine.

— Eita, tem alguém que não dormiu muito bem — comenta Leela.

Faço uma careta. Não dormi nadinha, mesmo depois de Aaron ir embora. Eu não conseguia parar de pensar nas palavras no diário de Jessica.

— Também, pudera — diz Celine, sem erguer o olhar da tela. Ela aperta o F5 na caixa de entrada com uma das unhas bem feitas. De novo e de novo e de novo. — Não tem muito suspense pra Jessica.

Leela bufa.

— Também não tem muito suspense pra você.

— Lógico que não — retruca Celine, mesmo que continue atualizando a caixa de entrada com o fervor de uma pessoa possuída. — Se os professores não me escolherem, não respondo por mim!

— Não dá pra *ameaçar* os professores para que te escolham.

— Não dá pra todo mundo ser puxa-saco que nem você — rebate Celine, passando o braço por trás da minha cadeira para dar um empurrão na amiga. Em uma voz bastante parecida com a de Leela, ela imita: — Ah, oi, sra. Lewis, a senhora tá lindíssima hoje, o batom é novo? A aula ontem foi tão maravilhosa. Se tiver mais exercício pra gente fazer…

— Cala a boca — responde Leela, rindo talvez mais alto que o normal. — Como se você não jogasse charme pra ninguém.

— Só jogo charme pra quem eu quero beijar na boca.

— E foi assim que você acabou com a modelo no ano passado? Como era o nome dela mesmo?

— Juniper — responde Celine, distraída. — É, ela era legal. Se não tivesse ficado tentando me puxar pra fazer artes liberais na faculdade, talvez tivesse dado certo.

— No caso, fazer um curso na *área que você adora e em que é especialista*?

Celine lança um olhar para a amiga.

— No caso, fazer um curso que não dá estabilidade nenhuma. Ela não entendia isso, achava que as pessoas só vão pra faculdade pela *experiência* e as *lembranças que formam lá* e que o aprendizado não requer aplicação prática nenhuma. Muito fácil pensar assim quando seus pais são bilionários. — Cada palavra é acentuada pelo barulho da unha de Celine batendo na tecla. — Como disse, ela não entendia, mas você tem que entender.

Leela suspira.

— Infelizmente. Entendo.

— Inferno — murmura Celine, aproximando mais a tela do notebook do rosto. — Cadê esse *e-mail*? Ou… — Um tremor sutil toma sua voz. — Ou já chegou? Você recebeu alguma coisa?

— Não se preocupa. Também não recebi nada — responde Leela.

Levo um tempo para identificar o motivo da tensão. *Os prêmios*. O anúncio deveria sair agora de manhã. Se eu não estives-

Eu não sou Jessica Chen **251**

se tão preocupada com minha situação sobrenatural/existencial mais urgente, estaria tão nervosa quanto as duas.

Prêmios acadêmicos são algo importante em Havenwood. Menos de dez são concedidos aos melhores alunos em cada ano letivo pelo desempenho nas matérias. Ganhar um deles não garante nada à pessoa além de aclamação e uma enciclopédia desatualizada gratuita, mas *perder* um prêmio acadêmico é um martírio humilhante que pode minar a confiança de alguém por um ano inteiro. A única solução é ganhar o prêmio acadêmico no ano letivo seguinte.

Recebi esse prêmio só duas vezes na vida, no sétimo e no nono ano, quando a maior parte das pessoas ainda não estava tão obcecada com os estudos assim. Em ambas as vezes, fiquei muito desconfiada de que ganhei por pouco.

Jessica ganhava todo ano, porém. Lógico.

—Ah! — Celine dá um gritinho tão estridente que fico com medo de ter pisado em um rato. — Ai, meu Deus, é... Não. — O tom dela fica azedo. — Não, é só aquela porcaria de pesquisa de satisfação do aluno. O que eles querem que a gente responda? "Como está sua saúde mental?" Terrível, obrigada por perguntar. "Você se sentiria confortável de falar com membros da equipe caso surgissem problemas em sua vida pessoal?" Mal me sinto confortável pedindo ao Velho Keller pra ir ao banheiro no meio da aula. "Sabe quais são as expectativas que possuem de você em relação às disciplinas?" Sim, eu diria que o problema é que sei *até demais*. Espera aí, eu consegui. — De repente um sorriso se espalha por seu rosto enquanto Celine passa os olhos pela tela. — Eu consegui. Tipo, *óbvio* que eu sabia que conseguiria, mas é bom ter a confirmação e encerrar o ano com chave de ouro.

— Eu também — revela Leela, sorrindo da mesma forma para seu notebook, os ombros pendendo para baixo de alívio.

Celine se vira para mim.

— E você, Jessica?

— Ah, hã… Deixa eu olhar.

Saco o celular e atualizo a caixa de entrada de minha prima. Mas é claro que está ali: um e-mail do diretor me parabenizando por ganhar não apenas o prêmio de desempenho acadêmico como o prêmio da área de ciências, tecnologia, engenharia e matemática, o de ciências humanas e o Betty Robertson.

— Caramba. — Celine está espiando minha tela. Por um momento, ela hesita, mas o sorriso que abre é genuíno. — Óbvio que você ia ganhar todos.

— Todos? — repete Leela, também esticando o pescoço. — Ai, meu Deus. Jessica. Que incrível. Você não entende… Isso é, tipo, ridículo. Ninguém ganha prêmio em todas as categorias. — Ela para de ler e analisa meu rosto. — Por que você não tá feliz?

Por que não estou feliz?

Foi assim que minha prima se sentiu quando foi aceita em Harvard? Vazia em vez de eufórica?

— Provavelmente porque ela já tá acostumada — opina Celine.

— Não, não, com certeza não é isso — argumento logo. — Tô feliz. Acho que tenho só que processar.

— A gente tem é que ir pra aula — afirma Leela, jogando a mochila no ombro. — Mas aproveita o sucesso. Espero que saiba que isso significa que você vai pagar um bom jantar pra gente.

— Claro — respondo com a voz fraca. — Pode deixar.

As duas saem juntas pelas portas, engajadas em uma conversa intensa, provavelmente especulando quem mais recebeu prêmios de desempenho acadêmico e quem não, e por quê, e se vão ficar chateados por causa disso. É um joguinho sádico que todos os alunos de Havenwood odeiam, mas do qual participam mesmo assim. Ficamos tão envolvidos com as vitórias e derrotas uns dos outros, tão inseguros, que sempre precisamos reunir e

Eu não sou Jessica Chen　**253**

atualizar todas as evidências que encontrarmos para provar que estamos nos saindo melhor em relação aos outros.

Só que, de repente, não sei bem se quero continuar jogando.

Consigo estudar por mais ou menos vinte minutos depois que Leela e Celine vão embora. E por estudar, quero dizer tentar fazer um simulado com as respostas bem na minha frente.

— Ei! Jessica Chen!

Eu me sobressalto e ergo a cabeça, então vejo Lachlan Robertson atravessando a biblioteca em minha direção.

Isso em si é chocante o suficiente para fazer os alunos ao redor virarem a cabeça para olhar também. Com exceção do debate, é provável que eu tenha conversado com Lachlan um total de três vezes na vida; temos círculos sociais bem diferentes. Ele é um herdeiro, o filho mais novo de uma família de diretores financeiros e advogados no campo do entretenimento; seu mundo é um de fundos fiduciários, festas extravagantes na piscina e casas de veraneio no litoral da Itália. Sempre que o vejo pelo campus, Lachlan está rindo com os outros caras nos corredores, jogando basquete ou fazendo ligações altas e desagradáveis no estacionamento.

— Eu? — respondo, hesitando, meio convencida de que ele está procurando a pessoa errada.

Não consigo imaginar um único motivo para ele querer falar comigo.

Lachlan não diminui o passo até parar, imponente, diante de minha mesa. Não é um ângulo que favorece muito sua aparência.

— Aquele prêmio era pra ser meu — declara ele, sem se dar ao trabalho de abaixar a voz.

As palavras ecoam pelo amplo salão, e de repente todo o movimento discreto ao redor cessa. Mais cabeças se viram em nossa direção. Está tão silencioso que consigo ouvir a mim mesma arquejando de surpresa.

— Que prêmio? — Fico olhando para Lachlan. — Do que você tá falando?

Ele faz um gesto impaciente com as mãos.

— O Prêmio Betty Robertson. Foi criado pela *minha* avó. Nem existiria se não fosse por ela.

Devagar, começo a compreender.

— Hum, eu agradeço? A ela?

— O prêmio é pra quem simboliza o espírito da escola. Ela não ia querer que fosse dado a alguém como você — explica o garoto, estreitando os olhos claros.

— Bom, se é esse o caso — respondo com irritação —, então talvez seja melhor você falar com a sua avó, e não comigo. Aí vocês reclamam juntos.

Alguém faz um som de deboche em uma mesa atrás de mim, e Lachlan fica com o rosto vermelho.

— Mas você tem que concordar que isso é errado — continua, como se fosse um fato. — Tipo, olha só, você pode pegar todos os prêmios de desempenho acadêmico que quiser, beleza?

— Como assim? Já são meus.

Ele prossegue como se não tivesse me ouvido:

— Só acho que você tem que ficar no seu quadrado. Fica lá com os torneios de matemática ou qualquer coisa assim. Isso é mais a sua praia, sabe?

Lachlan faz uma pausa e abre um sorriso que é mais uma careta de escárnio, com a boca se contorcendo nas laterais.

Sinto algo frio dentro de mim. Com uma indiferença forçada, começo a fechar o notebook e a organizar as anotações com os dedos tremendo. Todas as equações que eu vinha fazendo se embaralham em minha vista. Ninguém se mexe. O silêncio é acentuado pelo ranger da cadeira quando me levanto. Não faz muita diferença. Mesmo com a coluna ereta e de cabeça erguida, Lachlan ainda é alto o suficiente para bloquear a luz

Eu não sou Jessica Chen **255**

dos lustres pendurados no teto. Alto o suficiente para projetar uma sombra sobre mim.

— É melhor eu ir pra aula — respondo, e preciso admirar como minha voz soa firme, perfeitamente controlada, mesmo sentindo que vou vomitar.

Lachlan não fica no meu caminho, mas quando faço que vou me afastar dele, com os livros bem apertados contra o peito e os sapatos de couro fazendo barulho no chão, Lachlan declara às minhas costas:

— Não tem nadinha de especial em você.

Ignore-o, digo a mim mesma. É o que minha mãe me aconselharia a fazer. *Não responda. Não faça drama. Não arrume confusão. Ninguém vai ficar do seu lado.* Ouço a voz dela agora em um canto da minha mente, convincente e resoluta. *Há muitas coisas amargas na vida, Jenna; você tem que aprender a engolir e seguir em frente.*

Ainda assim me detenho, com o coração batendo forte, a sensação fria nas entranhas se espalhando até os dedos. Virando calor. Aperto bem os dedos, as unhas cravando na pele.

— Nada que chame a atenção — prossegue Lachlan. — Já conheci muita gente que nem você, sabe, e a maioria acaba se ferrando assim que chega ao mundo real. Você não tem nem personalidade. A escola só te dá os prêmios porque é a cota de diversidade. Você nem merece de verdade.

Giro de repente, a biblioteca virando um borrão marrom em minha visão periférica, e atiro o caderno na parede atrás dele. O barulho que faz é mais alto que imaginei, um baque vigoroso que parece ecoar e se expandir pelo salão mesmo depois que o objeto cai no chão, a capa amassada que nem as asas quebradas de um pássaro.

Um monte de gente arfa ao redor. Uma menina dá um gritinho.

Lachlan se encolhe, de olhos arregalados, com uma expressão não de medo nem de indignação, e sim de pura incredulidade, como se não tivesse certeza do que está acontecendo. Ele não estava esperando por isso. Com certeza não vindo de mim.

Deixo a mão cair ao lado do corpo, com a adrenalina vibrando nas veias. Ainda ouço a voz de minha mãe em meus ouvidos, avisando para eu não fazer escândalo. Se fosse a mim que Lachlan estivesse ofendendo, talvez eu conseguisse acatar o conselho. Mas ele está falando de Jessica. É minha prima que ele está atacando. A garota que entendo mais do que nunca.

Abro a boca. Este é o momento de dizer algo profundo, algo que expressaria toda minha raiva, ressentimento e dor, mas fico impactada pelas limitações do inglês, a mera história e concepção do idioma indo contra mim.

E no fim não tenho a oportunidade de falar.

A sra. Lewis se afasta das mesas dos professores e vem em nossa direção, e sou tomada pela vontade absurda e terrivelmente inadequada de rir. Ela está com os lábios comprimidos e o rosto pálido. A julgar pela expressão dela, alguém poderia ter acabado de ser brutalmente assassinado bem ali dentro da biblioteca.

— Jessica Chen — declara ela em um tom de voz que nunca a ouvi usar com minha prima. — Para minha sala agora. — A professora faz uma pausa e olha para Lachlan, que ainda observa o ponto em que o caderno acertou a parede como se fosse a cena de um crime macabro. — E você também, por favor.

Quando a sra. Lewis fecha a porta atrás de si, trancando-nos dentro da sala mal iluminada, percebo que nunca me meti em encrenca na escola antes.

Mesmo quando eu não era sempre a melhor aluna da turma, nem a segunda melhor, ainda era considerada bem-comportada. A maior parte das reuniões de pais e professores era tão monótona que virava perda de tempo, e os comentários eram sempre os mesmos: *Jenna Chen presta atenção, dá para ver que*

Eu não sou Jessica Chen **257**

ela se esforça muito, parece estar seguindo o conteúdo das aulas sem maiores problemas.

Antes, era causa de grande frustração ouvir as respostas educadas e ensaiadas e depois comparar minha experiência medíocre com a de Jessica. Certa vez, uma professora ficou tão emocionada ao descrever o quanto minha prima era *impressionante* e o quanto ela própria era *muito privilegiada* por poder lhe dar aulas que caiu no choro.

Não havia nada de impressionante em mim. Só que agora, parando para pensar, também não havia nada de errado.

Não até agora.

— Devo dizer que estou muito chocada por estarmos aqui — começa a sra. Lewis, sentando-se à mesa, juntando as mãos ossudas diante de si.

Há uma pilha considerável de simulados na lateral da mesa, a maioria já corrigida de vermelho. *Nossos trabalhos,* percebo, notando as questões familiares na primeira página. E apesar da situação grave, apesar do fato de que acabei de ameaçar uma das pessoas mais poderosas da escola, não consigo resistir ao ímpeto de espiar as notas. Kevin Cheng tirou 7,5. Leela tirou 9,8…

— Em todos os anos ensinando nesta escola — prossegue ela, com a boca pálida —, nunca testemunhei um comportamento tão terrível.

Desvio o olhar das notas e permaneço de pé.

Sei que este deveria ser o momento em que abaixo a cabeça de vergonha e começo a soluçar de maneira inconsolável, mas só consigo pensar: *sério? Esse* foi o pior comportamento que ela já viu? Não quando nosso antigo professor de educação física foi "transferido" para outra escola particular depois de assediar uma aluna da turma dele? Não quando alguém do último ano escreveu um xingamento ofensivo com caneta permanente na parede do banheiro? Não quando Tracey Davis postou o endereço da ex-melhor amiga na internet depois de uma briga e arremessou ovos crus e sangue de galinha no armário da garota? Não quando dois meninos da nossa turma saíram no soco no estacionamento por causa de uma garota de que gostavam, e um acabou com um nariz quebrado e o outro, com o braço fraturado?

Esta situação supera todas as outras?

Mas já imagino a resposta. Para eles, não é violência quando alguém acaba sangrando e com ossos quebrados. Para eles, violência é quando alguém desafia o poder.

— Onde estava com a cabeça, Jessica? — pergunta a sra. Lewis, com a voz dura. — Você poderia ter acertado o Lachlan.

A alguns centímetros de mim, ele está sentado em uma das cadeiras perto da janela aberta, esticando as pernas compridas. Não abriu o bico desde que saímos da biblioteca.

— E então? — pressiona a professora.

Engulo em seco e tento pensar em como Jessica responderia, só que *Jessica* jamais estaria nesta situação, para começo de conversa. Então quando falo, falo como eu mesma.

— Ouviu o que ele falou de mim?

A sra. Lewis fica sem reação.

— O que *ele* falou? Está mesmo querendo dar desculpas para seu comportamento?

— Tudo bem. — Cruzo os braços. De repente toda minha raiva sumiu, e só restou uma exaustão pesada e esmagadora. Não quero estar aqui. Não quero explicar minha mágoa, ficar dissecando-a de um modo que os faça entender. — Talvez eu o tenha assustado um pouco.

— *Talvez...*

— Mas o que eu deveria fazer? Ficar lá só ouvindo? Ignorá-lo? Ir embora e ser a pessoa madura da situação?

Os olhos da professora cintilam.

— Sim, Jessica. Francamente, estou abismada por ter que responder isso. Sim, é exatamente isso que você deveria ter feito. É o que esperaríamos de uma aluna exemplar que nem você.

Eu não sou Jessica Chen **259**

Ranjo os dentes e a olho bem nos olhos. A professora me encara de volta, e sua decepção é palpável. Uma dor aguda e tortuosa me atravessa o peito. Lembro-me de todas as vezes que observei a sra. Lewis parar Jessica depois da aula para elogiá-la, só para dizer que estava indo muito bem. Penso em todos os seus sorrisos gentis, as palavras de encorajamento, os sutis acenos de cabeça de aprovação na frente da sala. Jessica Chen sempre foi uma das favoritas dela, todo mundo sabia.

Porém, em questão de segundos, por causa de um erro, é como se tudo isso tivesse desaparecido.

E percebo, sentindo uma dor ainda mais profunda, que essa é a diferença entre ser aceita e ser tolerada. Nem Jessica consegue ser a exceção. Nenhum de nós consegue.

— Qual é sua definição de aluna exemplar? — pergunto.

Ela hesita, mas já sei no que está pensando.

Uma aluna exemplar não causa problemas. Uma aluna exemplar não fica chiando. Uma aluna exemplar dá tudo de si e não pede nada. Só mantém a cabeça baixa, estuda e consegue as melhores notas em nome da escola, então se forma como a melhor da turma, com um histórico perfeito, e vai para uma das melhores faculdades do mundo para praticar ainda mais ser uma cidadã exemplar, para que continue sendo *boa*. É tão boa que ninguém percebe quando tem algo errado. É tão boa que passa despercebida. É tão boa que chega até a não existir, exceto na hora de ser usada como prova de que o sucesso é possível, que o sistema vai muito bem, obrigada, que qualquer um que tenha dificuldade só pode culpar a si mesmo.

— Bom — murmura a professora por fim, fungando. — Para começar, a pessoa nunca recorreria à *violência*. — Ela foca a atenção em Lachlan, e sua voz logo fica mais suave, do jeito que se falaria com uma criancinha vulnerável. — Como está se sentindo, Lachlan?

Ele solta um murmúrio baixinho.

— Eu acho... acho que vou precisar de um tempo pra me recuperar.

— Do ventinho que soprou no seu ombro quando o caderno passou? — rebato, incrédula.

Lachlan faz uma cara feia para mim.

— Podia ter me acertado. Podia ter me *matado*.

— Claro. É bem provável que o caderno tivesse ricocheteado na parede a quase oito metros atrás de você em um ângulo perfeito de cem graus, disparado de volta no ar com a velocidade e a força de uma flecha e te acertado bem na nuca com o cantinho da capa mole, e assim fraturado um osso perto de uma artéria.

— Exato. Podia ter acontecido — concorda ele, também fungando.

Ou ele não consegue compreender o mero absurdo da acusação ou é tão sem vergonha que não liga se as alegações são ridículas, porque Lachlan acredita que todos vão ficar do lado dele de qualquer jeito.

— Se essa é sua compreensão da física — argumento com a voz doce —, sugiro que preste mais atenção à professora em vez de ficar fazendo uma lista das garotas mais gostosas da turma com seus amigos.

— Jessica! — brada a sra. Lewis. — Sério, o que deu em você?

— Eu não machuquei ele — afirmo, porque se a professora acha que sou culpada de qualquer jeito, então posso muito bem me defender. — Nem toquei nele. Joguei um *caderno*...

— Quero ligar pro meu pai — afirma Lachlan, fazendo um esforço para sobrepor sua voz à minha. — Vou dizer a ele que não me sinto mais seguro nesta escola.

Um som de deboche audível escapa de minha boca, mas, por baixo da incredulidade, sinto a primeira pontada aguda de medo. Se Lachlan se recusar a deixar esta história para lá, a escola vai ter que intervir. Talvez tenham que mandar mensagem

Eu não sou Jessica Chen **261**

para meus tios. Talvez repassem isso para Harvard, e talvez eles revoguem a admissão. A admissão de *Jessica*. Esse pensamento faz meu estômago se contrair. Sempre invejei minha prima por ser melhor, mas nunca quis deixar a vida dela pior.

A sra. Lewis fica imóvel. Quase ouço os cálculos mentais que ela faz, a necessidade de proteger os sentimentos de Lachlan se contrapondo à necessidade de proteger a imagem da escola — e, por fim, a primeira opção perde.

— Ora, Lachlan — argumenta ela com o tom mais suave, logo mudando de tática —, a Jessica tem razão nisso. Não vejo sinais de lesão física, e de acordo com as diretrizes do colégio, isto resultaria apenas em uma advertência verbal.

O rapaz se esparrama na cadeira de novo, franzindo as sobrancelhas. Atrás dele, pelas janelas abertas que dão vista abrangente para a pista de atletismo bem cuidada, metade banhada de luz dourada e a outra metade imersa na escuridão, dá para ver grupos de amigos espalhados, tirando blazers dos ombros ou fazendo-os de tapete, sussurrando e caindo pelo gramado às gargalhadas. Eu me pergunto se a notícia do incidente já se espalhou. Deve ter se espalhado, sim.

— Não há motivo para transformar isto em um grande... acontecimento — continua a sra. Lewis, com cautela. — Claro que entendo que esteja chateado, e a Jessica vai se desculpar.

— Vou?

A professora aperta o ossinho do nariz.

— Você não vai?

Meu coração dispara de novo. Qual o limite de forçar a situação até que a coisa toda exploda na minha cara?

— Vou me desculpar se ele se desculpar por ter me ofendido.

A sra. Lewis espalma as mãos na mesa, com a boca se mexendo sem fazer barulho, com certeza me xingando por dificultar a vida dela.

— Lachlan?

O rapaz dá de ombros.

— Tudo bem, tudo bem, desculpa.

A professora exala e se vira para mim.

— E Jessica? — Há um toque de alerta em seu tom, um peso a mais no olhar duro. — Pode pedir desculpa agora? Não era para eu estar me repetindo.

As palavras sobem por minha garganta feito bile.

— Desculpa — falo com dificuldade, e a carranca de Lachlan some de pronto.

É só isso que ele quer, afinal: sentir que ganhou, que tem o poder. Para ele, assim o equilíbrio do mundo foi restaurado.

— Por? — incentiva a sra. Lewis.

— Por jogar um caderno extremamente fino na parede — completo.

— E mais o quê? — indaga a professora.

Lachlan aguarda, todo triunfante.

Minhas próximas palavras morrem nos meus lábios. Parece que alguém acendeu um fósforo, ateou fogo em meu sangue. Reteso tanto a mandíbula que imagino os dentes rachando, a pressão irradiando pelo meu pescoço, barriga e braços.

E penso: *Dane-se. Dane-se tudo.*

— Eu também peço desculpa — prossigo, antes de conseguir me conter — por ter ferido seus sentimentos tão frágeis.

Lachlan franze a testa.

— Espera aí…

— E peço desculpa por não proteger seu ego precioso, do jeito que todo mundo fez sua vida toda. Desculpa por você remoer a vergonha em segredo porque *sabe*, bem, bem lá no fundo, que você não é tão incrível quanto te fizeram acreditar.

O rosto dele ficou de um vermelho tão vivo que o caso viraria manchete.

— Meu pai vai…

— É, vai lá e conta pro seu pai. — Não é algo que imagino saindo da boca de minha prima em hipótese alguma, mas talvez a questão seja essa. Eu não sou Jessica Chen. E talvez a própria

Jessica Chen também não seja. Talvez ninguém seja. A mera ideia dela é um conceito, um mito, uma distração, o sonho que sempre estamos tentando alcançar, mas que nunca conseguimos. — Quanto mais você insistir nesta situação, mais pessoas vão descobrir que tudo isso começou porque você não ganhou um prêmio, então faz o que você quiser. Já posso ir? — pergunto à sra. Lewis, embora não seja de fato uma pergunta. — Eu tenho aula.

Antes que ela possa responder, aliso a saia, aperto o rabo de cavalo, me viro e saio andando, sem nem olhar para trás para ver a cara deles.

Capítulo dezoito

Assim que piso fora da sala, começo a correr.

Nem sei para onde estou correndo, ou do quê. Não ligo. Só sei que tenho que sair daqui. Tenho que escapar, tenho que me afastar o máximo possível do campus e daquele momento. Meus pés retumbam na madeira polida, então nos degraus de cimento íngremes, depois em paralelepípedos desgastados. O ar frio me acerta o rosto, arde na garganta quando engulo em seco. Minha respiração está pesada e frenética. O blazer esvoaça ao meu redor, e a saia ondula no vento. Abro os botões, conseguindo mais espaço para movimentar os braços.

Já estou nos portões quando alguém me chama pelo nome errado.

— Jessica.

É a voz, em vez do nome, que me faz parar. É a única voz com que me importo agora, a única coisa que conseguiria me fazer congelar no meio do caminho, que faria o mundo inteiro deixar de girar.

Aaron se aproxima de mim com calma, como se fosse nosso jeito habitual de nos cumprimentarmos. Mas suas sobrancelhas estão um pouco franzidas.

— Aonde você tá indo? — pergunta ele, com a voz leve. — Ouvi dizer que você... — Aaron pausa para formar aspas exageradas com os dedos. — *Se meteu numa briga feia com o Lachlan.*

— Eu nem toquei nele — esbravejo. Estou descontando a raiva nele, mas não consigo me controlar. — E foi ele que veio me encher o saco.

Aaron não reage com choque nem censura. Só concorda com a cabeça, como se já esperasse.

— Ele não sabe perder, né?

— É. — Sinto uma emoção repentina e intensa no peito, como se os sentimentos fossem transbordar e me afogar. — É. Pode-se dizer que sim.

— Então por que você tá fugindo da aula? — questiona Aaron, inclinando a cabeça.

— Não tô fugindo. Não da *aula*.

— E então? Se eu vou te dar cobertura, preciso pelo menos de uns detalhes.

— Eu... eu quero desfazer tudo. — Só percebo que era essa minha intenção desde o início quando as palavras tomam forma entre nós. Com mais firmeza, explico: — Tenho que voltar pra mim mesma... pro meu corpo, pra minha vida, o que seja. Você tinha razão. Acredito de verdade desta vez. Eles nunca iam me aceitar. Não posso viver pelo reconhecimento, pelos aplausos ou a ilusão de uma vida dos sonhos. Eu... eu tenho que viver por mim mesma. Eu *quero* viver por mim mesma.

Ele franze mais a testa.

— Do que você tá falando?

— Sei que você ainda tá com raiva de mim. — Tento sorrir. Tento ignorar a sensação insistente e desagradável nas entranhas. — E peço desculpas. Desculpa por tudo...

— Por que eu estaria com raiva de você? — Pelo tom, não parece que Aaron está me provocando. A parte mais horrenda da situação é que parece que ele está falando sério.

— Por causa… por causa do que eu disse. Ontem, no carro. Você queria que eu desfizesse tudo, e eu não conseguia, e…

— Desfazer o quê?

Parece que alguém me deu um empurrão. Ouço um zumbido.

— O pedido — explico devagar, porque talvez Aaron não tenha me ouvido. Talvez eu tenha falado rápido demais. Só isso. — O pedido. Pra ser Jessica Chen.

Espero ver a compreensão em seu rosto, mas Aaron só me encara como se eu estivesse brincando. A desconfiança começa a se espalhar sob minha pele e me envolve por completo. Nem quero considerar essa possibilidade. *Por favor*. Qualquer coisa, menos isso. Qualquer pessoa, menos ele.

— Aaron. — Minha voz soa como uma súplica. — Aaron. Quem sou eu?

— Que tipo de pergunta é essa?

Ele dá uma risadinha.

— Responde. Você tem que responder. Quem você… acha que eu sou?

— Você é Jessica Chen, óbvio.

Não.

Não.

Parece que o momento se prolonga até tudo ficar estático. Ali está Aaron, olhando para mim sem me ver de verdade, com o rosto confuso. O sol está quase desaparecendo atrás das nuvens. A ala leste do edifício da escola assoma às suas costas, com as torres tocando o céu, a hera se espalhando pelas paredes brancas lisas, o ponteiro de bronze na torre do relógio imóvel. Tudo parece um sonho de outra vida, a lembrança de um pesadelo.

— Aaron, por favor. — Agora estou implorando de verdade, desesperada. O pavor quase me sufoca. — Você não pode fazer isso. Não pode esquecer.

— Não posso esquecer o quê?

Eu não sou Jessica Chen **267**

— Eu sou a Jenna. Jenna Chen.

Por um brevíssimo segundo, parece que a bruma em seus olhos se dispersa. Seu corpo fica rígido. Ele abre a boca.

— Je... — Mas logo a nitidez some, como se alguém tivesse apagado a memória da mente dele com violência. — Jessica.

— *Não*. — Bato o pé com força no chão, frustrada. — Você tem que... você tem que lembrar. A gente estuda na mesma escola há anos. Você andava comigo até em casa. Abria todas as garrafas pra mim sem eu pedir e escondia atrás das costas pra me irritar.

Estou tremendo, mal consigo perceber o que estou dizendo. Só preciso continuar falando. Preciso que Aaron volte para mim, que me ajude.

— Por favor. Sou eu. *A Jenna*. Eu... eu não sou a melhor aluna, mas sou uma boa pintora, uma boa amiga, a única filha dos meus pais, e não tem nada que eu não faria por quem amo. Sou bagunceira, desorganizada e não consigo me lembrar de todas as datas na aula de história, mas nunca esqueci um aniversário. Eu guardo em uma caixinha de joias todos os cartões que já me deram, e pinto à mão todo cartão que mando. Quando cismo com alguma coisa, vou até o fim. Eu discutia feio com você por causa dos assuntos mais ridículos, tipo... tipo se um apocalipse vampírico ia ser mais letal que um zumbi, ou se dá mesmo pra morrer por causa de um coração partido. Eu sempre quis ir a Tianjin porque adoro o mar e você disse que lá tinha ido a um restaurante com uns pãezinhos cozidos no vapor quando era criança...

Paro de falar quando vejo o olhar dele.

A expressão de Aaron é controlada, uma máscara de neutralidade deliberada. Ele só fica com essa cara quando está analisando alguma coisa, decidindo o que fazer em seguida. Ele não se lembra de mim.

Uma dor que nunca nem imaginei, nunca senti — nem quando Aaron sumiu sem aviso prévio — assola meu coração.

Parece que tem alguém separando minhas costelas umas das outras.

— Desculpa — responde ele, por fim. — Eu não sei mesmo do que você tá falando, Jessica.

— *Para de me chamar assim.* — As lágrimas queimam em meus olhos. Enxugo com raiva, usando a manga do blazer. — Você não pode fazer isso comigo. Não pode, não pode...

Sou uma criança dando chilique, chorando e murmurando coisas desconexas para chamar atenção. Sou alguém se afogando, erguendo a mão logo antes de a correnteza me puxar para baixo de novo.

Aaron parece bem nervoso.

— Não chora. O que quer que seja, com certeza alguém pode te ajudar...

E é assim que sei. É tarde demais; o dano é irreversível. Ele nunca falaria assim comigo se soubesse que eu sou Jenna. Inspiro com força, trêmula, e parece que meu corpo está rachando de dentro para fora. Lembro-me da tarde depois que saíram as notas da prova final. Eu estava chorando naquele dia também, quase tanto quanto agora. Tinha enfiado a prova na mochila e saído correndo da sala para me esconder nos fundos do estacionamento, mas Aaron havia pressentido que tinha algo errado. Ele tinha me seguido e, ao me encontrar, não perguntou o que tinha acontecido, não tentou me fazer parar. Aaron cobriu meus olhos com as mãos com delicadeza, sempre com delicadeza, e disse: *Você pode chorar o quanto quiser. Ninguém mais vai ver.*

— Vou trazer ela de volta — afirmo, me afastando dele. — Eu... eu vou fazer você lembrar de novo.

— Lembrar *o quê*?

Não respondo. Só me viro e continuo correndo.

Vou para casa.

Minha casa de verdade, não a de Jessica.

Eu não sou Jessica Chen **269**

A porta da frente está destrancada. Quando a empurro, ela se abre, e o cheiro de chá de crisântemo e mangas frescas me envolve de imediato. O noticiário está passando ao fundo, um resquício de barulho, o volume tão baixo que daria para conversar sem problemas. A luz da tarde entra pelas janelas e projeta um amarelo-canário nos tapetes. É tudo doloroso de tão familiar, e começo a chorar de novo, abafando as lágrimas com a mão.

Quando avanço, percebo que tem algo diferente. A mobília mudou de lugar. Minha escrivaninha não está mais no canto da sala — meus pais tinham trazido a mesa escada abaixo por minha causa, porque uma vez fiz um comentário atravessado sobre meu quarto ficar muito frio no inverno e eu não conseguir estudar. Os cartões que pintei à mão para dar de aniversário à minha mãe nos últimos cinco anos não estão mais colados na porta da geladeira. Minha seção de livros na estante foi substituída por enciclopédias e guias turísticos.

Um novo medo percorre minhas veias. Passo os dedos pela parede atrás da porta da cozinha, buscando a rachadura no gesso de quando bati a porta com muita força em um acesso de raiva. Na época, estávamos falando de como Jessica foi escolhida para o curso de extensão acadêmica da escola, e eu não.

— Você vai ter que pagar isso — berrou minha mãe ao ver a rachadura mais tarde. — Sabe como vai ser caro consertar isso? Vai reduzir o valor da casa toda.

Eu não sabia nada de especulação imobiliária, mas fiz o cálculo absurdo de que provavelmente custaria um milhão de dólares. Soluçando, subi para o quarto e comecei a pesquisar freneticamente na internet qual seria o jeito mais rápido de conseguir aquele dinheiro sem doar nenhum órgão vital. Na manhã seguinte, eu já tinha elaborado um plano mirabolante que incluía ensinar arte abstrata para jovens herdeiros, mas meus pais nunca mais mencionaram o incidente. Também não consertaram a rachadura.

Mas agora a superfície da parede está lisa, incômoda de tão fria contra minha pele. É como se eu nunca tivesse estado aqui.

Como se eu nunca tivesse existido.

Fecho os olhos. *Quero ser eu mesma de novo.* Grito as palavras na mente. *Quero retirar o pedido de antes.* Tem que funcionar; nunca quis algo tanto quanto quero isso. Só que nada muda.

— Jessica? — Minha mãe desce a escada e me vê aos prantos diante de um ponto aleatório da parede. Dá para entender por que ela parece tão preocupada. — *Tian ya*, o que está fazendo aqui? Por que está chorando? O que houve?

Balanço a cabeça enquanto derramo mais lágrimas.

Ela se detém, então seca as mãos no pano de prato em cima do forno e toca meus ombros.

— Cadê a sua mãe? Ela sabe que você está aqui?

Minha intenção é ficar calada. Vim aqui atrás de respostas, não conforto, mas...

— Mãe — digo aos soluços. — *Mama*. Sou eu.

Mamãe fica sem reação.

— Eu...

— Eu sou sua filha. — Olho para ela, desejando com cada partícula de meu ser que de algum modo eu consiga fazê-la se lembrar. — Sou sua única filha.

Nenhum vestígio de compreensão. Só perplexidade.

— Você... você sempre foi como uma filha pra mim, sim — afirma minha mãe, toda educada.

— Não é isso que tô dizendo. Escuta. Você tem que me escutar...

Ela tira as mãos de meus ombros.

— Vou lá ligar pros seus pais — declara ela enquanto começa a se virar, a preocupação aumentando de maneira visível.

— Não, mãe. — Minha garganta está rouca. — *Bie bu li wo ya.*

Não me ignore. Não me negligencie. Não me esqueça.

Eu não sou Jessica Chen **271**

A porta se abre atrás de nós, e o som faz eu me sobressaltar. Então vejo quem é. Meu pai chegou.

— O que está acontecendo? — indaga ele, me encarando.

Minha mãe faz um gesto impotente com as mãos.

— *Buzhidao zhe haizi shou shenme ciji le.*

Não sei o que deu nessa criança.

— Não era para ela estar na escola agora? — pergunta papai.

Para ele, sou uma visita. Alguém de fora.

— Bom, ela não responde, só chora. Nunca a vi tão abalada assim.

— Não é melhor a gente ligar pra alguém?

— Eu estava prestes a fazer isso...

Minha mãe pega o celular na bancada da cozinha. O noticiário continua rolando.

— *...previsto que um meteoro raro será avistado esta noite. As condições de visibilidade são boas. Os observadores devem seguir para uma localidade escura para escaparem da poluição luminosa...*

Sinto arrepios. Parece que tudo desacelera, entra em foco. Parece que nada é real, exceto isto.

Um meteoro raro será avistado...

Uma estrela cadente.

Foi disso que Aaron falou. Será possível? O momento que dividiu minha vida ao meio, depois do qual tudo deu errado?

Não, não só isso, lembro a mim mesma. Naquela noite, voltei para casa e joguei tinta em meu autorretrato. Esse pode ser outro fator. Talvez eu precise só refazer meus passos.

— Tenho que pegar uma coisa — declaro em voz alta, endireitando a postura.

Pela primeira vez no dia de hoje, sinto esperança. Minha mente está mais concentrada, os pensamentos se reformulando ao redor do meu objetivo. Tenho um plano de ação. Um caminho a seguir.

Meus pais me encaram, assustados, mas não me detêm quando subo a escada e irrompo em meu quarto antigo.

Fico paralisada, meu chão desabando.

Não.

O quarto está vazio. Só tem uma cama, com o colchão exposto. Jogaram minhas roupas fora, as fotos não estão mais nas paredes, os livros, bolsas e pincéis sumiram. A luz noturna não está na tomada. As marcas suaves a lápis no armário — as que minha mãe usava para monitorar meu estirão de crescimento, as linhas oscilantes que desenhava enquanto me repreendia para ficar parada e não tentar roubar ao ficar na ponta dos pés — também foram apagadas. Minhas pinturas desapareceram. Assim como o autorretrato.

Tudo sumiu.

— O que fizeram? — exijo saber, correndo escada abaixo. Não abaixo a voz. Não consigo controlar o pânico, que parece ser algo vivo e com garras afiadas, debatendo-se dentro de mim. — Onde colocaram as coisas?

Minha mãe me lança um olhar vazio.

— Que coisas?

— As coisas no... no quarto lá em cima. Cadê?

— O quarto de hóspedes, no caso? — questiona meu pai, franzindo a testa. — Tinham várias coisas amontoadas lá. Achamos que talvez tenha sido o inquilino antigo que deixou ou algo assim. Está tudo na garagem; a prefeitura deve mandar alguém aqui...

Já estou saindo pela porta. Nunca usamos a garagem; no máximo, serve de depósito. Quando entro, a poeira irrita meu nariz, e começo a tossir e piscar com força para ajustar a vista à luz fraca. O ar tem aquele cheiro velho e estagnado de casa abandonada. Há teias de aranha nos cantos do teto, e manchas escuras marcam o carpete. Todas as minhas coisas estão aqui, empilhadas sem pudor. Nem sei o que sentir primeiro: a dor ou o alívio. Não tenho tempo para nenhum dos dois. Eu me ajoelho e vasculho por entre as camisas, tintas a óleo usadas pela metade e cadernos de desenho até achar a textura áspera da tela.

Agora, mal dá para dizer que é um autorretrato.

É uma impressão supervaga de uma pessoa, uma confusão de tintas borradas, irreconhecível para qualquer um além de mim. O rosto está quase todo coberto, com exceção do canto da boca. Isso basta. Tem que bastar.

Coloco a tela debaixo do braço, enfio no bolso um pincel e um tubo de tinta, depois abro a porta da garagem aos chutes. Só que não vou embora de imediato. Eu me demoro do lado de fora, sem conseguir resistir ao ímpeto de olhar para meus pais uma última vez através das janelas. Parece que já esqueceram minha súbita aparição. Na cozinha, minha mãe está marinando a carne moída e meu pai, lavando os pratos e panelas do almoço.

Enquanto os observo se movendo pelo cômodo, sou arrebatada por uma lembrança tão súbita e vívida que fico imóvel. A parte mais estranha é que não tem nada de especial nela. Nem prova, nem prêmio, nem nota. É de anos atrás, estávamos todos na sala: eu, meus pais e Aaron, que tinha ido jantar em casa. Estávamos fazendo bolinhos para rechear, a carne moída já preparada em uma tigela de metal, a massa macia e lisa sendo achatada em círculos planos e salpicada com farinha.

Minha mãe tentava me ensinar a enrolar a carne do jeito certo com a massa.

— Tem que apertar as beiradas juntas assim — declarou ela, demonstrando, então olhou para mim e franziu a testa. — Não, não, Jenna… o bolinho parece uma tristeza só.

— Parece que tá sofrendo — opinou Aaron, ajudando bastante, do outro lado da mesa.

Sorrindo, todo inocente, ele ergueu o bolinho que tinha preparado. Lógico que estava perfeito, como algo que se veria em uma revista gastronômica.

Lancei um olhar feio a ele enquanto minha mãe ficava toda alegrinha.

— Ah, que lindo — elogiou ela. — Você é mesmo bom em tudo, não é?

E até meu pai, com a expressão austera de sempre, aprovou com um aceno da cabeça.

— Você pratica bastante?

— Na verdade, não — respondeu Aaron, dando de ombros, a verdadeira cara da humildade.

Mas assim que meus pais desviaram o olhar, ele abriu um sorrisão para mim. Comecei a morder a língua e a sentir o pescoço ficando vermelho.

— A Jenna sempre foi um pouco desajeitada — afirmou a mamãe. — Diferente de você, Aaron. Você tem firmeza nas mãos. Vai ser um excelente médico.

— Eu não acho que meus bolinhos ficaram assim *tão* ruins — resmunguei, pegando outro pedaço de massa.

Meus pais se entreolharam, enquanto Aaron sorria de orelha a orelha.

— É verdade — concordou minha mãe, com uma voz que se usaria para persuadir uma criança, com os lábios tremendo para não rir. — Seus bolinhos são tão…

— Únicos — sugeriu o papai.

— Artísticos — opinou Aaron.

— Isso mesmo — concluiu a mamãe, mas àquela altura os três se esforçavam muito não cair na gargalhada, e a chaleira esquentava na cozinha, e o ar estava denso com o vapor, e a luz rosada do anoitecer ia mudando além das cortinas translúcidas, e tudo parecia normal, familiar, sereno, e todo mundo que eu amava estava ali comigo.

Capítulo dezenove

O sol já se põe atrás de mim.

A luz esmorecendo projeta sombras pelo caminho da montanha, e o ar queima minha nuca. Caminho mais rápido, atravessando pelos gravetos, deixando que arranhem e se prendam em minhas roupas, bochechas, cabelo, sem parar mesmo quando sangro. Tenho que ser mais rápida que a escuridão. Tenho que chegar ao pico da montanha antes que a noite se aproxime, alcançar o meteoro antes que ele suma.

Minha respiração está trêmula. A pintura vai batendo destrambelhada em minha barriga, escorregando dos meus dedos suados, mas não ouso soltá-la.

Estou arfando quando chego ao mirante, meu corpo tremendo de exaustão, o rabo de cavalo caindo ao redor dos ombros. O suor faz meus olhos arderem. Umedece minhas mãos. Sinto uma pontada na lateral do corpo, tão aguda que parece que levei uma facada, e por um segundo quero só me jogar no chão e afundar na terra, mas me forço a ficar de pé.

Daqui de cima, vejo tudo. O lago reluzindo, as estradas sinuosas compridas, as casas vitorianas, os estábulos com cavalos pastando e o prado pelo qual Aaron e eu andamos. Parece que o ar é mais frio assim tão do alto, até o gosto é mais frio, doce como os cubos de açúcar que eu misturava ao chá de jasmim. A noite se aproxima depressa. Por cima da paisagem familiar e irregular, vejo o céu ir de um violeta nebuloso ao índigo e à escuridão que se encontra por trás das pálpebras fechadas, como se o mundo fechasse os olhos.

Já fiz este caminho montanha acima cem vezes antes, mas nunca sozinha, e nunca fiquei até tão tarde. Os galhos escuros parecem retorcidos e misteriosos, os rochedos disformes aguardando em aglomerados.

Lembro-me tarde demais de alguém falando sobre haver lobos nas montanhas.

O medo me atravessa, mas me forço a focar minha atenção. Abaixo a tela e, usando o celular de lanterna, abro o tubo e mergulho o pincel na tinta azul. Então, toda trêmula, encosto a ponta no autorretrato e começo a desenhar pelos locais encobertos.

O formato brusco do nariz. A saliência sutil no ossinho.

O arquear da boca.

Cada cílio, curvando-se para cima.

As sardas nas bochechas.

As sombras nas têmporas.

Meus dedos — os dedos de Jessica — ainda assim não me obedecem. Não importa o quanto eu tente controlar o pincel, ele parece determinado a fugir de mim. Não passa nem perto do que eu conseguia fazer antes. Nada tem precisão. As pinceladas são desordenadas, irregulares. A tinta em excesso escorre pela tela como se fossem lágrimas. Frenética, tento enxugar com a manga, mas só o que faço é borrar mais.

Um grito de frustração me escapa.

— Droga. — No escuro, a tinta espalhada pelas minhas mãos tem o aspecto curioso de sangue. — Funciona. Por favor, por favor. Isso tem que funcionar.

Eu não sou Jessica Chen **277**

E aí não é mais só questão de pintar, e sim de aguardar. Aguardar pela aparição da estrela cadente. Vasculho o céu, sentada no frio com a tela, e parece que passo horas esperando, até meus ossos começarem a doer.

— Por favor — sussurro para o nada. — Por favor.

Um cintilar de luz à vista.

Prendo a respiração. A impressão é de que até a montanha faz silêncio.

Parece um milagre. Magia. O meteoro cruza a noite em uma rajada linda e radiante de prata, tão rápido quanto um piscar de olhos, tão distante quanto um sonho. Uno as mãos com tanta força que dói, apresento a pintura como uma oferenda e rezo, rezo, rezo com tudo de mim: *Que as coisas voltem a ser como antes. Não quero mais ser Jessica Chen; quero ser Jenna Chen de novo. Eu sou Jenna Chen. Sou Jenna.*

Por favor, eu sinto falta.

Sinto falta de tudo.

Sinto falta de meu quarto, de nosso jardim em que nunca brotava nada, mas que ainda era lindo, a vista das estrelas da sacada. Sinto falta da voz de minha mãe me mandando descer para tomar café, me dando bronca por ir dormir muito tarde, todas as preocupações dela camufladas de ameaças. O jarro de vidro marinho em minha mesa de cabeceira, uma coleção de todas as viagens à praia. Passar pela cozinha, sentir o cheiro de pimenta e cominho em pó e saber que minha mãe estava preparando espetinhos de cordeiro para o jantar. Meu pai nos levando de carro para casa de noite, as janelas um tantinho abertas e o rádio tocando, as ruas pintadas de roxo e se estendendo diante de mim como o infinito. O festival no meio do outono em minha casa, os bolinhos da lua cortados em três, o recheio de pasta de lótus e a gema dourada e salgada do ovo que me davam. Piqueniques no parque, desfrutar da luz ocre, ouvir os pardais cantando.

Nós três sentados juntos no gramado úmido em uma tarde de sábado e tirando coisas da cesta: pãezinhos de carne de porco cozidos no vapor e ainda quentes e embalagens de batatas chips; sanduíches de atum e abacate envoltos por camadas de plástico filme; fatias grossas de maçã que já começavam a ficar escuras. Da gente passando a comida para lá e para cá em pratos descartáveis baratos e observando o sol nascer por cima das árvores, as folhas queimando em um brilho dourado esbranquiçado como se estivessem em chamas. Eu andando pelo lago com Aaron, quando éramos jovens demais para sabermos o que era querer algo de verdade. Ele jogando pedrinhas para quicarem na água, as pedras formando ondinhas nos pontos que tocavam, os punhos dele girando, os ossos protuberantes de suas mãos. Mãos de médico.

Sinto falta de Aaron, mesmo que cada momento que compartilhássemos fosse um lembrete de que ele não era meu. Correr atrás dele pela pista de atletismo da escola, a sombra se estendendo às costas dele, sempre fora do meu alcance. Ficar ao lado dele sob um poste iluminado na rua, a lua inclinada e prateada por entre a folhagem, se derramando pelo cabelo da cor da meia-noite de Aaron. Quando ele estava por perto, o mundo parecia seguro, o tipo de lugar que valia a pena apesar de todas as pequenas decepções, injustiças e feridas em meu orgulho. O tipo de lugar que poderia ser bonito se tentássemos de verdade.

Só que mais do que qualquer outra coisa, sinto falta de mim. A emoção de criar algo, de entrar na sala de arte, passar por todas as pinturas inacabadas, os desenhos em carvão, as formas marcadas, explosões de cor e lembranças em curso, referências em fotos coladas às mesas. Abrir um tubo novo de tinta a óleo, misturar dois tons do jeito certo para criar o mar, uma planície selvagem ou uma camada de neve, o tempo desaparecendo ao fundo, até eu enfim chegar para trás e ver algo ali, uma materialização das cenas que imaginei. Andar sozinha pelos campos dourados, observar os rastros de condensação pelo horizonte,

Eu não sou Jessica Chen **279**

parar para colocar uma flor atrás da orelha. Acordar ao meio-dia nas férias para fazer panquecas, cortar morangos frescos e salpicar açúcar de confeiteiro por cima. O cheiro de meu cardigã recém-saído da máquina, a maciez fresca dos lençóis em meus tornozelos, os adesivos de dente-de-leão que colei nas paredes quando tinha onze anos e que nunca mais consegui tirar, não importava o que fizesse. Os dias longos e preguiçosos de verão, o azul líquido do céu, tão límpido que daria para nadar ali.

Sinto falta de tudo. Sinto falta de minha vida, porque mesmo quando eu achava que não tinha nada, tinha tudo. Só não sabia disso na época. Você nunca sabe o que tem até perder.

A luz desaparece.

Um vento frio sopra pelas árvores, e nada acontece. De repente, isso tudo parece uma bobagem. O autorretrato, o meteoro e minha esperança desconsolada. As estrelas sumiram, e sou apenas uma garota qualquer, sozinha no escuro, desejando o impossível.

Não me lembro de pegar no sono. Apenas de chorar, puxar os fios de cabelo até meu couro cabeludo arder e ser corroída pelo arrependimento.

— Agora eu entendo — grito para cima. — Eu *entendo*. Você já provou o seu ponto.

O céu não responde.

Quando minha garganta fica rouca e não consigo mais formular palavra nenhuma, cubro o rosto com as mãos e começo a soluçar, enfim assimilando o pavor da situação. Vou ficar presa aqui *para sempre*. Vou ter que me comportar como Jessica Chen pelo resto da vida. Vou ter que tratar meus próprios pais como desconhecidos. As lembranças de minha antiga vida vão me assombrar feito fantasmas, visíveis apenas para mim.

Não me lembro de pegar no sono, assim como não me lembro de nascer. Não sei dizer onde começa ou termina o nada. Só que, por um breve momento, entre um instante e o outro, vejo cores: o rosa ardente e a sálvia, o azul-cerúleo e a lavanda, o amarelo-canário suave de minha infância, o azul-petróleo do mar, o rubor inicial do amanhecer.

Capítulo vinte

Luz do sol.

O mundo entra em foco de fragmento em fragmento. O cheiro terroso do solo, a fragrância fresca e verde dos pinheiros. A rigidez das pedrinhas contra minha pele. O sol se arrastando horizonte acima, pintando a silhueta das montanhas de dourado. Pássaros cantando nas árvores.

Tusso. Esfrego os olhos.

Estou com o corpo todo rígido, e a boca parece um deserto. Eu me sento bem devagar, como se acordasse de um longo sonho desorientador. Tem algo diferente. Apesar da dor nas juntas e da terra no cabelo, eu me sinto... mais leve. Como se tivesse enfim tirado um casaco encharcado e grande demais e vestido minha própria camisa.

Então, vejo Jessica de pé em minha frente.

Jessica.

O choque me atravessa. Eu pisco, pisco, com a cabeça girando tão rápido que me deixa tonta. Minha prima está com as roupas que usei ontem, o blazer da escola amassado nas mangas, os dedos cobertos de tinta azul. Está com o rosto pálido, os olhos arregalados.

— Jenna? — diz ela.

Logo me levanto, o mais desperta que já estive. Meu coração palpita enquanto ergo as mãos e as analiso. Há calos nas palmas e no dedo indicador, marcas de todas as noites que passei pintando sozinha no quarto. *Minhas mãos.*

Eu existo de novo.

— Ai, meu Deus — murmuro, e é o som de minha voz. Quase choro mais uma vez. — Ai, meu Deus.

— O que aconteceu? — indaga Jessica, parecendo tão atordoada quanto eu. — Eu só acordei, e a gente tá em uma *montanha* e… Que isso?

Abro a boca, mas nem sei por onde começar.

— Eu era você — enfim consigo responder. — Eu… fiz um pedido pra ser você. Virei você. Fiquei com sua aparência, sua vida, sua família. Você se lembra de alguma coisa? Sabe o que aconteceu? Eu… eu tentei te procurar, mas…

Paro de falar, sendo tomada por uma onda repentina e avassaladora de culpa que me rouba as palavras.

Mas não consegui, mesmo tentando muito.

— Meio que lembro — responde minha prima, massageando as têmporas e franzindo as sobrancelhas. — É difícil descrever. A última noite de que me lembro direito é… — Jessica fecha os olhos. — A noite em que recebi o e-mail de Harvard. Aaron foi lá em casa. Sim, e você também estava lá. Vocês foram embora, e eu fui me deitar, e tudo estava normal, e de manhã eu acordei… — Ela abre os olhos. — Foi como ver um filme de muito, muito longe. Tinha uma vaga noção de tudo que acontecia, mas eu não era eu mesma. Eu estava suspensa em um canto da minha mente. Só pairando ali, sem substância, em um quarto fechado. Não conseguia controlar meu corpo. Foi… libertador.

— Espera. Então você tava presente? O tempo todo? — Apesar do calor do sol, sinto calafrios. — Tava simplesmente presa?

— Não presa, em si. Tinham momentos bem no início em que parecia que uma porta da minha mente não estava exa-

Eu não sou Jessica Chen **283**

tamente trancada, que daria pra eu atravessá-la se quisesse. Como quando você chamou meu nome. Mas fiquei com medo. Eu queria ficar naquele quarto e só... descansar. E quanto mais ficava lá, mais difícil era lembrar por que eu precisava sair.

Existe um certo tipo de medo que surge não antes nem durante, mas *depois* que uma situação aconteceu. O mesmo medo que brota depois que se dá uma guinada com o carro um segundo antes de bater; de tropeçar e se equilibrar logo antes de cair; de perceber um erro na prova e corrigi-lo logo antes de a professora recolhê-la. A noção aguda e desesperadora do que *poderia* ter acontecido, de como a vida é frágil e arbitrária, de como um instante, um erro, poderia ter tido o poder de mudar tudo.

— Desculpa — balbucio. — Desculpa mesmo. Foi meu pedido que causou tudo isso. Nunca era pra ter acontecido.

Ela acena, dispensando a desculpa, sem ressentimento. Quase tinha esquecido que Jessica Chen não esquenta a cabeça com trivialidades, felicitações e sentimentos vazios.

— O pedido também foi meu — afirma minha prima. — Além disso, estou mais curiosa pra saber *como* aconteceu. Tem alguma... sei lá, teoria da conspiração sobre o assunto? Algum fenômeno assim já foi relatado antes?

— Acho que não — respondo devagar. — Sabe, eu tinha uma teoria de que se quisesse muito uma coisa, o universo faria questão de não me dar. Tipo uma piada cruel, ou uma pegadinha. Mas talvez a pegadinha mais cruel do universo seja dar exatamente o que a gente pede.

Jessica estremece, esfregando os braços.

— Sério? Acha mesmo isso? Que o universo tá ouvindo?

— É possível. — Dou de ombros. — Tipo, o quanto a gente sabe do universo e do que existe por aí? Talvez qualquer coisa possa acontecer. Talvez todas essas especulações de loops temporais, universos paralelos e coisas do tipo sejam de verdade. Talvez do outro lado do mundo um outro alguém tenha a habilidade de acordar no corpo de outra pessoa, ou de prever o futuro, ou de ficar invisível.

— Eu não costumo concordar com esse tipo de coisa, mas aconteceu mesmo.

— Aconteceu mesmo — repito.

Passo a mão pelo cabelo, tirando dali folhas e gravetos, admirada com como a situação é impossível. Que estejamos aqui no topo da montanha, observando as nuvens mudarem de cor à luz e tendo uma conversa séria sobre tudo isso.

Jessica me lança um olhar curioso, como se tivesse acabado de lhe ocorrer algo.

— E você queria ser eu *tanto* assim?

— Ah, não, não mais — retruco, e aí hesito. — Hã, sem querer ofender.

Desta vez, ela começa a gargalhar, e a tensão se esvai. Cai a ficha do absurdo da coisa toda. E estamos as duas passando mal de rir, segurando a barriga e ofegando.

— Então, e agora? — questiona minha prima por fim. — A gente… tipo, o quê, só volta pra vida de antes?

Antes, esse pensamento teria me deixado deprimida e apavorada. *Voltar para o quê?*, eu teria perguntado. *Não tem nada me esperando.* Agora, não consigo imaginar nada melhor.

— A gente volta — confirmo, abrindo um sorrisão. — A gente volta pra casa.

Mal piso em casa e minha mãe vem direto em cima de mim.

— *Onde que você estava?* — questiona ela com a voz estridente. Ainda está de pijama, com um roupão enrolado no corpo magro, o cabelo despenteado. Não está sorrindo para mim de um jeito educado de uma anfitriã ou uma parente distante. Está com uma carranca feroz, a boca formando uma expressão furiosa, os olhos brilhando de raiva. Quando mamãe começa a falar, não para mais: — Pra onde você foi, sua *xiong haizi*? Sabe como ficamos assustados? Seu pai e procuramos pela casa toda. Seu quarto estava vazio. Sem bilhete. Nem mensagem. Nem carta. Achamos que você tinha sido *sequestrada,* ou devorada por um *urso,* ou atropelada por um *caminhão* enorme. Já estávamos indo no colégio fazer um interrogatório. Seu pai tem pressão alta, sabia? Você queria causar um infarto em nós dois? O que vai fazer se morrermos, hein? Você não sabe nem lavar a própria roupa; suas blusas saem todas amassadas. Acha que nosso seguro de vida vai te sustentar? Por que está com essa cara de *felicidade?*

— Porque tô muito, muito feliz — respondo, com um sorriso tão grande que minhas bochechas doem. — Mama.

— Quê?

— Você é minha mãe, não é? — pergunto, só porque quero ouvi-la dizendo que sim. — Eu sou sua filha?

Mamãe fica me encarando por um bom tempo, calada, e quando sinto a sensação familiar de medo, ela estica a mão e dá um tapa em minha nuca.

— Que baboseira é essa agora? Está querendo achar outra mãe? Porque se estiver reclamando...

— Não tô reclamando — digo depressa. — Nem um pouquinho.

Ela franze o cenho de novo e encosta a testa na minha.

— Está com febre? Por que está estranha assim?

— Não tô. — Então, estico a cabeça para olhar pela casa. Tudo voltou ao que era antes. Os retratos de família, a escrivaninha no canto, os livros nas prateleiras. — Cadê meu pai?

— Ele estava indo ligar o carro. *Aiya,* é melhor eu ir buscá-lo... — Minha mãe se vira e grita: — *Laogong! Haizi ta ba,* ela voltou. Ela voltou. Ela está bem. — No mesmo fôlego, mamãe vira de volta e me segura pelos ombros. — Você está bem, não está? Não se machucou? *Youmeiyou zhaoliang?* Está com tão pouca roupa. *Zhen shi de, bu zhidao leng re.* Vou esquentar uma água com gengibre pra você.

A porta range ao ser aberta.

— Onde você estava?

Meu pai se aproxima de nós. Esperei que estivesse bravo, mais até do que minha mãe, mas ele só parece aliviado.

— Eu tava, hã, fazendo exercício. Lá na montanha com a Jessica.

Foi a história que minha prima e eu concordamos em contar antes de nos separarmos diante de minha casa. É a verdade, de certa forma, e é a melhor explicação possível para as manchas de terra em minhas roupas e sapatos.

— *Exercício?* — repete o papai, incrédulo.

— Você fica sempre me mandando fazer mais exercício, não?

— É, mas…

— Acordei supercedo e tava muito, muito inspirada pra começar na mesma hora. E a Jessica… Bom, sabem como é, ela sempre esteve muito em forma e gosta de se exercitar de manhãzinha. Então liguei pra ela, e a gente foi fazer trilha. Achei que você ia ficar feliz.

Meu pai troca um olhar com minha mãe e suspira.

— Da próxima vez, você *tem* que nos avisar, tudo bem?

— Tudo bem.

Ele ergue as sobrancelhas cabeludas.

— É isso? Cadê o piti? Não vai reclamar?

Dou de ombros, mal contendo a alegria.

— Hoje tô de muito bom humor. — Parece que é o último dia de aula, e a promessa das férias de verão é iminente. Não existe felicidade maior e mais simples que esta: ir aonde eu quiser, seja para o lago reluzente, os penhascos uivantes perto do mar, ou o prado amplo e esvoaçando ao vento, e sempre poder voltar para casa. — Espera. Pode fazer wontons pro jantar hoje? — peço à minha mãe, segurando seu braço. — Por favor?

Ela ri.

— Está com desejo?

Eu não sou Jessica Chen **287**

— Tô com esse desejo há meses — digo com sinceridade.

— Tudo bem. — Mamãe troca outro olhar com papai, achando graça. — Vou descongelar a carne moída.

— Vou te ajudar a misturar — prometo, felicíssima ao pensar no jantar, na possibilidade de comer com meus pais, dentro de minha casa. É bizarro como tudo que antes parecia tão banal agora é muitíssimo precioso de um jeito único, e tudo o que antes parecia vital agora é trivial. — A gente pode tomar sopa de ovo e tomate outro dia também?

— Pode, pode — responde ela, rindo mais. — Acabou, *ni zhege xiao chihuo*? Quer mais alguma coisa?

Penso por um momento, então nego com a cabeça.

— Bom, então vamos lá tomar café primeiro. Ah! — Mamãe estala os dedos. — Antes que eu esqueça, temos que contar pro Aaron que a Jenna já voltou.

O nome dele faz meu coração acelerar.

— Aaron?

— Isso. — Minha mãe franze a testa. — Foi bem estranho. Ele ligou pra cá hoje cedinho, foi isso que nos acordou. Parecia bastante agitado. Acho que nunca o vi tão preocupado assim. Não sei o que está havendo com o menino. Ficou perguntando sobre você e dizendo que precisava te encontrar logo. Vou ligar pra ele.

— Não precisa — interrompe meu pai, apontando para o lado de fora da janela. — Pelo visto, ele já chegou.

Fecho a porta da frente e espero o coração se acalmar. Não adianta; só acelera mais e mais enquanto Aaron se aproxima de mim. Pega meus punhos. Para a meros centímetros de distância. Seu cheiro é tão familiar — tipo gardênia, chuva de verão e o ar que vem das montanhas em uma noite límpida de luar — que me pego inspirando com vontade. Parece que estou respirando pela primeira vez.

— Jenna — diz Aaron. Achei que minha mãe estava exagerando, mas a voz dele soa tão preocupada quanto ela descreveu.
— Jenna. Graças a Deus. Você tá aqui.

— Você lembra agora? — pergunto, analisando seu rosto.

Ele arregala um pouco os olhos.

— Então não foi um sonho. Você tinha mesmo... tinha sumido. Você era a Jessica. Foi tudo verdade?

Confirmo com a cabeça.

Ele exala de repente, trêmulo. Ainda não soltou meus punhos. Sua pele está quentinha, os dedos, firmes mas gentis.

— Eu acordei e não tinha certeza, só ouvi seu nome. Era a única coisa que importava. Eu sabia que tinha que te encontrar.

— E você me encontrou.

— Encontrei. — Aaron me observa, balançando a cabeça.
— Você é ela mesmo?

— Quer testar?

— Tá me zoando?

— Pela primeira vez, não. Sério. Pode mandar. Qualquer lembrança nossa. Uma coisa que só eu saberia.

Ele pensa por um momento.

— Uma semana antes de eu ir pra Paris — começa Aaron, e vejo a lembrança ganhando vida em sua expressão. Quase sinto a chuva na pele de novo. — Quando estava chovendo, e estávamos embaixo das árvores...

Estamos embaixo de árvores agora, a glicínia espalhando os galhos ao redor, as pétalas roxas suaves roçando o topo de minha cabeça.

— O que você me perguntou naquela hora? — finaliza ele, observando-me com tanta atenção quanto eu o observo.

— Perguntei... — É difícil falar por causa do nó na garganta. — Perguntei se você conseguiria me odiar. E você disse que não. Que nunca me odiaria.

— Verdade — responde Aaron em voz baixa, e percebo que é a primeira vez que ficamos sozinhos de verdade desde que ele

Eu não sou Jessica Chen **289**

foi para Paris. Talvez ele esteja tendo o mesmo pensamento, porque engole em seco. Solta minhas mãos. — É... Que bom. Contanto que você tenha voltado mesmo agora.

Há muito não dito entre nós. Muito que já aconteceu. Muito que quero. Aaron foca o olhar em minha boca, e o sangue passa a correr por minhas veias na velocidade da luz. Fico tonta, atordoada de tanta expectativa, de vontade, de alívio. Só que ele não se aproxima.

Em vez disso, endireita a postura. Lança um último olhar demorado para mim.

E se vira para ir embora.

Não, quero gritar, e nesse milésimo de segundo, outra coisa me vem à mente: a vida não pode voltar a ser exatamente o que era antes.

— Espera — peço.

Aaron para de andar, e é só disso que preciso. Vou depressa até ele e o abraço por trás, assim como sempre imaginei, com o corpo tão colado no dele que ouço sua respiração entrecortada. Fico chocada com minha própria coragem, mas enfio o rosto na camisa dele, no espaço entre as escápulas.

— Sei exatamente o que eu quero agora — afirmo, com a voz firme, apesar de meu coração ainda estar disparado. — E isso inclui você. Prometo que você não é só um sonho do qual estou correndo atrás. Prometo que nunca vou parar de querer você...

Não consigo terminar. Aaron se vira, enfia as mãos em meu cabelo, encosta a boca na minha, e meu coração pega fogo. Não acredito que isto está acontecendo, mesmo enquanto o beijo de volta, urgente, afobada. Mesmo enquanto seguro a gola de sua camisa e o puxo para mais perto, mais perto, mais perto, preenchendo os meses de ausência, os anos em que o amei em segredo. E fico abismada com o quanto parece *certo*, natural. Sonhei com esse momento por tanto tempo que parece impossível que a realidade consiga chegar aos pés da imagem que criei na mente, mas de alguma forma é ainda melhor.

Aaron se afasta só para me observar. Seus olhos são de um preto profundo, um tom que nunca consigo reproduzir com tinta a óleo nem aquarela. Ele ergue a mão e puxa meu cabelo uma vez, de leve, provocando, testando, como se precisasse confirmar que estou mesmo aqui. Então passa o dedão com gentileza por minha bochecha, e acho que me inclino para a frente. Acho que paro de respirar.

— Jenna, você é tudo que eu sempre quis — diz Aaron, baixinho. Perfeito. — Sempre foi você. Só pode ser você.

O sol está explodindo no meu peito, escapando por meus lábios. *É a minha vida*, penso, maravilhada, *e é linda, e posso pintá-la da cor que eu quiser*. Agora está repleta do tom mais intenso de dourado. O pincel está em minhas mãos, a tela é minha. É tudo meu.

Capítulo vinte e um

Infelizmente ainda tenho que ir para a escola no dia seguinte.

Penteio o cabelo, visto o blazer e arrumo o almoço como se tudo estivesse normal. Só que agora presto mais atenção. Termino a tigela inteira de mingau de arroz que minha mãe prepara e peço para repetir, com mais carne de porco desfiada e fatias de ovos milenares por cima.

— Minha comida melhorou? — pergunta ela, admirada, ao que respondo:

— Lógico!

Aceno para meu pai ao sair.

O céu está de um azul puro e perfeito, também me atento a isso, à sensação do sol em meu rosto, embora minha mochila esteja pesada por causa do dever de casa e dos simulados.

Minha primeira aula é de artes. Não me dou conta do quanto senti falta até estar sentada em minha mesa de sempre, com as tintas e pinturas dispostas diante de mim. Todos os meus autorretratos voltaram a ser o que eram, com meu rosto à mostra, cada pincelada em seu devido lugar.

— Bom dia.

Eu me viro quando ouço aquela voz conhecida. É Leela, com o rabo de cavalo balançando por cima do ombro enquanto se senta na outra cadeira, e não consigo me conter. Estico os braços e dou um abraço de urso nela.

— Ai, meu Deus — murmura ela, rindo, mas me abraça de volta. — Qual é a dessa demonstração de afeto do nada?

— Eu só tive um pesadelo — explico, apertando o braço dela. — Ainda tô um pouco assustada.

Leela faz um som de deboche.

— Foi tão ruim quanto daquela vez que você sonhou que o Velho Keller se transformou em aranha e começou a rastejar pela sua mesa pra você não conseguir terminar o trabalho de inglês?

— Você ainda lembra disso?

— Dã, *óbvio*, você me traumatizou horrores com aquela imagem. — Ela estremece, então para e me observa. — Por que tá sorrindo tanto?

— Eu tô?

— Bastante. — Leela olha para os autorretratos e bate uma palma. — Era *isso* que eu estava procurando. Lógico.

— O quê?

— É tão esquisito, mas, no outro dia, de repente pensei nesse conjunto de pinturas que amava. Eu tinha uma lembrança vaga delas; nem sabia dizer qual era o tema, só era uma sensação que eu tinha ao olhar pra elas, tipo… tipo um aperto no peito, bem onde fica o coração. Quase perdi a cabeça por não conseguir lembrar quem era a artista, qual era o nome dela. Até tentei pesquisar. Mas é isso. São *suas pinturas* que eu estava procurando. Elas estavam aqui o tempo todo?

— Sim. O tempo todo.

— Eu adoro muito elas. Tipo, de verdade.

— Que bom, porque eu estava pensando em adicionar mais um autorretrato à coleção.

Mas este é diferente.

Eu não sou Jessica Chen **293**

Começo com o rascunho, moldando o nariz, os olhos, os contornos das maçãs do rosto. Não estou olhando para a frente ou para cima, nem para algo que não posso ter, e sim para alguém por cima de meu ombro, com um sorriso no rosto. As cores são mais suaves; um roxo-ameixa, lavanda-claro e rosa-cravo para a gola do vestido, um amarelo-leitelho para a luz do sol se derramando atrás de mim, rosa antigo para as sombras sob a clavícula. Misturo e mesclo as tintas, passo o pincel pela tela e é como se o mundo desaparecesse. Nem percebo que a aula acabou até Leela me cutucar, rindo.

— Parece que alguém veio te ver.

— Quem?

A resposta está esperando à porta, com o cabelo caindo nos olhos com perfeição, o olhar focado em mim. Ele segura os livros em um braço, o outro se escora no batente da porta. Aaron está tão lindo que não acredito que espera por mim.

Vou até ele e fico surpresa ao vê-lo sorrindo.

— Oi — cumprimento, incerta.

— Oi — diz ele, inclinando-se à frente. Meu coração logo dispara, mas Aaron para a centímetros de minha orelha e sussurra: — Tem tinta na sua cara.

Eu o empurro, e ele ri.

— Achei que você ia começar a ser mais legal comigo — resmungo, morta de vergonha.

— Como assim? Isso fui eu sendo legal, *sim*. Ou do contrário você teria ido pra aula de inglês e literatura com uma mancha vermelha na bochecha.

Esfrego o rosto com força.

— Saiu?

— Não. Acho que ficou pior.

As pessoas estão passando ao redor, entrando e saindo da sala. Algumas meninas param para lançar olhares não tão discretos a ele.

Parece que Aaron não as nota.

— Deixa comigo — sussurra ele. — Fica quietinha.

Eu não conseguiria me mexer nem se quisesse. Estou nervosa demais, imóvel enquanto ele passa o dedão por minha bochecha com muita delicadeza. Torço para Aaron não ter percebido minha tremedeira.

— Pronto — diz ele. — Agora melhorou.

Nós temos outra reunião na casa de Jessica no sábado.

Desta vez, levamos carne assada e uma sacola de mangas frescas. Quando a porta se abre, sorrio para minha tia e a cumprimento sem pensar:

— Oi, mãe.

E na mesma hora faço careta ao perceber o erro. Alguns hábitos se formam com muita facilidade.

Minha mãe cutuca minha testa.

— *Xia jiao shenme ne?* Sua mãe está atrás de você.

— Desculpa — falo para as duas. — Eu, hã, só tava brincando.

— A Jenna é tão engraçada — declara minha tia para ajudar. — Os jovens e o senso de humor deles hoje em dia.

— É, é, engraçadíssimo — murmura mamãe, me cutucando de novo.

— Nós trouxemos mangas pra vocês — oferece meu pai.

— *Aiya*, vocês cheios das cerimônias — responde titia, como sempre. — Toda vez eu digo que não precisam trazer nada.

— Como viríamos de mãos vazias? — contrapõe minha mãe.

O processo se repete algumas vezes antes de enfim entrarmos na casa.

— Jessica está lá no quintal, aliás — avisa minha tia. — Ela vai ficar feliz em te ver.

Não sei se é verdade, mas a encontro, sim, sentada a varanda dos fundos, as pernas cruzadas na altura do tornozelo e o cabelo ao vento, transmitindo o tipo de graciosidade que eu nunca conseguiria imitar, mesmo com o corpo dela. Ao ouvir meus passos, minha prima vira a cabeça minimamente em minha direção, e seu olhar é cauteloso. Ainda parece estranho tê-la aqui, essa pessoa de carne e osso, essa entidade separada de mim. Parece que estou olhando para mim mesma, ou para outra versão de mim.

— Você chegou — afirma ela.

Hesito, então vou me sentar ao seu lado, me sentindo mais confiante quando Jessica não reclama.

— E como… como vão as coisas?

— Boas. — Ela enfia uma mecha de cabelo atrás da orelha. — Estranhas. Não sei. Não sei se é coisa da minha cabeça, mas as pessoas tão me tratando diferente. Parece que o Lachlan e os amigos não gostam muito de mim.

Faço uma careta.

— Isso é, hã, minha culpa.

— Não, tudo bem. Nunca gostei muito deles também — afirma minha prima com um sorrisinho. Relaxo. — E não ligo para como os outros tão me tratando. Como se eu fosse uma pessoa de verdade, sabe? Antes eu não me sentia real. Não achei que fosse ter a chance de ser.

Outra brisa passa por nós. Ergo a cabeça, sentindo o vento no rosto.

— Sabe o que me incomodava mais em você? — comento.

— O quê?

— Você era a prova — revelo, e só quando as palavras saem percebo o quanto são reais, por quanto tempo as venho guardando. — Você era a prova de que era minha culpa.

Jessica franze a testa.

— Não entendi.

— Se as pessoas não gostassem de mim, ou se eu não conseguisse uma proposta específica, uma carta de aceite ou prêmio, se eu fosse excluída ou ignorada ou subestimada, se não conseguisse a vida que queria… Só poderia culpar a mim mesma por não ser boa o bastante, porque *você* estava lá. Você veio da mesma cidade, da mesma família, e conseguiu conquistar tudo o que não consegui. Era simples, sério: você era bem-sucedida, e eu não, logo, ou eu estava fazendo alguma coisa errada ou tinha alguma coisa errada comigo. — Ainda é um pouco constrangedor admitir isso, expor as diferenças nítidas em nossas vidas, e apontar tudo que minha prima fazia melhor, mas a dor que espero sentir não surge. Com a voz firme, prossigo: — Você era, tipo, a melhor versão de mim que eu nunca ia conseguir ser. Você era o que todo mundo achava que eu *deveria* ser. Você era o padrão.

Jessica suspira profundamente e estica as pernas na grama, refletindo sobre o que falei.

— Meu Deus. Jenna, isso é…

— Mas eu não percebia o quanto era solitário ser usada como o padrão. Como era difícil pra você. Como te deixava *exausta*. Eu estava tão focada na inveja e na insegurança que nem pensei nisso. Só imaginei… imaginei tudo errado. Desculpa.

Ela fica em silêncio por um momento. Então faz um sonzinho meio estrangulado.

— Me desculpa também. Eu sabia que as pessoas comparavam a gente às vezes, e sabia que devia te incomodar, mas eu… não sabia como falar com você. Fiquei com medo de piorar as coisas. — Sua voz vai ficando mais baixa. — Com medo de que não quisesse mais conviver comigo.

Fico sem reação.

— Você tava preocupada com isso?

— *Óbvio*. Você é minha prima.

— A gente tem outros primos — argumento. — Pelo menos uns dez, com certeza. Um nasceu no ano passado mesmo. E são todos bem legais, tirando o Liuwen. Ele ainda se recusa a admitir que roubou meu dinheiro do festival da primavera.

Minha prima arregala os olhos.

— Ei, ele roubou o dinheiro do meu envelope vermelho também.

Eu não sou Jessica Chen **297**

— Ai, meu Deus. Então ele tem todo um esquema criminoso.

— *Isso tá na cara* — confirma Jessica, com tamanha indignação que paramos e começamos a rir. — Viu? A gente tem outros primos, mas você é minha favorita. Só não conta pros outros no próximo encontrão.

— Não conta que você é minha favorita também — respondo, e percebo que é verdade mesmo. — E não é só porque você é superinteligente ou a mais propensa a comprar uma mansão e me chamar pra ver filme na sua sala de cinema nem nada disso. E sim porque faz uns biscoitos de limão deliciosos, sempre me dá uns conselhos de moda incríveis e porque sei que posso contar com você pra irmos recuperar nosso dinheirinho.

— Fico muito honrada.

— E devia ficar mesmo.

Quando paramos de rir de novo, Jessica abre um sorriso hesitante para mim.

— Então… sem ressentimentos?

— Isso depende de você. Já me perdoou por assumir o controle do seu corpo e estragar seu histórico de notas perfeitas em todas as matérias?

— Eu não acredito. Não acredito que esta é a vida real, que a gente tá tendo mesmo esta conversa, mas sim. Perdoo. — Ela hesita outra vez, passando o dedo pela fenda entre as tábuas de madeira. — Sabe, falei com a Cathy ontem sobre o trabalho dela, e… eu vou contar tudo.

— Quê? — Ergo a cabeça depressa. — Tem certeza?

— Já decidi. — Minha prima suspira. — Mesmo se ninguém tivesse descoberto, isso vem pesando na minha consciência desde que fiz o que fiz. Eu não sei onde estava com a cabeça, pra ser sincera.

— Você tava no seu limite.

— É, mas ainda foi errado — afirma ela baixinho. — Só não quero começar o curso em Harvard com esse segredo hor-

298 ANN LIANG

rível. Não quero fingir. Tô cansada demais pra continuar fazendo o que vim fazendo nos últimos anos. Já entreguei tudo o que dava, minha energia se esgotou. E se revogarem minha admissão por isso... — Jessica engole em seco. — Vou aprender a lidar, de algum jeito. Achei que precisava ser o tipo de pessoa que sacrificaria tudo em nome do sucesso. Achei que se sacrificar era uma coisa *boa*, que provava minha determinação e dedicação. Mas preciso manter algumas coisas por mim mesma. Tipo, minha integridade. Minha dignidade. Minha sanidade.

— Isso é muito corajoso.

Jessica faz uma expressão surpresa.

—Acho que ninguém nunca me chamou disso antes.

— Você é — digo, com firmeza. — E não importa o que aconteça, vou estar aqui pra te apoiar.

Ela sorri.

— Eu sei.

Também sorrio, e passo a observar o jardim. A lavanda começou a florescer, as pétalas roxas magníficas se erguendo em meio ao mar de folhas verde-acinzentadas, uma paisagem tão linda quanto a de uma pintura.

— Vou sentir falta deste quintal. E da varanda — comento. — Só que sinto bem mais falta do meu quarto.

— Se sentir saudade, pode sempre vir aqui. A gente é família.

E nunca estive tão grata por isso, tão feliz por sermos primas, por, ao nos mudarmos todos de Tianjin para cá, termos trazido parte de nosso lar conosco. Que a milhares de quilômetros de distância, ainda temos nossas reuniões, comida caseira, pais preocupados, discussões bobas e piadas internas.

— Jenna! — chama minha mãe lá de dentro da casa, e abro mais o sorriso. — Jessica! Vão lavar as mãos; é hora de comer.

— Beleza, a gente tá indo — grito de volta.

— Rápido! O macarrão está grudando!

Eu não sou Jessica Chen **299**

Eu me levanto e estendo a mão para minha prima. Ela a segura, ajeitando a saia xadrez com um gesto rápido e elegante. Enquanto voltamos para a casa juntas, a sala quente e coberta de vapor, nossas mães acrescentando pitadas de coentro e cebolinha de última hora aos pratos, nossos pais colocando as tigelas de desenho floral na mesa uma a uma, é como se fôssemos crianças de novo, na época em que brincávamos do lado de fora antes do jantar e fazíamos dobraduras de papel em formato de estrela.

— Faz um pedido. — Jessica sempre dizia, e eu sempre fazia.

Só que, neste momento, não existe nada que eu pediria além disto.

Agradecimentos

Quando você estiver lendo isto, *Eu não sou Jessica Chen* já será o quinto livro que lancei. Toda vez, fico muitíssimo agradecida por todo o trabalho necessário para transformar uma história de uma ideia superficial no meu aplicativo de notas em um livro que se pode pegar nas mãos, e isso não seria possível sem as seguintes pessoas:

Um grande obrigada, do fundo do meu coração, à minha agente extraordinária, Kathleen Rushall. Obrigada por sempre acreditar em mim e me representar. Não tenho palavras para expressar o quanto tenho sorte de ter você comigo. Obrigada à equipe maravilhosa na agência literária Andrea Brown por todo o apoio.

Obrigada à Claire Stetzer pelo empenho, pelo olhar editorial aguçado e pela fé em minha escrita. Fico eternamente grata a você. Obrigada à Sara Schonfeld pela orientação e por me ajudar a fazer deste livro o que ele é hoje. Obrigada também a todo mundo na HarperCollins pela dedicação incansável e expertise: Catherine Lee, Jessie Gang, Erin DeSalvatore, Gweneth Morton, Danielle McClellan, Melissa Cicchitelli, Kelly Haberstrom, Audrey Diestelkamp, and Lisa Calcasola.

Obrigada a Kim Myatt pela ilustração de tirar o fôlego e por me proporcionar a capa mais linda que eu poderia ter.

Obrigada a Taryn Fagerness, da agência Taryn Fagerness, pelo entusiasmo e genialidade.

Obrigada a todos os meus amigos que celebraram os altos comigo e me reconfortaram durante os baixos. Vocês sabem quem são.

Obrigada a meus pais pelo incentivo e paciência infinitos, mesmo (e sobretudo) quando tomo decisões questionáveis na vida. Amo vocês.

Obrigada à minha irmã, Alyssa, por ser minha primeira leitora e maior fã ao longo de todos esses anos. Há muitos momentos em que parece que você é a irmã mais velha, e vou dizer isto apenas uma vez, mas você é muito mais espirituosa e astuta do que serei um dia.

Obrigada a meus leitores incríveis que escolhem ler meus livros, compartilham eles por aí e me apoiam de tantas formas que não consigo nem contar. De verdade, vocês mudaram minha vida, e nem todos os agradecimentos do mundo seriam suficientes.

Este livro, composto na fonte Fairfield,
foi impresso em papel Ivory Slim 65g/m² na gráfica Coan.
Tubarão, Brasil, maio de 2025.